太宰と安吾

JN178483

檀 一雄

角川文庫
19579

太宰と安吾　目次

第一部　太宰治

第二部　坂口安吾

第一部　太宰治

文芸の完遂

太宰治《だざいおさむ》の死の原因を考えていって、私は疑いもなく、彼の文芸の抽象的な完遂の為であると思った。文芸の壮図の成就である。彼の死を伝え聞いた総《すべ》ての人々が、その事情を察知し感得しながら、さて、その死を語る際になると、日頃見聞に馴《な》れた世上の自殺風を附会していった。

太宰の死は、四十年の歳月の永きに亘《わた》って、企図され、仮構され、誘導されていった彼の生、つまる処《ところ》彼の文芸が、終局に於《おい》て彼を招くものであった。太宰の完遂しなければならない文芸が、太宰の身を喰うたのである。

ただ、人々は、文芸の完遂の為に死を選ぶということを咄嗟《とっさ》に首肯しながら、おのれの市井風の身上に紛れ考えていって、その断定をためらった。

仮構された抽象的な生の完遂の為に、人は果して死を選び得るか？　ここに、疑いつつも芸術の至上を選び踏まえた、果敢な、太宰の純潔があるのである。その生の誘導が、正しかったか否かは、しばらく問うまい。その壮図が、彼流に申し分のない首尾を整えて達成されたことについて、私は太宰の為にひそかな祝盃《しゅくはい》を挙げれば足りる。

評者は屢々《しばしば》芥川《あくたがわ》の死と並べて云々《うんぬん》するが、私の理解する範囲内に於て、太宰は遥《はるか》に熾烈《しれつ》な功名心と、彼の文芸の温床であるところのその仮構された生の首尾を全うしたいと祈求する文芸完遂のはげしい悲願に追いたてられていた。ゴルゴタへ急ぐふうの思い入れである。その発端の意志の当不当は別として彼の選びとった生の完遂に関して、驚くほど真摯《しんし》誠実であった。

太宰は、それを、好んで義の為だと云っている。義の為とは何か？　疑いもなく、彼の完遂しなければならない文芸の謂《いい》に外ならぬ。亀井勝一郎《かめいかついちろう》氏は、太宰の死の原因を本人に問うならば「千々に乱れて」と照れくさそうに答えるだろうと語っている。この友誼《ゆうぎ》に敦《あつ》い批評家は、情景を世話物風に修飾して、切なく可憐《かれん》ではあるが、私は肯《うなず》けなかった。「父は義の為に死んだ」とはっきり云うだろう。いや、彼は死の寸前に至る迄《まで》、至るところで、そう言っているのである。

若《も》し文芸家の生死の裁量が、女々《めめ》しい井戸端会議風の興味につながり得るものなら、己の文芸に喰われて終《しま》うというようなむごい事実はおこるまい。太宰の場合は、文芸家のみが選び得る、このような厳粛な自己完遂の死であった。

彼の自己完遂の為の死は、早く十三年前決定していたと云えるだろう。前の自殺未遂の折のこと、中村地平《なかむらちへい》氏はその少し先の夜、太宰と娼家《しょうか》に同行して、彼がサックを使用していたことを思いうかべながら、おそらく自殺は狂言だろうと語っていたが、私は肯かなかった。

太宰が『狂言の神』と記すのは、彼の人生が仮構されているという意識上の自負であって、その故にこそ、死も亦《また》壮烈に選び取られねばならなかった。

彼の仮構された人生は、死を選ばねば完成されぬ。彼の文芸は、彼の自殺をまたねば成就を見ない。太宰は早くから、このような執拗《しつよう》な妄想にのみ生きていた。「爾《なんじ》の為す事を速かに為せ」と彼が聖書に異常な関心を寄せていたのは、キリストの生涯に、恐しい符合と先駆を見て、震撼《しんかん》されていたからである。

然《しか》しその死の時期の選定については、太宰は最も世俗的な判定の規準に鋭敏であり、果断であった。己を知るものと云うべきであろう。従って彼の結核が既に決定的な段階に入ったという自覚、彼の世評がほぼ高潮に達しているという安堵《あんど》と危険、太田静子《おおたしずこ》の懐妊、山崎富栄《やまざきとみえ》との不決断な交渉(この何《いず》れの場合も恋ではない、彼のような虚栄の男に恋愛が成立しない事を私はよく知っている)これらの均衡を見渡して、選ぶべき時期は今だと裁決しただろう。そうしてこの時期に死を選べば、彼が最も憂慮していた妻子が、少なくも餓《う》える気づかいのないことをも、勿論《もちろん》のこと予想した。

太宰の死の直後、その夫人が雨洩《あまも》りのする三和土《たたき》の上を跣足《せんそく》になって洗い流していたという新聞記事は、私には一際哀切に思われた。太宰が生前、「息子の戦死を聞き、黙って背戸に出てシャッシャッと米をとぐ母」と語っていたことを思い合わせたからだ。

太宰の根柢《こんてい》はおそろしく古風な人情家であった。いや、人情に絶望しながら、人情の風儀にあこがれた。それは彼の家系の古さであると私は思っている。私は彼ほど人々に絶望しながら、人々に甘え媚《こ》びた男を知らない。これも良家の不良の子弟が、早く孤独を知って、我儘《わがまま》に甘え媚びる環境の故に相違ない。従って彼が心のうちで勝手に数えている重要な作家達は、暗黙のうちに彼を認知し支援してくれているという妄想を、早くから持っていた。佐藤春夫《さとうはるお》氏、川端康成《かわばたやすなり》氏、小林秀雄《こばやしひでお》氏、志賀直哉《しがなおや》氏等。これらの作家達が次々に彼に讃辞《さんじ》を呈するであろうことは、彼の疑いを入れぬ確信に迄達していた。だから、芥川賞の選定の辞に川端康成氏が「私見によれば、作者目下の生活に厭《いや》な雲ありて」という意味の言葉を見た時の失意と憤激は直に太宰を駆《か》って『文芸通信』の異様な抗議となって現われた。志賀直哉氏への抗議も、また同断であったろうと、私は想像する。

これらの失意の緩衝を得たく、豊島與志雄《とよしましお》氏の理解に縋《すが》り、死の寸前迄、絶えず慰藉《いしゃ》の泉を得ていただろう。戦後、坂口安吾《さかぐちあんご》氏、石川淳《いしかわじゅん》氏らと並び称されていたことは幸福であった。即ち安吾氏の健康闊達《かったつ》の良識を喜び、更に淳氏の孤独な文化継承の雅懐を見て、ひそかに千万の援兵を得ていたに相違ない。

太宰治の異様な仮構人生と文芸を、外部から終始、正常な作家生活の軌道に乗せてやりたいと苦慮しつづけていたのは、井伏鱒二《いぶせますじ》氏であった。氏の庇護《ひご》なくば、太宰の死は、おそらく十年昔に訪れていたに相違ない。この庇護による延命の途上『富嶽《ふがく》百景』等の一連の不思議な開花を見せている。然し結局に於て太宰は、彼の文芸と彼の仮構人生を完遂しなければならなかった。『春の盗賊』を見たまえ。洒脱剽軽《しゃだつひょうきん》に語られている彼の市井生活の底流に、不気味な、陰惨な、彼の自己完遂の決意と鬼火が燃えているではないか。

太宰は平常「文章を井伏鱒二氏に、文人の風を佐藤春夫氏に学んだ」と語るのを常とした。

太宰が死の瞬間に破棄していたという遺書の断片の文字は、井伏氏のかかる懇篤な庇護にもかかわらず、一部の心情を吐露《とろ》したものだろう。私は、そこに、作家と作家との間に醸成されてゆく抜きがたい憂鬱《ゆううつ》を見る。

太宰はこのようにして、総ての処世の言を妥当なものと認定しながらも斥《しりぞ》け、彼の文芸完遂の悲劇的な運命の側に立ち、専《もっぱ》ら脆弱《ぜいじゃく》未熟の青年の讃辞を周囲に集めながら、その宴席の中で、今様兼好《けんこう》のように故実を語り、人情の風儀を語り、また今様キリストのように、近く十字架に急ぐ己の文芸完遂の決意を語りつづけていた。

昭和二十三年

おめざの要る男

むかし太宰《だざい》の顔は写楽《しゃらく》の似顔絵《にがお》に消ていた。そういえば田畑修一郎《たばたしゅういちろう》氏の顔もどこかそんな有難いところある貌《かんばせ》だとその頃思った。先日の会で田畑氏に会い、田畑氏が眼鏡懸けたには驚いた。頬もこけ昔日の俤《おもかげ》ないとしきりに淋《さび》しい思いだった。太宰の顔もひどく変った。にくらしいといってはいい過ぎだが一途《いちず》に花きちがいのあの頃の絶え入るような美しさが消えた。時が彫った表情の新しい部分には耐えがたく美しいところとたえがたく残忍なところがある。

太宰が写楽の似顔絵に消ていたのは荻窪《おぎくぼ》T氏宅の二階に間借りしていた頃迄《まで》だ。青磁色の極端に真四角なまた極端に小さい火鉢をかかえ太宰は太宰の猫背の尖端《せんたん》から行方なく焦がれはてたまぶしげな眼で人の表情を遣瀬《やるせ》なく撫《な》でた。

不思議なほど清潔な美神をその頃太宰はぴったりと己の膚《はだ》にぬくめて離さなかった。度々僕は太宰のふところからそのなまめいた美神がこぼれかかり宛《あたか》も裸女のようにはにかむ姿をおろおろと眺めたものだ。

が、或《あ》る日太宰のふところにはもうその美神はいなかった。太宰は酒をくらい仁王《におう》のように咆吼《ほうこう》して雪の泥濘《でいねい》を匍《は》っていた。僕はその頭脳のなかに頑迷な結節があると思い、それは鈍重な樫《かし》の棒切れで叩《たた》きはらわねばならぬと思った。

それから逃げた。「野ざらしの旅に出た」と自ら記したその旅の一節に、

亀の子亀の子春ちかきや

憔悴《しょうすい》しきって舞い戻った太宰を迎え、僕は銭湯に伴った。湯水は枯れた太宰の体をゆらゆら融《と》かして、もう結節は見えなかった。

病床から起き直った太宰は僕より三寸も丈高い錯覚をおこさせた。

「君、ねえ」と或夜《あるよ》また太宰は云った。

「北国の子供の話だけどね、外は白夜なんだ。まだぽっと明るいしさ、窓から見ると犬は外を歩いているんだ。まだどんどん歩いてるんだ。それでもやっぱり子供は寝なくちゃいけない。どうしても寝なくちゃいけない。こんな辛《つら》いことがあるか、ねえ君。」

太宰は朝はおめざがないと起きてこない。天気が悪くても起きてこない。晴れた朝で日光がキラキラ硝子《ガラス》を洩《も》れると、

「おめざ！」と大声で呼ぶ。

大きいコップに盛り上げられたおめざのビールを奥さんの手から奪い取りぐっと一息に

飲み乾《ほ》すと、さて上機嫌で床から匍い出すのである。太宰は子供だけの不幸を今でも厳粛に抱きしめて離さない。世の大人ども！　大人にほんとうの不幸なぞあるもんか。

昭和十一年四月号・「文芸雑誌」

光焔万丈長し

太宰治《だざいおさむ》のことでは、もう十二、三年も昔のことになろうが、保田与重郎《やすだよじゅうろう》の「佳人水上行」という感想がいちばんよかった。亦頃日《またけいじつ》では坂口安吾《さかぐちあんご》の「不良少年とキリスト」という感想が図抜けてよく、どちらも心に映り合うてとめどないような無類の文章である。

自分が招き寄せた人生を、いのちと紙の上に殆《ほとん》ど描きつくして剰《あま》すところのないような太宰治について語ることは、大層にむずかしい、殊に編集部が希望するように、挿話や逸話風の心象風景として語ることは、私には出来にくい。幾ら死人に口なしと言ったところで、私は太宰の拒絶の表情をはっきりと知っているのだ。

太宰は生涯、己の礼讃《らいさん》の言葉を聞く以外、外部からのいかなる太宰治設定にもその都度、身もだえるような、はげしい当惑と拒絶で、そこのところに生一本の修道のいたましさが感じられた。

然《しか》し太宰治の、このような不信の表情には、又限りない甘さがからみあっていて、太宰治文学が流布していった、主な原動力になったろう。

私は早くから、太宰の肉感に灯《とも》った稟質《ひんしつ》の文章を、稀有《けう》なものと喜んでいたが、太宰が招きよせる、その人生の招き方については、異存があった。或《あるい》はその方向と持続のありようについては遺憾を感じた。仮託の人生を壮烈に撰《えら》び取ると自覚しながら、さながら、その人生に足を奪われていったのは残念に思われた。

無償の宴主を自覚しながらも、その莚《むしろ》の上に主として脆弱《ぜいじゃく》な未青年ばかりしか招じ切れず、自らその宴席の中に倒れたのは遺憾に思われた。太宰の能力の中には、まだ用いられないままにたくましい野生の筋肉が残り、日光と風と樹々のざわめきの中に己を見上げるほどの素朴な充溢《じゅういつ》の時間に帰り得る余力があった。

それを、自ら設定した人生の外に切り棄てて、人工の極限の生涯をのみ、ひたすら追いつめていったのは、受難者を称した者にふさわしい当然のなりゆきではあったろうが、私には惜まれた。私はここに芭蕉《ばしょう》の耐えた時間を、ひそかに思い較べるのである。然し兎《と》もあれ、太宰の生涯は、芸文を志す者について万丈の気焔《きえん》を吐く程の見事なものであった。光焔《こうえん》万丈長し、と私はこの類《たぐ》い稀《まれ》な才華と生涯を、後の日の人に語りつぎ誇りたい。

さて編集部の特別な注文であるから、たった一つ、太宰治の逸話らしいものを書き留めておこうか。昭和九年であったか、十年であったかは、もう忘れた。

じめじめと暗く寒い日のことである。中原中也《なかはらちゅうや》と草野心平《くさのしんぺい》が、ふらりと私の落合《おちあい》の家に現われた。先客として太宰がいた。この辺り記憶は朦朧《もうろう》としているので或は古谷綱武《ふるやつなたけ》のところでみんな落合ったのかも知れない。

いずれにせよ、「おかめ」という程近いおでん屋に打連れて出かけていって、かなり酔った。中原と太宰は初対面である。酒の暖で体がほぐれてゆくのと一緒に、例の通り中原中也は太宰治にひどくからんでいるようだった。太宰は閉口し、くしゃくしゃな泣き出しそうな顔だった。中原を、兎にも角にも先輩として尊敬していたからである。ひどくからんで、さんざんにしぼり上げた末、中原は太宰に言った。「おめえ、何の花が好きだい？」

太宰はちょっと当惑してへどもどした。

「ええ、何だい？　おめえの好きな花は？」

まるで断崖《だんがい》から飛び降りるような思いつめた表情で、しかし甘ったるい、今にも泣きだしそうな声で、とぎれとぎれに太宰は言った。

「モ、モ、ノ、ハ、ナ」

言い終って、例の愛情、不信、含羞《がんしゅう》、拒絶何とも言えないような、くしゃくしゃな悲しいうす笑いを泛《うか》べながら、しばらくじっと中原の顔を見つめていた。

「チェッ、だからおめえは」

という中原の声を上の空のように聞いているのか聞いていないのか、太宰は、その悲しいうす笑いの表情のままぷいと立上がって、それから、矢のように逃げ帰っていって終《しま》った。みんな白けた。が、私は、暫時《ざんじ》、私の盃《さかずき》の中にぽっかりと桃の花片が泛んでゆくのを見るふうだった。

昭和二十三年九月・「太宰治全集」（八雲版）月報第二号

太宰時間《アワー》

もう太宰《だざい》のことは沢山に書いた。おそらく太宰が地下で眉《まゆ》をひそめているであろうほどだ。残念なことに、私が書けば書くほど太宰の肉感は、私から遠ざかってゆくような気さえする。

そんな時にはあわてて太宰の作品をひもといてみるならわしだが、作品に接すると、紛れようのないあの太宰の全貌《ぜんぼう》が、実にたしかに、実にやすやすと眼《ま》の辺りに浮び上がってくるから不思議である。

いや、不思議でもなんでもない。生得《しょうとく》の作家というものは必ずそうでなければならぬものだろう。

その文章は時には誇張もあり、虚飾もあり、見栄《みえ》や、気取り、さまざまのまぎらわしい雑多のよせ合わせから成立っているに相違ないが、それでもその雑多の文飾の中心に、ぽっかりと淋《さび》しげな太宰の面持が浮び上がってくるから有難い。

いかなる身近な友人も、その近親も、素直に読む読者以上には、作家の身近に忍びよることは出来にくかろう。

太宰の作品集が既に語るだけのことは語ってしまった。思い出など、書かずもがなである。

それでも私が折にふれて太宰のことなどを書き散らすのは何も太宰の理解を容易にする為にでも何でもない。私が太宰自身よりも、太宰の肉感を、上手に語り得ようなどという気持は毛頭持っていない。

ただ私自身、時折淋しくなることがあるからだ。言ってみれば意味もなく死者のまぼろしをたぐりよせて、何やらぼやいている老人のヨマイゴトに似ているようだ。

そのヨマイゴトの種も尽きた。それは繰り返すにつれて輪廓《りんかく》もぼやけ、安定した私の幻想に変わってきたようだ。その幻想をなつかしんでいるのは私ばかりで、実の太宰は、ハッキリと太宰の作品の中に生きているのである。

太宰に会いたい者は太宰の作品を読むがよい。私の幻影などは、もはや実の太宰と何の類似点も無いかも知れぬ。

私が好きな太宰は、大はしゃぎで、茶目で、絶えず軽口を撒《ま》き散らす、太宰の屈託のない時間である。

それは仮りに「太宰時間《アワー》」と呼んでみてもさしつかえない程の、独特の、快活な、機智と精気に満ちていた。

例えばここに、感度の鋭敏で幅広い、陽気な感光板があって、その感光板が、光と、影と、音と、雑多な人間の悲喜哀歓を、尖鋭《せんえい》に感応する。いや感応するばかりか屈折し、反射し、感光して、独得の瞬間の映像を限りもなく印象する。その美しさとあわただしさが誠に快適のテンポを持っていた。

が、このあわただしくチラチラと掠《かす》めちぎれる太宰的感応の陽気な感光板は、例外なく最後に、ポッカリと太宰自身の、陰気なネガを置き去りにしてゆくのである。

道化ながら、変化しながら、自分自身の陰気なネガを一気に投擲《とうてき》する、この太宰の投擲の、瞬間の、やりきれない面持だけは、忘れることが出来にくい。

昭和二十九年五月・「昭和文学全集」（角川版）月報三十六号

赤門

赤門《あかもん》がはたして美であるかどうか。私はいまだかつて、そんななまぬるい鑑賞の気持ちを抱きながら、あの門の下をくぐったことがない。それでも、そういわれて、あの門のことを思い直してみると、夕闇の中に、ぼんやりと赤い、門のたたずまいが、私の苦渋の青春と、ちょうど、二つ重なり合うようにして浮かび上がってくるから不思議である。悔恨の門である。常住《じょうじゅう》、己のヘソの緒を嚙《か》むような焦燥にあえぎながら、くぐり抜けていった門である。

太宰治《だざいおさむ》。私は大抵その人と、この門をくぐるならわしであった。

もちろん、講義を聴きにゆくわけではない。赤門をくぐって、講堂の噴水のまわりの石《せき》甃《しゅう》をトコトコと歩み、そこらにいる、模範的な学生諸君を、ジロリと威嚇《いかく》の眼をもってながし見る。落第……。退学……。弱いのだ。いずれわれらの敗北をハッキリと知っているからだ。

そのまま、まっすぐ三四郎《さんしろう》池のほとりに抜けていって、ようやく崩折れるように、池畔《ちはん》の芝生の中に、ころげ込むのである。

そんな時、太宰はいつも、しゃれたタバコを持っていた。キャメルである。そのキャメルをクックッと笑い合いながらくゆらして、つぶさにおのれの傷心に耐える。夕暮を待つのである。

やがて、池の面がしらじらと輝きを失うころ、どちらからともなく立ち上がり、脱兎《だっと》のように、赤門をくぐりぬけてゆく。さて車を呼びとめて、「玉《たま》の井《い》……」運転手を叱りつけるような大声をあげながら、ガラス越しにふりかえる赤門の、瞬間、光を失ったにぶい紅殻の色は、やっぱり、今でも私の眼の中に残っている。

昭和三十六年十一月十日・「読売新聞」

熱海行

井伏《いぶせ》さんの覚え書きによると、昭和十一年の十二月という事になっている。本郷《ほんごう》の私の下宿に思いがけぬ、女の来訪客がやってきた。

誰かと思って、出てみると、初代《はつよ》さんだった。

「ああ、奥さんか、津島《つしま》君どうかしたんですか？」

「いいえ、ちょっとお願いがあるのよ」と、初代さんは穏和《おんわ》にほほ笑むようだから、

「よかったら、どうぞ」

「じゃ、ちょっと」

と、初代さんは素直に私の部屋に上がってきた。

「お願いって？」

「あのね、津島が熱海《あたみ》に仕事をしにいってますの。お金がないといって来ましたから、やっとこれだけ作ったのよ。檀さん、すみませんけど、持っていって下さらない？　そうし

て早く連れて帰って来て下さいね」

私は金を持っていなかった。

「旅費が無いけど」

「ええ、この中から使っといて下さらない」

「いいですか？」

「ええ」と、初代さんは肯《うなず》いた。

私は嬉《うれ》しかった。久し振りに太宰《だざい》に会えるばかりか、今夜は熱海に一泊だ。私は何処へゆくのにも、久留米絣《くるめかすり》の着流しで出掛けるならわしだったから、タオル一本手にすると、初代さんについて出た。

「じゃ、行ってきます」

「お願いしますね。さようなら」

と、そのまま別れた。宿屋の所在だけをきいていた。

熱海。太宰と私にとってはゆかりの地であった。つい昨年のことだ、同じ太宰を探し求めて、消防自動車に乗り、例の魔の淵《ふち》の断崖《だんがい》の辺り迄《まで》探しに出掛けた事がある。モヒ中毒で入院してから後は、しばらく太宰に会っていなかった。

その小さい、太宰の宿は難なくわかった。

女中に取り次ぐと、間もなく、太宰が如才《じょさい》なく降りて来た。嬉しいようだった。

「ああ、檀君」

何処かへ出掛ける処《ところ》なのか、ラクダの上等のモジリを着込んでいた。

「奥さんから、金をことづかって来たんだよ」

「そう、まあ、あがれよ」

と、太宰は先に立って階段を上がっていった。

海の見える部屋だった。海の反対側のところにもう一間あり、そこへ机を置き、その上に例の通り、朱線の原稿用紙の中央にきっちりと古びた万年筆がのせられていた。しかし、何も書かれている様子はない。それを太宰は急いで二つに折り、押入れの中に隠し込んだ。

「ここ、書ける？」

「ああ」

と、太宰は否定も肯定もしない曖昧《あいまい》な顔だった。船橋《ふなばし》の頃に較べるといくらか太っているようだ。しかし、私には安堵《あんど》のゆかない、あの二重性格の両極が誇張されて交互に激しく交替した。例の通り急がしく煙草をパッパッとけぶしては、机の皿にひねりつぶしていたが、

「ここはね、橘外男《たちばなそとお》がよく来るのだそうだ、叶《かな》わぬね。日に三十枚書き飛ばすんだそうだから、驚いたよ。何をそんなに書く事があるのか。ねえ」

嘲笑《ちようしよう》のような声だった。しかし笑いながら素早く泣き声の風情《ふぜい》に変わる。それが、捗《はかど》ら

ぬ自分の仕事への自虐の声のようにかすれてゆく。

「お金、ほら。奥さんから預った。すぐ引上げてきてくれって」

と、私はふところの中から状袋《じようぶくろ》入りの七十何円を取り出した。

「ああ、ありがとう」と、太宰はいつもの通りよそよそしくその状袋を手に取って、喜びとも不安ともつかぬ顔をした。

「行こうか？」

「どこへ？」

「すぐそこだ」

私は論なく、太宰の後から続くのである。雨あがりの空模様だった。

太宰は宿を出る時に、女持ちの蛇の目傘を携えた。

「返すんでね」

と、太宰は私の不審顔に答える風に呟《つぶや》いたが、その蛇の目の上には、「葉子」と女名前が白エナメルで記されてあった。私はこの葉子と言う文字を今でもはっきりと覚えている。その葉子が果して芸者であったか、それとも、後に書く居酒屋の女将《おかみ》であったかは、はっきりとしない。この傘の返し先を、私もきっとたしかめていた筈《はず》なのに、今どうしても思い起こせないのは不思議である。

私達は海ぎしをゆっくり歩き、橋を越えると小川に沿って、小道を上がっていった。両岸の温泉の捨て湯が、川の中に白い湯気を上げているのは妙に旅情をそそる風物だ。川の上に小さいバラック作りの小料理屋が建っていた。見たところ軒並みに芸者屋か遊女屋が並んでいる真中のようである。

「ちょっと寄ろうか」

太宰はそう言って、その小料理屋の簾《すだれ》を開けた。

「いらっしゃい、早いですね先生。お客様はどちらからで？」

と、ひどい斜視の青年が私達を見上げた。

「ああ、東京だ。おやじ、どうした？」

「ちょっと帰ってます。呼びますか？」

「ああ、呼んで来て呉《く》れない？」

「じゃ、すぐ」と、青年は走り出した。

太宰はいかにも来馴《きな》れた家のように二畳敷きの畳の方に腰をおろして、

「飲まないか？」

チロリの酒を私の前のコップに自分でついだ。

「君は？」と、言うと、

「いや、いいんだ。歯が痛くってねえ」

と、太宰はサイダーを開けて飲んでいる。今考えると、この時迄《まで》は少なくとも太宰は無事に東京に帰りたく思っていたにちがいない。

やがて尾上松之助《おのえまつのすけ》によく似た男が這入《はい》ってきた。どうやら店の亭主のようである。目も眉《まゆ》も濃くて太く、身を持ち崩した男のふうだった。男は、ジロリと私を一瞥《いちべつ》した。

「東京の友人でね、檀という男だよ」

「よろしくどうぞ」

と、男は私の方に挨拶《あいさつ》をして、それから太宰の方に向き直ると、

「届きましたかね？」

男の下卑《げび》た口付きから考えると、金のことを言っているにちがいない。太宰は何とも答えなかった。ただ、ふところから改造の新年号をするりと出し、親爺《おやじ》の前に投げやった。

「ああ、先生の。へえー。出ましたね」と、親爺はその改造をめくっていたが、私も実は未だ改造を見ていなかった。

「出たの？」

太宰は肯いている。

私は親爺達の「先生」と言う言葉がひどく気になった。少なくも船橋にいた頃までは、どんな後輩から話しかけられても、「先生は、よせ」と、てれ臭さげに断っていたものだった。こんな居酒屋風情の親爺達からは、勿論《もちろん》「先生」と呼ばれて差支えないものの、平常の太宰らしくなく、唐突な感じが、湧いた事を覚えている。

「親爺。てんぷらを喰《く》いにゆかないか？」

「どこへだね、先生」

「碧魚荘だ」

「お供しましょう」

「行かないか？　檀君」

「ああ」と、私は肯いた。

「先生。○ちゃん、随分待ってましたぜ」

「ほんとかねえ。不思議だねえ」

と、これは芸者か、遊女の事をでも言うようだった。

それから太宰は、その話のつづきだろう、しきりに可笑《おか》しそうに亭主と、談笑しながら、三人は海岸の道を上がっていった。トンネルを越えると例の（ちょっと待て）の木札が立っている、断崖の淵である。碧魚荘はその手前の海ぎしの上に建っていた。太宰は前に来たことでもあるのか、つかつかと這入り込んで、真下に海の見下ろせる、料理場の中に歩いていった。調理場は、丁度バーの風に囲われていて、即席のてんぷらが揚げられるようだった。高級の小料理屋風である。

「いいのかい？」

と、椅子にかけた折に、私は不安になって、こう言うと、太宰は、

「ああ」と、肯いた。倹約の忠義だてでもあるまいと思ったが、それでも私なぞついぞ這入り慣れない程の高級料理屋で、何か、不安だった。

「檀さん。ここのてんぷらはね、みんなたねは下の生簀《いけす》から抜いてくるんだからね」と、目玉の松が私に教えてくれた。

油が煮立っている。煙があがって、シューンと次々とてんぷらが放り込まれていった。やがて油鍋《あぶらなべ》の上のベンチレータが旋廻《せんかい》し始めた。

「何です？　あれ」

「けむ抜きでさあ」

と、てんぷら屋の親爺は、真白の割烹着《かっぽうぎ》を着て、こう答えた。

アト・ホームの感じが全くしない。旅先では、よくキャメル等《など》吸う、贅沢《ぜいたく》好みの太宰はよく知っているものの、しかし私と太宰と二人ぎりの時は、大抵浅草《あさくさ》か玉《たま》の井《い》辺りの、大工や日傭人足《ひやとひにんそく》達がひっかける安食堂を梯子《はしご》して廻《まわ》るのが常だった。

酒が出されている。飲む。太宰は「歯痛だ」といっていた癖に、いつもの通りの豪酒振りを発揮しはじめている。最後に海苔《のり》がチリチリと上げられて、

「いくら？　お勘定」と、太宰が言うと、

「へえ、有難うございます。二十八円七十銭」

やっぱり、と私はさっと青ざめたが、さすがに太宰の血の気も失せてゆくようだった。

しかし、一度断崖をすべり落ちてしまうと、太宰も私も、居直るたちだ。もう太宰のふところは、五十円未満しか残っていまい。目玉の松の所の支払いや、それから道々話し合っていた模様から察すると、芸者屋か遊女屋の支払いも、かなり溜《たま》っているに相違ない。それに、宿泊料を合わせると、到底太宰のふところでは、済まぬことだと観念した。

遠いところは時雨《しぐれ》てでもいるのだろう。海上に暗い雲が密着して、波は白くめくれ立っていた。暮れてゆく。

私達は坂道をどんどんと下りて行った。太宰は手に握った蛇の目の傘をブラブラと大きくゆすっている。

温泉の街の灯がとぼっていた。相変らず流れ湯の白煙がたてこめて、それが靄《もや》のふうに川面《かわも》を一杯に匐《は》っていた。先程の目玉の松の家にあとがえった。時々、初代さんの遣瀬《やるせ》ないような目の色が浮んで来たが、もう私もやけくそだった。苦杯はあおる程にがい。

太宰の顔の中にも、あの尊大な自我没入の不貞腐《ふてくさ》れた麻痺《まひ》の表情が見えてきた。

改造を手に取って、盃《さかずき》をあおりながら、じっと目をこらす。

「うん。やっぱり、俺のだ。一番いい、駄目だねえ、里見弴《さとみとん》なんか、全く感覚がなくなってしまったね。ひどいねえ、これは」

私は、太宰の手から奪いとって、その改造を手にしたが、酔い呆《ほう》けた目にはよく見えなかった。ただ、

「ナタリヤさんキッスしましょう」と言うゴジの九ポが、その時見た儘《まま》の活字の姿で、今も私の目の中に残っているだけだ。太宰はしきりに誤植を直していた。

「ひどい誤植だ。センスないね」

「そうかい」

私は訂正された太宰の文字を眺めながらそう言った。

太宰は上等の駱駝《らくだ》のモジリを着込んでいた。兄さんのお下りか、それとも北さんの思いやりで届いた品だろう。それに、これは後にも先にも、たった一度見かけただけで、或《ある》いは目玉の松からでも借り受けていたのかも知れないが、白い絹のマフラーを首に巻きつけていた。どう見ても、日頃、太宰の嫌う、芝屋もん風ではないか。その時の私の嫌悪感を忘れないから、ここの処は印象が、極めて明瞭《めいりょう》だ。

酔が、かなりすすんだ時だった。

「檀君、鮎子《あゆこ》さんに結婚を申し込んで呉れないか？」

「鮎子さん？」

と、私は意外だった。谷崎《たにざき》鮎子さんの事だろうか。しかし、これは婚約者があることだと、私ですら聞いている。正気なのかどうかを疑った。しかしその表情は生真面目《きまじめ》で、いつもの、自分をからかうような調子に移らないのである。

「確信あるんだ。佐藤《さとう》先生にお願いしてみてくれないか？」

「ああ」

と、私は曖昧に答えたが、納得出来なかった。

太宰が鮎子さんに、ひそかな思慕を寄せていたとは思われない。もしあったとしても、それは軽い気分で、その軽い気分を無理に、自分に思い込ませようと努めていたに違いない。太宰にはこういう妄想の一面が、たしかにあった。この時は未だ発端で、決定的な進行を見せていなかった。発端は、いつも、たわむれであり、気分であり、希望であり、或《あるい》は思いつきであっても、それが進行し、増大してゆくと、例の太宰的懊悩《おうのう》悲哀となり、ついに破局的な結果を招くのが常である。

誰だって、妄想はある。そもそも人生というものは自分の妄想を抱いて、墓場に急ぐ道程の事だろう。しかし、太宰の場合は、殊《こと》に一方的に増大してゆく妄想が激しかった。成程、人生という奴は作ってゆく人生だ。しかし、この太宰の、作られてゆく人生には全くといっていいほど天然の是正がない。死んでしまったから言うわけでは無いが、昔、太宰はひどく西瓜《すいか》を喰《た》べることを嫌っていた。私が好んで、この真夏の甘味をむさぼるのを見る度に、

「いやだねえ、ひどいねえ、不態《ぶざま》だよ、檀君。第一大きすぎる、赤すぎるよ」

勿論、随分とユーモラスにではあったが、こう言うのが口癖のようだった。後年、清水《しみず》崑《こん》の漫画を見て、太宰が半ズボンで西瓜を買いにゆく画《え》が見えていたが、私は嬉しかった。

太宰の心の持場が、自由な喜びに開いていったと、新しい文芸が信じられた。

さて、その日の鮎子さんの一件を今考えてみると、或は、目玉の松や、斜視の小僧達に対する示威《じい》ではなかったかという疑いも生じてくる。実際、聞こえよがしに言っていた。後で目玉の松と私と連れ立って上京した折も、この目玉の松から、鮎子さんの一件を聞き正された事がある。すると、自分の周囲の状況を華やかに修飾して、この債権者達の安堵を得たかったのかも解らない。いや、そう考えた方が自然ではないか。

その晩は、私達は案の定、裏の遊女の家に出掛けていった。

「信じろよ、檀君。これはね、とってもいい子だよ。とっておきなんだがねえ、譲るよ」

そう言って、一人の女を私の前に坐《すわ》らせた。

「あら、厭《いや》だ。よしてよそんな事」と、女が言った事を覚えている。すると太宰が、その女の方に向き直って、

「素直に、ハイ、と言いなさい。これが難しいんだよ。ハイ、と言えさえすればね」

「じゃ、ハーイ」

「驚いたね。見直したよ。一目惚《ひとめぼ》れか？　こりゃひでえ」

と、太宰は大声に笑いながら、次の部屋に這入っていった。今でも目に浮ぶが、こういう太宰は実によかった。

文学を忘れてしまって、虚栄を抜きにして、おのおのの悲しみだけを支えながら、遊蕩《ゆうとう》

にふける時間が、私達の僅《わず》かな、安静な時間だったといえるだろう。太宰のいう、千人に通じた女は、もう処女だ。その名も知れぬ処女達の、肌の温《ぬく》もりにだけ、かすかな私達の憩《いこ》いがあった。

私が、女と連れだって、真夜中、浴場に立ってみると、太宰も女を連れて浴槽の中に、かがみこんでいた。

「洗えよ君。処女にも黴菌《ばいきん》はついてるからね」

クックッと太宰は湯の中から顔を上げて笑っていた。流れ湯の落ち込む音が、夜通し、川の中に鳴っていた。

翌朝も、そこから真直ぐ目玉の松の、居酒屋に帰るのである。

「おやじ。ひどいね。檀と双葉と、もう昨夜、こうだ」

太宰ははしゃぎながら、両手を合わせて空へ突き上げる真似をする。

「ウヘヘヘ」と、おやじと斜視は顔を見合わせあって喜んだ。二、三杯の酒をあおり、宿に引き揚げてきて床につくのである。

金の事はもう太宰に言わなかった。わかっている。太宰も私にひとことも語らなかった。太宰の寝姿を時折確めながら、醒《さ》めては眠り、醒めては眠る。一度、太宰と顔が合った。

「クックッ」と、太宰が笑いだすのである。

「心境が澄み切ってね――」

何を言うのかと、その口許《くちもと》を見つめると、

「もう眠る、ばかしさ」

ウフフ――と、太宰が布団を被《かぶ》って、含み笑いに移っていった。

やがて太宰が、むっくと起きて、

「こうしちゃいられねえ」

金かと私も起きあがって、悔恨がかすめるが、「ゆこう」と、又酒になり、女になる。

三日目の朝だった。

「檀君、菊池《きくち》寛《かん》の処に行ってくる」

「大丈夫かい？」

「ああ、大丈夫だ」と、太宰が言ったが、私は心細い限りだった。しかし、この儘《まま》ではどうにもならないことはわかっている。

「明日、いや、あさっては帰ってくる。君、ここで待っていてくれないか？」

かりに私が東京へ出たところで何の成算もないからには、待つのに限る。

「ああ、いいよ」と、私は肯いた。

「留守中は、淋《さび》しい目にゃ、会わせないよ」

太宰はそう言い残して東京へ出ていった。

一日。二日。太宰は帰って来なかった。私は宿の下駄《げた》を借り、埋立の突堤《とってい》の所を毎日歩いていた。そこ迄が許された、行動半径のようである。宿屋のおやじの視線がはずれないのである。

暗鬱《あんうつ》な海だった。波がよろめき立っていた。廻し車の釣り糸を垂れた投釣の釣人が、大勢風の早い冬の海に釣っていた。

大きいチヌが一匹釣れていた事を覚えている。たぐり上げたテグスの先に糸を張った黒《くろ》鯛《だい》が、左右に泳ぎ狂いながら、少しずつ、少しずつ、遂に、釣人の手の中にひきしぼられていった事を覚えている。それが、手タブにすくい取られ、網の目の中にバタバタとくねっていた事も覚えている。

三日目に、宿の部屋へ双葉が来た。太宰の思い遣りだろう。私は布団の中に引き入れると、妙にバタつく女を抱きしめていた。

あくる日も来た。その翌日も来た。

私はようやく、太宰が帰らないな、と気がついた。いや、帰れないのだと気がついた。するど、どうして現在の窮況を打開し得るのかと狂おしかった。もう突堤への散歩も出来なくなっていた。宿の主人が顔を出すのである。それでも食事は二度だけは確実に運ばれた。双葉は時にやってきて、あきらめたように、床《とこ》の中にもぐり込んだ。

「先生、まあだ?」

「ああ」と、私は女の肌を探り取った。脂肪層の柔らかく厚い女だった。五尺にも足りないか？　あちらの家ではそうは思わなかったが、宿に来てみると倭小《わいしょう》な見すぼらしい女だった。全体の筋肉が、平らな朝鮮飴《あめ》のふうである。その朝鮮飴の全体に、情味が万遍なくふわりと、散らばっているようだった。

私はもどかしかった。私は今、集中された愛と、献身と爆発が、欲しかった。打てば響くような心が欲しいと、もどかしいのである。そのもどかしい滑らかな皮膚を、なでさするだけだった。

幾日目だったろう。十日のように長かったような気もするし、五日目位だったような気持もする。目玉の松がやって来た。

「檀さん。この儘じゃどうにもなりませんよ」

そうだ、どうにもならない、と情無かった。

「行ってみましょうや、太宰さんの処に」

仮りに太宰を見付け出したところで、どうなろう。益々《ますます》、みじめになるばかりだとは思ったが、しかし、他に解決の法がない、ゆけば何かの窮策が生まれるかも知れない、と、私も思った。

「ここは、いいの？」

階下の宿のあるじの方を、私はちょっと指差した。

「ああ、ようがすとも。見つけにゆくんだから、仕方がないでしょう」

「じゃ、ゆこう」

「すぐにゆきますか？」

「すぐにゆく」

「何処を見つけたらいいでしょうなあ」

「井伏さんのところさ」と、私は言下に答えた。あそこに太宰も一度は顔を出しているに違いない。いないにせよ、何かの手掛りはあるだろう。

みじめな旅だった。罪は太宰だけではない。私が悪いのだ。木乃伊《みいら》取りが、木乃伊にな
ったどころではない。初代さんにも誰にも会わせる顔が無いではないかと、気が滅入《めい》った。

思えば熱い海だった。そこに焼きつくされて、醜態の残骸《ざんがい》を運んでゆく。おまけに、馬
をまで連れて――。

荻窪《おぎくぼ》の駅を降り、清水《しみず》町に出掛けていった。

「御免下さい。太宰を、御存知ありませんでしょうか？」

「ああ、見えてますよ」

「います？」と、自分でも厭な声だった。

「檀さん、ですよ」と奥さんが座敷の方に声をかけられた。

「ああ、檀君」

太宰の狼狽《ろうばい》の声が聞こえてくる。私は障子を開け放った。

「何だ、君。あんまりじゃないか」と、私は激怒した。いや、激怒しなければならない、其場《そのば》の打算が強くきた。

太宰は井伏さんと、将棋をさしていた。その儘、私の怒声に、パラパラと駒を盤上に崩してしまうのである。

指先は細かに震えていた。血の気が失せてしまった顔だった。オロオロと声も何も出ないようである。

「どうしたんだい？　檀君、怒鳴りこんで来たりして」

と、井伏さんは怪訝《けげん》な顔で私を見た。目玉の松が、得たりというふうに、今迄の事情を早口に喋《しゃべ》っている。井伏さんは、ようやく納得されたようだった。目玉の松をなだめたり、すかしたりした末に、

「とにかく、明日は出来るだけの事をして、檀君と熱海にゆくから、ひと先《ま》ず引き揚げてくれないか」

目玉の松は、しぶしぶと引き揚げた。たしか総額で、三百円足らずの借金だったように覚えている。宿の払い、居酒屋の払い、それに遊女屋の立替金のようだった。目玉の松は井伏さんの手の中に、何十枚もの酒や、女の勘定書を預けていった。私は冷汗ものだった。

ややゝ、平静を取り戻した後だったろう。丁度井伏さんが立たれた留守を見て、太宰は私に低く言った。

いる。

「待つ身が辛《つら》いかね、待たせる身が辛いかね」

この言葉は弱々しかったが、強い反撃の響《ひびき》を持っていたことを今でもはっきりと覚えている。

その日であったか、その翌日であったか忘れたが、私は井伏さんに伴われて、関口台町《せきぐちだい》の佐藤春夫《はるお》先生宅をお訪ねした。御夫妻とも在宅のようだった。事が事だけにあの時の私は、冷汗三斗《と》、穴あらば這入り度《た》い、すべての言葉よりも深刻だった。

井伏さんの説明を聞きながら、佐藤先生は、不快な事だが、見逃しも出来ぬといったふうに、いちいち肯かれるのである。

井伏さんは時折、例の、女の勘定書きを膝《ひざ》の上にパラパラとめくりながら、先生と、私の顔を交互に見られた。

もう生涯、あのような恥ずかしい目にあわずに済めば幸わせである。私は「丹下氏邸《たんげ》」を読み返す度に、あの日の井伏さんの、膝の上に積まれていた、女の、夥《おびただ》しい勘定書を思い起こすならわしだ。

佐藤先生からは、私の宿代として三十円、太宰の分としてたしか六十円、残余は井伏さんが御自分の物や初代さんの衣類などを入質して、まかなって下さった。その足で、すぐに井伏さんと二人、熱海に急いでいった。

寒い日だった。滅法情なかった。私はあの日に井伏さんが、履いておられた日和下駄を、今でもはっきりと覚えている。柾《まさ》の正しく通った、足の幅ときっちりの細い日和下駄だった。それを気ぜわしくカチカチと踏みながら、熱海のコンクリ道を海沿いに歩いてゆかれた。宿の払いを済ませ、目玉の松のところは、やや足りなかったが、井伏さんの折衝で、ようやく納得したようだった。

吻《ほ》っとして、井伏さんに伴われて這入った、大きな共同浴場の、丸いセメントの浴槽の事を覚えている。温泉の中に、ポッカリ浮んで、目をパチパチさせながら、しきりに首の廻りに、手拭《てぬぐい》を使っておられた、井伏さんの顔を思い出す。

「なーに、あの男は僕に大きな口をきけた義理じゃないんだよ」

井伏さんはそう言って広い浴槽の中を浮び歩きながら、又首のところに、チャプチャプとタオルを、もってゆかれるようだった。

私は後日、「走れメロス」という太宰の傑《すぐ》れた作品を読んで、おそらく私達の熱海行が、少なくもその重要な心情の発端になっていはしないかと考えた。あれを読む度に、文学に携わるはしくれの身の幸福を思うわけである。憤怒も、悔恨も、汚辱も清められ、軟らかい香気がふわりと私の醜い心の周辺を被覆《ひふく》するならわしだ。

「待つ身が辛いかね。待たせる身が辛いかね」と、太宰の声が、低く私の耳にいつまでも響いてくる。

昭和二十四年八月・「太宰治研究」奥野健男編（筑摩書房）

太宰治と読書

太宰《だざい》の読書について少しばかり述べておく。太宰は平常、机辺に書籍を置かないことを常とした。いや、どの時代にも蔵書というものは、殆《ほとん》ど皆無だったことを私は知っている。古びた辞書が一冊、それから明治頃の版によるのだろう。活字の大きい古い枕草子が一冊、多分、これは露店の十銭ものでであったのだろう。しかし、一度読んで安心のゆける本は太宰は精読するたちだった。これも又、旅行と同断である。一度読み馴染《なじ》んで安心のいった本でないと読まないわけだ。自分から書籍を読みあさることは決してなく、人にすすめられ、納得してから、おもむろに読んでいる。それが気に入れば、繰り返し繰り返し読んでみるというのが、太宰の読書の自然な流儀であった。

私がすすめて読み耽《ふけ》ったものに、花伝書があった。また、保田《やすだ》にすすめられてしばらく斎藤緑雨《さいとうりょくう》に読み耽っていた時期がある。

さて、太宰の座右の書を、もう一度あげるなら、(座右と言っても、繰りかえすが決して机辺には置かずほんの五、六冊を隅に隠してつみ重ねていただけであるが）大抵夜店あたりで買った、十銭古本のたぐいで、兼好《けんこう》の徒然草《つれづれぐさ》。まあ、日本の古典では枕草子と徒然草を繰りかえし繰りかえし精読していただろう。但しこれは決して趣味的読書ではなく、至るところに応用、転化出来るぐらいの、全く血肉の読書であった。それから円朝《えんちょう》全集。太宰の初期から最後に至る全文学に落語の決定的な影響を見逃したら、これは批評にならないから、後日の批評家諸君はよくよく注意してほしいことである。

太宰の文章の根幹が、主として落語の転位法によって運営されている事を忘れてはならない。ただし落語は寄席にこる趣味というのでは決してなく、講談社の落語全集であれ、道端の十銭の落語本であれ、それを拾い買って来て、読み耽っていただけのことである。

それから、「柳樽《やなぎだる》」これも又太宰が各時代を通じて手離さなかった、愛読の書であった。上田《うえだ》秋成《あきなり》。西鶴《さいかく》。芭蕉《ばしょう》。繰り返すが、決して全集を集めるとか、そんな事をやるわけではなく、たまたま買ってきた古本の一冊を絶えずよみ耽るといった按配《あんばい》だ。まあ、これだけが太宰の文学の殆ど全根幹を形づくっていただろう。それに金槐《きんかい》集なぞ、時に読んでいたかも知れない。云うまでもないことだが、太宰の文学が西洋につながるものだなぞと早《はや》合《が》点《てん》してはならない。あれ程、日本文学の湿気の多い沼の中に深く根を下していた、文学は少ないことを、私ははっきりと知っている。言い忘れたが、お伽《とぎ》草子、黄表紙のたぐい、それに伊曾保《いそほ》物語。これも又、太宰がひそかに押入の隅にかくし持っていた僅《わず》かの蔵書の一つである。

記紀や万葉は勿論《もちろん》読んだかも知れないが、繰り返し読んだとはいえないだろう。源氏《げんじ》ははっきりとは断言出来ないが、読んでいなかったと私は考えたい。つまり、枕草子から始まる、唯今《ただいま》列記した書籍類は、繰り返し開いては読んで、血となり肉となっていた。それから、近世では鏡花《きようか》、泡鳴《ほうめい》、荷風《かふう》、善蔵《ぜんぞう》、あたりではなかったろうか。

さて、西洋の部であるが、まあ聖書だろう。ただし私はあまり興味がなかったから、聖書について語りあったことは殆どない。大抵山岸《やまぎし》と二人怪気焔《かいきえん》を挙げていた。つまり、愛とか、苦悩とか、信じるとか、そんな大それた言葉の濫用《らんよう》は私の郷家の封建の気風に、全くないので、口にするのが恥ずかしかった。

太宰が、手紙の中で絶えずこれらの言葉を濫発《らんぱつ》するのを、いつも奇異な心持で眺めたばかりである。

何といっても、西洋の文学で太宰の一番の愛読書はチェホフだ。短篇のすべての根幹にその激しい影響が見られるだろう。

太宰は長い小説は書くのも嫌いのようであったが、読むのも面倒のようだった。「スタフォロギン」と絶えず口走っていたが、もし読んだとすれば、「悪霊」と「カラマゾフの兄弟」が一番長い小説だったろう。

チェホフの短篇は、しかし随時古本屋から買い改めて来ては、こそこそと読んでいた。

「決闘ぐらいの小説が書けたらねえ」太宰はよくそんなことを云っていた。

それから、プーシュキン。これは太宰の西洋気質を刺戟《しげき》し、導いた一番のものだったろう。オネーギンやスペードの女王は、太宰がこっそり開いて随時堪能《たんのう》した西洋憧憬の根源である。

「生くることに心せき、感ずることも急がるる」

これ程鍾愛《しょうあい》した太宰の言葉は、他にないだろう。

レールモントフ。これはその生活の上から太宰に顕著な興味を与えたようだった。

何処の版であったか、又、何という小説の訳本であったか、今、全く忘れたが、コーカサスの谷の多い台地の上を、飄々《ひょうひょう》と歩いている、レールモントフの口絵を太宰が飽かず眺めて、嘆息していたことを覚えている。

イギリスでは、何といってもシェークスピアだろう。取り分けハムレット。「左の目に憂愁。右の目に……」という言葉は又太宰の随分好きな言葉だった。それから、バイロン卿《きょう》だ。太宰だって、ひそかにあのヘレスポント海峡は泳ぎ渡ってみたく思ったことだろう。

また、サロメは愛読した。いや、「獄中記」はやっぱり太宰の愛読の書であったろう。

アメリカでは勿論ポーだ。

大ゲーテはあまり太宰は読まなかった。が、多分「ヘルマンとドロテア」を開いて読んでいたことを、一度だけ覚えている。

寧《むし》ろ鷗外《おうがい》の手引で、シュニッツラーの「みれん」や、クライストの「地震」なぞの方が好きだったろう。云うまでもないことだが、鷗外ぐらいの名訳でなければ、太宰は馬鹿々々しくて西洋のものは読まなかった。

そうだ。登張竹風《とばりちくふう》の「如是説法」、生田長江《いくたちょうこう》の「ニーチェ全集」は、これは太宰の最大の蔵書であった。

それから、時折買っては売っていた、鷗外全集の飜訳篇。「女の決闘」の中に書かれてある通りに、これは繰りかえし読んで飽かなかった。

東大の仏文科に在籍したといっても、フランス語は目に一丁字もなかったから、マラルメ、ランボーなどと口ばしっても、なに、その解説に胸をときめかすだけで、納得のゆく読書にはなっていなかった。ただ、青い何処かの文庫本で読んでいた、フランソワ・ヴィヨンの「大盗伝」が、尤《もっと》も納得のいった面白いものだったろう。それからエドモン・ロスタンだ。

ベルレーヌは、これは上田敏《うえだびん》か、堀口大学《ほりぐちだいがく》の訳で読んだのであろうが、随分気質的に鍾愛したようだった。ラヂゲのドルジェル伯の舞踏会は、私がすすめた程の、面白い反応は示さなかった。ジイド。ヴァレリー。時々読んでいたのを覚えている。まあ太宰の読書は、これだけの通い馴《な》れた道を、行きつ戻りつ、しかし、その都度思いがけぬ甘い不思議な花を見つけて来る、といったふうの読みかただった。

しばしば、気に入った文句を、自分流の妄想で勝手に、改変した原文の章句を、これまた自分流に口調よく作りなおして、人に聞かせたり、引用したりしていたが、時に、原文の本旨と全くかけ違ったことすらある。

「撰《えら》ばれたものの、恍惚《こうこつ》と不安と二つながら我にあり」

「罪なくて配所の月」

それから先程も引用した、

「生くることに心せき、感ずることも急がる」

などは、どうしてどうして、太宰の全生涯をゆすぶったあまりにも鍾愛の文字であった。

それから北欧では、イブセンとストリンドベルヒ。

中国の文献は「剪燈新話《せんとうしんわ》」以外、何を読んだか全く知らない。

トルストイ。こればかりは太宰が語ったのを、未《いま》だかつて聞いたためしがない。

それから、思いだしたが、太宰はまた「三銃士」や「巌窟王《がんくつおう》」や「椿姫」などというのは、これは熟読したようだ。人生の「大活劇」や「大悲劇」ほど太宰が好きだったものはない。心が鎮まった日には、然《しか》し同じ気分で「サフオ」「サフオ」と云っていた。

昭和二十四年・「小説太宰治」(六興出版社)

熱風

誰だって、泣きだしたいほどの、時はある。そのSという夕刊新聞から、「石川五右衛《いしかわごえ》門《もん》」を書けと云われた時には、私も、やっぱり、あやうく、嗚咽《おえつ》の衝動に誘われかけた。身から出た錆《さび》――堕落小説と自嘲《じちょう》しながら、この日頃、俗悪の文章を流布したが、まさか、石川五右衛門まで堕《お》ちてゆくとは、自分ながら知らなかった。

しかし、私は、悲哀は猛烈な反撃によって突破するという、生来の妄動的性癖を持っている。

「よろしい。書きましょう」

五右衛門なら、生まれた時から書いてみたかった――これほど私に似つかわしい主題はない――と云わぬばかりに肯《うなず》いて、S紙の記者を静かに送り出すと、あらためてビールをあおった。

「いくらなんでも、五右衛門がお出来になるか知ら?」

「おやめになったら……」

と女房が酒の肴《さかな》を運びながら、気づかわしげに云っている。

しかしながら、いかなる相手方の奇怪な要求であれ、盛るべき器は、小説に変わりあるまい。とすれば、その小説の中に、このひしめき、浮動する、雑多な人間の悲しみ、の表情を、しかと表出出来得ないということはないだろう。出来なければ自分が非力なまでの話である。

まして五右衛門というのは人々の口の端《は》に伝承されてきた、愛すべき奇賊《きぞく》であろう。いや絶妙の奇賊に仕立上げてみたいものである。

時は桃山だ。時代もよい。秀吉《ひでよし》がいるではないか。利休《りきゅう》がいるではないか。利休の佗《わ》び茶を秀吉が快活な太閤《たいこう》流儀の朗々たる茶道に変えてゆく——。

同じく、野心満々、稚気満々、ただ己の表出をあやまって、頭髪は自雷也《じらいや》流、煙管《キセル》は法螺《ほら》貝《がい》大、羽織はヤケクソで裏返し、金銭は木ッ葉の如く、木ッ葉だと思い知らせてやりたいばっかりに掠《かす》め取り、千鳥の茶壺《ちゃつぼ》が珍品だと聞けば、盗み取ってきて、群盗をよせ集め、ワイワイワイワイの大茶会、骨董《こっとう》などチンプンカンプン、使い終ったら放り棄てる。花見と聞けばそれ花見、諸大名の金蒔絵《まきえ》の紋入り重箱、野遊の弁当箱の類《たぐい》を盗み集めて、紋の上に、五の焼印をベタベタ焼きつけ、我こそ石川五右衛門——というのは、どうだろう。悲しい話ではないか——。

財宝の価値が判らないばっかりに、財宝を掠め歩く憫《あわれ》な豪傑。神仏をたのむには現世主義者過ぎ、生命をたのむには生命の根源を知らな過ぎ、メッタヤタラ、財を掠め、財を散らし、生を掠め、生を散らし、貞女に慕われれば、逆上して淫婦《いんぷ》を囲うというていたらく。眼に一丁字無く、俳諧《はいかい》の真似事、花鳥風月のあそびなど何ごとによらず、やって見ようと思い立つが、万事、笊《ざる》に水を盛るようなあんばい。

その名は怪盗石川五右衛門――。

審美の規格などあって、たまるものか。己の文芸、乃至《ないし》人生の幅などというものは、あらゆる先様の要求に従って、拡げて見るに限る。

私は酔いに乗じて、五右衛門の妄想をほしいままにすると、傍らの女房を顧み、

「よし、俺は五右衛門で、書斎を建増すぞ」

が、朝は鬱陶《うっとう》しくてかなわなかった。冷水を一杯飲み、己の空虚に耐えて、黙ったまま鵞鳥《がちょう》の啼声《なきごえ》を聞いている。

それにしても、現代の商業主義が要求する要求ほど苛酷《かこく》でドンランなものはないだろう。私達は、絶えず殆《ほと》ど崩壊を強いられている、とさえ云えるかも知れぬ。

宮廷が要求した要求。藩侯が要求した要求。勃興《ぼっこう》する市民社会が要求した要求。衰頽《すいたい》する市民社会が要求する要求。私は世界美術集をひきだしてパラパラと繰りながら人類興亡

のとめどない感慨に耽《ふけ》っている。

ダ・ヴィンチ、ミケランジェロー、レムブラント、デューラー、ルーベンス、コロー、ゴヤ、アングル、セザンヌ、ゴッホ、ロダン。

彼等も、その時々の見えない社会の要求と圧迫は蒙《こうむ》っていたに相違ない。しかしながら、見よ。正確な、己の保持。いかなる片鱗《へんりん》といえどもさながら、彼等の運命のひびきが伝わってくるような、威厳に満ちた業績。侵しがたい、根源への帰依。宇宙の核心に向かって旅情する巨大な旅人達。乞食《こじき》の果ての日まで、帝王を凌《しの》ぐほどの威力のある眼光。

私は情なくなってきた。千万の原稿紙を屠《ほふ》って、何をするというのだろう。何処に急ぐのだ。この雑然と昏迷《こんめい》しつくした世相の俘囚《ふしゅう》になるというわけか。シャガール。グロッス。黴《かび》のような人類の末孫達。その現代の末孫の更に亜流に似てるからというわけか。

止れ——。

私は、あわてて身支度をととのえると、バスの道に急いでゆく。青田の中にクッキリと鷺《さぎ》が三羽降りていた。

南極の捕鯨船乗り組みをたしかめに行くのである。

例の通り、作品社の山内文三が寛闊《かんかつ》に笑ってうなずいて出迎えてくれる。

「どうお？　店の方？」

「ええ、何とか、やっています」

苦しいだろう。事業も思わしくなく、本の売行も悪いと聞いている。が、微笑を湛《たた》えている人を見るのは、やっぱり良いものだ。

「時に檀さん、大変なことがあるんだよ」

「何、南極？」

「そう、それも――。何だかうまく行きそうですよ」

「そいつは有難い。ところでね、石川五右衛門という新聞小説を頼まれた。どうでしょう？」

「書いて見たい？」

「うん書いてもいい」

「じゃ、書いて見なさいよ」

「いいかしら？」

山内は、そいつはわからないというような、心配げな顔で笑って、しかしうなずいてだけは呉《く》れている。

私は五右衛門の大あらましを早口に語り終って、何は兎《と》もあれ、ほっとした。静かに山内の反応を見守っている。

「いいだろう。面白い、じゃない」

この二、三年来、山内には随分の迷惑をかけてきた。

「時にね、檀さん。太田静子《おおたしずこ》さんから大変な手紙が来ているよ。どうする？」

私はしばらく飲みこめなかった。山内がさんをつけたから、身近な誰かだという錯覚にとらわれた。

が、太田静子？「斜陽」の。太宰《だざい》の——。

「どんな？」

「持っておいでよ」

と、山内が側《かたわら》の社員を顧みた。私は、その封筒を手に取った。好奇心？それもある。好色？勿論《もちろん》のこと。が、選びとった運命が、さながら描く人生を見ることは私の熱愛するところである。

ただいま、午前三時でございます。三十分程前、子供が一寸《ちよつと》泣いて眼をさましましたが、私はそれからお金のことを考えましたら、ねむれませず、思い切って机に向い、ペンをとりました。太宰さまが亡くなりましてから、私は、小説を書いて生活して行きたいと考え、幼児を育てながら、毎日少しずつ書いてまいりまして、今年の春、やっと、二百五十枚ばかりの、太宰さまの思い出の小説を書きあげましたが、或《あ》る事情で出版が中止になってしまいました。愚かな私は「あはれわが歌」という、その小説を書きあげましたら、お金になるものと考え、借金をしては、書いて居りましたので、生活的に行詰ってしまいまして、いままで住んでおりました家を出て、庭隅のお堂の土間に移り住み、その後、レコードや冬の着更《きが》えのもの等を、売ってどうにか六月、七月と生きてまいりましたが、もう売るものもなく（タンスや本箱などは、田舎ではなかなか売れませず）何処か秋の気配を感じるようになりますと、これからのことを考え、どうしたらいいのかしらと途方に昏《く》れております。

先日、御社より、書簡集についてのお手紙を拝受いたしましたので、おすがりして「あはれわが歌」の出版のお願いを申しあげたいと、毎日考えておりました。「あはれわが歌」は小説として、まだまだの作品で、その出来栄えは駄目でございますけれど、太宰さまが有名な作家なので、その点から読まれるものと考えまして、その上へ私の文学への夢を賭《か》けて、一所懸命書いていたのでございます。昨日も原稿を出して読みかえしたらまだまだ書き直さなければならないことを痛感いたしましたが、今の私はどうかしてこの原稿をお金に代えて、この苦境をきりぬけて、立ち直りたいと思うのでございます。秋風が吹いてまいりますと、このお堂も出なければならないのでございます。

どうぞ、お願い申しあげます。原稿を見てやろう、というお気持がございましたら、お便りをいただきたいのでございます。厚かましいおねがいとは充分承知いたしておりますが、生活のためにおねがい申し上げるのでございます。返信のハガキを同封致しましたから、どうぞ、よろしくおねがい申しあげます。もしかお伺い申しあげたいと存じております、このむつかしい世に、私が、小説を書いて生きてゆくなどと、夢のような、馬鹿な考えだということが、このごろ、身に沁《し》みて分りましたけれど、何故か、亡くなったひと――私を愛しながら、亡くなったひとが、太宰さまや父や母が、私と、そうして子供を護《まも》っていて下さるような気がしてなりません。

勝手なお願いでございますが、どうぞ、よろしくお願い申しあげます。かしこ。

太田静子

社　長　様

ペン字は妙に丸まった筆蹟《ひっせき》で、一度書き終ったものの、また追白が便箋《びんせん》を細かに埋めている。

私は一、二度諸雑誌に分載された太田静子の小説を読んだことがある――。

私は太宰が上になったとか下になったとか、情交の露出までやる馬鹿――といった評者の言葉には肯かなかった。そんなことはどうでもよろしい。可憐《かれん》な御愛嬌《ごあいきょう》ではないか。

ただ、こんなことはいえるだろう。彼女が文学というものを思いちがったただけの、模糊《もこ》とした霞《かすみ》がかかっている。

文学というものは、太宰が彼女の上に置きざりにしていったものではない。さながら彼女が選んだ、彼女の果敢な愛と肉の運命――。

「どうする?」とまた山内が心配げにいっている。

「ああ、G社に出させましょう」

と私は即答した。作品社は太宰全集の続刊を引き受けている。それと重複させるのは不愉快だ。また太宰家に対しても申訳がないだろう。私がまだ読まない小説をG社に出版させるのは不可解のようだが、このような運命というものは、それが耐え得る限度をはかるためにも、煽情《せんじょう》を追う市井の眼の中にさらす必要がある。亡《ほろ》べば、それまでのことである。私達、文章を賭けている者の、誰一人として、同じ不安にさらされていないものがあるだろうか。

今日のように、誰もが己の喪失に喘《あえ》ぎ続け、美の来源を見迷っている時に、もし巧《たく》まず、一人の女性が、その愛の生成と顚落《てんらく》の行衛《ゆくえ》を書き続けることが出来たなら、現代の生粋《きっすい》の文芸となり得ないと誰がいおう。

ただたどしい愛の果ての一瞬のはかない肉のよろこびが、明確に描き得るとしたなら、これは目出度《めでた》い文章といわねばならぬ。

世の矮小《わいしょう》な腰抜け評者流が、彼等が脱け出し得ない通俗人情の場から、諸事を計画して、兎《と》や角いってみたところではじまるまい。

文芸は、さながら生命が描き出す、運命の文様だ。そうして君らに、そのような生成し顚落する運命の響きの一片すら無いことは確実だ。

私は太田静子の文章はいまだ見ず、この後に生み出し得るかも知れない可能を過大に考えて自分の中で珍重してみよう。

G社の階段を登ってゆくのである。磯部秀見《いそべひでみ》をつかまえる。

「太田静子の小説を出して見ない？」

「出そうか——売れるかね」

「売れるだろう」

私は握手を交わし、さっさとG社の階段を降りてきた。

そのままS新聞の支局の階段を上がってゆく。五右衛門に新しい物語を附加しよう。利休に十八の愛妾《あいしょう》を残させる。五右衛門が、利休の遺愛の茶室で、泥棒を大勢集め、メッタヤタラの茶会をやる。さてその交錯《こうさく》した奇ッ怪な茶会の模様はどうであろう。

私は支局長をつかまえて、石川五右衛門を本極《ほんぎま》りに承諾する。

「いや、奇想天外のものを書いてみますよ」

何をいってるのか、自分ながら情ない。奇想天外どころか、悲哀五尺の裡《り》の、破れかぶれのよまいごとだ、私はこっそりマルセイユーに抜け、街の熱風のあおりを浴びながら、一人グイグイとスタンドのビールをあおっている。

G社が大体、出版承諾の意向のこと、但し原稿を一読したいといっていること、私の書状を持ってG社に直接行けばわかること。尾崎一雄《おざきかずお》氏の校閲を得られたがよいだろうこと。私はそれだけの手紙を書いて（手紙を書くなど私は稀有《けう》なことだ）太田静子宛に出しておいた。

折かえし感謝の電報と、明日東京へ出てくる旨の電報があった。多分G社に行くだろう。行けば要件が済む。しかし、私は一度会ってみたかった。帰路にでも遠回りだろうが私の家に寄ってみるようにいってやればよかった。勿論、彼女は来なかった。が深夜、電報で叩《たた》きおこされる。女房がその電報を受取って、

「太田さんが、明日お見えになるそうですよ」

太郎《たろう》までが、寝ぼけ眼で起き上がった。

「太田さんて、だあれ？」

片仮名は読めるから、電報を奪い取って読んでいる。

「太宰おじちゃんの恋人たい」

太宰のことはよく知っている。エビ蟹《がに》取りがどんなに危いか、玉川《たまがわ》上水を見せてやって、太宰の死の顚末《てんまつ》を一度語ってきかせたことがある。その上与田準一《よだじゅんいち》氏のところの準介《じゅんすけ》君が、通学の途中、太宰の死体がうかんだところに通り合わせて、その日の印象を子供同士の残

酷な好奇心で、太郎にも語り聞かせたことがある。
「太田おばちゃん、明日来る?」
「そうよ。明日いらっしゃるのよ。早くねんね」
思い做《な》しか、女房の声も、稍々昂奮《しょうしょうこうふん》の顫《ふる》えを帯びている。

五右衛門を承諾すると同時に、すぐ建増しに決めたから、翌朝は大工の棟梁《とうりょう》達がドヤドヤとやってきた。

鶩鳥小舎《ろうこや》をとりこわし、シャモ小舎をとりこわし、鳥どもの啼《な》きわめき逃げまどう声が、耳を聾する程にかまびすしい。私はその喧騒《けんそう》にまみれながら女性の来訪を心待ちに待っている。

建増しは取りかかったが、しかし、首尾よく私の新聞小説は完成出来るか。それよりもその稿料を温存して果して、建増しに集中出来得るか。

「チチー。シャモのひよこが竈《かまど》の中で卵を産もうとしているよ」
太郎が大声で呼んでいるから、私も竈の側に行ってみた。トヤを失ったシャモの若鶏《わかどり》が、なるほど竈の中に坐《すわ》りこんで臆病そうに私達を見上げている。

竈の口が開いているからよく見える。やがて灰のたまったロストルの上にコロリと産み落とした。小さかった。その小さい卵がロストルの傾斜に沿うて転げ落ちそうになるのを、太郎が危く拾い上げるのである。シャモの若鶏は全身真黒にススを浴びて立上がり、竈の縁に飛び上がって、しばらくキョトンとしていたが、それからさかんに啼き声を上げはじめた。

「ウンダウンダウンダ——。ウンダウンダウンダ——」

と太郎がその啼声に声を合わせて呼ばわっている。私は吻《ほっ》とする。実に雑作ないことだ。こんな愉快な産卵のふうに屈託なく生きて見たいものである。キョトンと立上がって出来事に驚いているこのススだらけのシャモの若鶏に幸あれ！

それにしても彼女の来訪は遅かった。三時になっても、四時になっても来なかった。私は原稿の居催促《いざいそく》を受けている。

夕刻まで待ってみたが、これ以上原稿を遅《の》ばすわけにゆかないから、仕事部屋の方に出かけようと、自転車を引き出した。

いつのまにか、夕暮れかけている。下り坂の森蔭は殆ど薄暗いほどだった。向こうから、二組の母子が歩いてくる。一人の母は子供を負っていた。もう一人の母は子供を横かかえに抱えている。抱いているでもなく、全く不器用に、お腹のあたりに、斜めにブラ下げているといった方があたっている。

その母が、夕暮れの中で私を見上げた。ビックリしたような、瞳孔《どうこう》が拡散したような、キラキラと光りの募るような眼差しだった。瞬間、私は自転車を停める。

「太田さんでしょう？」

「ハイ」とその応対に不器用な眼が、くっきりと私を見上げたままだ。つっ立っている。

それから、子供をようやく抱き上げて、もう一人の母の方にむき直っておもむろに、肯き合うようだった。

「遅かったですね？」

「はい。昨日は雨が降りだしましたので」

私は自転車をまわして、それから押し、一、二間一緒に歩いたが、このように何事か思いつめているような女の人と、応対はむずかしい。道順を簡単に教えて、

「じゃ——先に待っています」自転車を走らせた。

「太田静子が来たよ」

私はそれだけを女房にいうと、夏まで放りっぱなしの炬達《こたつ》の前に、胡坐《こざ》した。森蔭は夕暮れだったが、まだ私の家の庭の中には陽ざしが残っている。シャモ小舎、鷲鳥小舎が乱雑にブチこわされ、庭一杯に放りだされたままだった。それが奇怪な焦燥感になって、今の私の心の中に安定しない。いや、人の運命のことが気がかりなのか。
五、六分待った。その人達の足音はもう一度、私の玄関の格子戸の前に戸まどって、それからガラリと開いた。
「どうぞ、入って下さい」私は坐ったまま、それだけしかいえない。

「こんなに大勢で伺いまして——」

「太田おばちゃん？」

太郎が走りだしてきた。

「上がって下さい」

私はもう一度、そういった。彼女は先《ま》ず、子供を上げ（治子《はるこ》ちゃんだろう）、それから自分も上がって、実に落着かない、実に不器用な坐り方をした。例の瞳孔の拡散したような眼で、子供のように部屋の中を見廻《みま》わしている。それから、

「こちらは、始終お世話になっている、下曾我《しもそが》のお友達です」

もう一人の稍々《しょうしょう》年上かと見ゆる婦人を紹介した。

太田静子は間違っても、美人とはいえないだろう。黒っぽい、模様のあるワンピースをつけている。近頃ふとったのか、脇下のスナップがとまりきらぬようである。足は横坐りにしている。それを絶えず右にしたり、左にしたりした。肥《ふと》っているせいか。いや、婆娑《しゃば》の流儀になじまないもののようだった。が、堂々としていた。予想していたようなつけ足りのようなものは何もなかった。私は太宰の愛人だと、はっきりと、是認してよいと思った。太宰が斜陽の中で夢想化したよりも、もっと根強い、根源の響きのようなものがあると思った。

いや、生活に幾変遷があったのだろう。

彼女は、しばらく、はなはだ素朴に、感謝の言葉をのべていた。感謝など不必要だ。私は自分流の好奇心に支配されている迄《まで》である。それが、彼女を破滅させないと、どうしていえよう。

「み堂に移って、それから着るものを全部売りつくして、八月になってから、もう一銭もありません。でも、きっと、もうすぐ何か来ると、待っておりました」

不思議なことをいう人だ。何が来るだろう。たまたま私がG社に出版を紹介したといっても、そんな偶然の邪悪な投機を、信じたりしてはいけない。

「いったい、どうしてゆくつもり？　小説では現状のままではとてもやってゆけないと思いますよ。ぼくは一つ二つしか読んでいないけど、何か、甘い霞のようなものがかかっている」

いや実は甘くてもよかった。甘くないのである。文学が毒している。その妙な、文学というモヤをはらわないと、文章などは綴《つづ》れまい。

が、ひとのことなど言えた義理ではない。

「結婚をしろとすすめられますが、もうとても結婚は出来ませんし、思い切ってパンヤでもはじめようと思いますけれど、子供がいますから、とても……」聞きとりにくかった。

「パン屋？」

「いいえ、パンパン」

私は黙って、その人の顔を見た。またたき一つしない。膝《ひざ》の子供をしっかりと抱えたままである。それが残されている道だとしたら、それもまた仕方がないだろう。膝の上の子供は、その母親より、私には父親に似ているように思われた。

少し青ざめた顔である。母の膝から立上がって、隣室に横になっている生後四ヶ月の私の息子の次郎《じろう》の方に走っていった。天井から吊《つ》られたセルロイドの風車をひっぱってはチリチリとゆすっている。

太田静子も、彼女の友人も、彼女達の子供が騒ぐから、しばしば立上がった。立上がって、戸まどって、同じく子供のように所在なく足をゆすぶっているふうだった。

私は雑誌記者と二人、ビールを飲む。彼女も一杯だけは、飲んでいた。

「少女小説を書いてみて御覧なさい。少女小説なら、或《あるい》は、米代ぐらいになるかも知れません」彼女は肯く。

ようやく真暗になってきた。灯《あか》りをともし、夕食にするのである。

「泊るとこ、ありますか?」

「ええ、夏ですから、何処でも」

御世辞にも泊れとはいいにくい。布団も部屋も足りないだろう。

「しかし、ごろ寝でよかったら、泊ってゆきなさい」

「ええ。でも、泊るところはありますから」

彼女の窮迫は想像以上のようだった、原稿用紙が買えないから、といって、原稿の第三部は揃っていない。

まだ、出版も確定的に決定したわけではなく、G社が支払うかどうかあやしいが、しかし、帰路の旅費も、何も、無いのではないか。それでも、彼女は夕食を済ますと、例の拡散した瞳孔をみはったようにして礼を述べ、それからみんなを引き連れてドヤドヤと帰っていった。太郎が大はしゃぎで自転車で送ってゆくのである。

後ろに空虚が残った。湿気の多い熱風が、ビールの汗を尚更《なおさら》あおりあげるのである。何かしら、いい足りなかったような心残りも感じたが、しかし、私に何が云え、私に何が出来るというのか。作家に、なれれば、なってみたらよいだろう。くりかえすように、さながら運命が描く人生ほど、私が熱愛するものはない。作家になれなくても面白い。ヨイトマケ、掃除婦、パンパン、彼女が顚落して行く道が何であれ——私は彼女の勇気と彼女の身を以《もっ》て描く人生を現代の気高い悲歌の一つに数えよう。

一昨日は、大勢にてお伺い申し上げまして、お仕事のお邪魔をいたしまして、おゆるし下さいませ。はじめてお伺い申し上げてお夕飯まで御馳走《ごちそう》になりますことの厚かましさは、充分心得ておりながら、お腹が空《す》いておりましたので、連れの女、子供まで御馳走になり、お礼の申しあげようもございません。御奥様へも何卒《なにとぞ》よろしく、お伝え下さいますように、おねがい申しあげます。

太郎さまのお顔、殊に美しい眼ざしが忘れられません。想像申しあげておりましたより、ずっとずっと可愛い太郎さまにお逢《あ》い出来て、うれしうございました。

次郎さまは、まだ、お小さくてまだまだこれからお変りになりますでしょうけど、堂々としたお顔と、落着いた感じは、いつまでも次郎さまの感じとして残りますことと存じあげます。治子も満一歳頃までは、おっとりした、優美な感じでございましたが、お金が無くなりますとともに、だんだん眼がこわくなりまして、お堂の住人になりましてからは、浮浪児めいて参りました。私もおデブさんになりました。私はこの六月以来、だんだん家の中が空になり、このままで行けば、十月ごろは酒匂川《さかわがわ》の砂利はこびになるのだと、決心を致しておりました。川原の砂利はこびでしたら、子供を連れて働きに出られると思いましたので……。私の中には砂利はこびやヨイトマケの生活にあこがれているものがあるのです。一昨日檀様に参上申しあげてお話を伺いまして、それからうれしいお話を伺いまして、昨日はジープ社へ伺い磯部様から二千円頂いてとてもとても楽しく、朗らかになりました。母親の心は直ぐ子供にも伝わるものと見えまして、ハルも人相が変ったように、福々しい顔になりました。

昨日、銀座《ぎんざ》の店で、パンとリンゴを買いまして、東京駅の八重洲《やえす》口へゆく途中、地下鉄工事の砂山がございましたので、しばらく、子供を砂山であそばしておりましたが、その時も檀様へお礼状を書きたい衝動に駆られましたけれど、そのまま東京エキへ向いました。檀様が「あはれわが歌」をお読みになりまして、甘さ、浅さ、いやらしさに、嫌忌をお感じになっていらっしゃったらどうしようかという不安が、かたまりになって、胸の上あたり、(肝臓だと思います)をかたくしていましたので、お礼状を、彼処《あそこ》で書くのを、やめに致しましたのでございます。夕方、下曾我へ下車いたしまして、駅から家までの中程で、偶然尾崎夫人にお逢いいたしました。「あはれわが歌」を書きあげましたあと、何だか尾崎先生が怖くなりまして、お伺い申しあげるのが足が重くなっておりましたので、奥さまに、お話申しあげました。作品社から頂いたお便りのこと、私のおねがいの手紙、檀様から頂きました御書簡、お伺い、ジープのこと、ダイジェスト・シリーズ、少女小説のことを申しあげ「奥さまから先生によろしくお伝え下さいませ」と申しましたのでございます。奥さまも「安心しました」と喜んで下さいましたので、昨夜、早速、駅前のおもちゃ屋へ行き、二十円均一の少女小説(加藤武雄《かとうたけお》著と谷崎精二《たにざきせいじ》著)を二冊買って参りました。

ジープ社からのお便り(出版の決定内金のこと)が明後日頃に着く予定でございます。よい便りでありますように、「あはれわが歌」がよい作品でないことはよく存じておりますが、あの作品によって、現在の私を、いやないやな奴とお感じになりお見棄てにならないようにと祈っております。

では今日はこれにて失礼申しあげます。この度のこと、厚くお礼申しあげます。皆々様の御健康をお祈り申しあげます。

かしこ

九月三日

太田静子拝

昭和二十五年十月号・「新潮」

淳、安吾、治、覚え書

この三つの孤独な魂について語るのは、私にとって極めて愉快なことである。いや、過ぎやすい私の生涯にとって、この不思議な三つの自由人らの魂の饗応《きょうおう》は、時にかけがえない天の贈与にすら思われる。

私は一人の文士として現代に生まれ合わせたことを、この上もなく愉快に思うものである。その愉快と幸福の大半を、実はこの三人の孤独な魂の存在に負うていることを考えると、謝恩の気持でいっぱいだ。かりに、唐代《とう》の李杜《りと》や、元禄《げんろく》の芭蕉西鶴《ばしょうさいかく》の時代を考えてすら、ひょっとしたら私は、淳《じゅん》、安吾《あんご》、治《おさむ》らに囲繞《いじょう》された現代の饗宴《きょうえん》を選び取ったかも知れぬ。

日本の敗戦が、もし何らかの意味を持ったとするならば、巨大な価値の顚覆《てんぷく》と、その価値の顚覆のさなかに、変わることのない文芸の誠を示し得た、この三つの独自な精神に、独自な発言の機会を与え得たことにあったろう。

この三つの魂がさながら響き合うようにして、精神の無垢《むく》な饗応を、惜しげもなく、さながらバラ撒《ま》きつづけたような不思議な時間の貴重さを、人はまだシッカリと感じとっていないようである。私は少なくも戦後六、七年に亘《わた》る未曾有《みぞう》に大模様な人間恢弘《かいこう》の健全さを忘れない。その健全さは主としてこの三人の魂によって支えられていたということを、人は正しく納得して見る必要がありそうだ。

時代は既に下降しはじめているのである。雄偉な情熱は嗤《わら》われて、とりとめのない末流の世態人情に切り換えられようとしている気配がある。

この三人の孤独な作家について顕著なことは、文学の効用を、何物にも左右されず、しっかりと手に取ったということだ。文学の効用というまぎらわしい精神の事業に関し、例外なく簡素で潔癖な自覚に到達したということだ。

その戯作者《げさくしゃ》論、奉仕論、サービス論等々と一見、彼等の自覚と全く相反しているような数々の宣言は、彼等の自覚と誠実の並々ならぬ太さによる。どのように棄てはしてみても、己の文学の誠は一貫流布するだろうという容易ならぬ悟達にある。

まことに文学の効用というものは、どのようにブザマに投げ棄ててみても、その本来の誠に貫かれるものであって、文学という女々《めめ》しい操作が、尚且《なおか》つ人間の悠久の生命につながる雄々《おお》しい道は、そこにある。

坂口《さかぐち》安吾氏は、先《ま》ず思考と文体の一切から、まぎらわしい無用の装飾をかなぐり捨てた。

裸形の文体に、前ノメリの裸形の生命をのせてみたのである。いや、いかなる形で投げ出してみても、文体というものは、その作家のあるがままの生命を荷負って疾走する以外にはないという明々白々の結論を実行してみたまでだ。

実行は過激である。その誠実が一瞬の躊躇《ちゅうちょ》をも許さないからだ。文体の改変より先に、全生活が躊躇なく改変され、安吾流の人生に移された。

文芸のハタラキが、此人《この》に於《お》けるほど、明瞭《めいりょう》に自覚されていることは稀《まれ》であろう。文章のハタラキを無造作に最下部のところで認知して、その中に跳梁《ちょうりょう》する異様な安吾流の人生をひしめかせるのである。

同じく石川《いしかわ》淳氏も、文芸のハタラキというものを過大にも過小にも考えない。そのハタラキの中に己の自由と誠実をそっと投げ出すばかりである。当節の文芸の文様など眼中においてはおらぬ。が、その文芸の運命に関してだけ、執拗《しつよう》な監視を怠らない。その爽快《そうかい》な精神の自在さは、時に高踏に見え、時に韜晦《とうかい》に見え、時に超時代に見えるかも知れぬ。が、精神の自由を撰《えら》ぶものが、高士逸士の風を帯びるのは至極当然のことであるだろう。

淳氏の問題は、正しい意味の文化継承者としての自恃《じじ》である。監視である。その逸脱に関して寸尺の仮借《かしゃく》も許さない。文化というものが、人間に発生した根源を諒知《りょうち》して、その文化の運命に関し驚くほど誠実な志を持っている。

この二人が卓抜なエッセイストとして人間の頽廃《たいはい》を嗅《か》ぎ取る術《すべ》は無類である。

おそらく、太宰《だざい》治は、この二人の先輩の言動を鼓舞と感じて千万の援言を得た心地であったろう。ともすれば気弱く自分の気質にのめりこみそうな己の背後に、二人の闊達《かったつ》な自由人の声を聞いて、どれ程、心強く思ったかわからない。

己の気質……己の肉感にともる情緒というものを……気弱く否定しながらも、遂に抜け切らず、中道で倒れたのは無念である。

昭和二十九年九月・「現代日本文学全集」（筑摩書房刊）月報17号

「走れメロス」と熱海事件

あらゆる芸術作品が成立する根本の事情は、その作家の内奥にかくれている動かしがたい長年月の忍苦に近い肉感があって、それが激発し流露《りゅうろ》してゆくものに相違なく、それらの作品成立の動機や原因を、卑近な出来事に結《ゆ》えつけて考えてみるのは決していいことではない。

いや、しばしば間違いですらあるだろう。だから、今から語る「熱海《あたみ》事件」を、「走れメロス」という作品が生まれた原因であったなどと、私は強弁するような、そんな身勝手な妄想も意志も持っていない。

ただ、私は「走れメロス」という作品を読む度に、何となく「熱海事件」が思い合わされて、その時間に耐えた太宰《だざい》の切ない祈りのような苦渋の表情がさながら目《ま》のあたり見えてくるような心地がするというだけのことである。

昭和十一年の暮であったか。

何しろ寒い時節の事であった。おそらく太宰が碧雲荘《へきうんそう》に間借《まがり》していた頃であったろう。本郷《ほんごう》の私の下宿に太宰の先夫人の初代《はつよ》さんがやってきたのである。用向は太宰が今熱海に仕事をしに行っているから、呼び戻して来てくれというのであった。

その時預った金は、太宰が兄さんから月三回に分けて送ってもらっている三十円。三十円全部はなかったかもしれないが、二十八、九円はあった。

熱海のその太宰の宿はすぐわかった。今の糸川《いとかわ》べりから海岸にそって袖ガ浦の方へぬけて行く途中であったような記憶がある。

太宰はひどく喜んで、三十円を受け取ってから、天婦羅《てんぷら》を喰《く》いに行こうと、私を誘った。袖ガ浦に抜けるトンネルの少し手前の、断崖《だんがい》の上に立っている見晴しのいい、イケスの天婦羅屋であった。途々《みちみち》女郎屋町のまん中のノミ屋のオヤジも誘い出していって、太宰はこのオヤジに金を渡し支払わせていたが、たしか十何円というあらかた持参金の半分近くがけし飛ぶような勘定だったことを覚えている。

それからはもう無茶苦茶だ。女郎屋の方に流連荒亡《りゅうれんこうぼう》。目がさめれば例のノミ屋のオヤジの店で飲みつづける。

或《ある》朝太宰が、菊池寛《きくちかん》のところに借金歎願《たんがん》に行ってくると云って、さすがに辛《つら》そうに振りきるようにして熱海をあとにして出ていった。成算あるのかどうか心許《こころもと》ないが、しかし、私は待つより外にない。

五日待ったか、十日待ったか、もう忘れた。私は宿に軟禁の態《てい》である。この時私が自分の汽車賃だけをでも持っていたならば、必ず脱出しただろう。井伏《いぶせ》さんの家へノコノコと出かけが、それさえ出来ず、ノミ屋のオヤジに連れられて、井伏さんの家へノコノコと出かけていった汚辱の一瞬の思い出だけは忘れられるものではない。太宰は井伏さんと将棋をさしていた。私は多分太宰を怒鳴ったろう。そうするよりほかに恰好《かっこう》がつかなかった。

この時、太宰が泣くような顔で、

「待つ身が辛いかね、待たせる身が辛いかね」

暗くつぶやいた言葉が今でも耳の底に消えにくい。

昭和三十年十二月「太宰治全集」・(筑摩書房刊) 月報三号

太宰治の文学碑

太宰治《だざいおさむ》の詩碑《しひ》は、その二つとも大変よいところに立っている。それを建てた人々の太宰治への愛情が、まっすぐに感じられるところで、太宰の文学をなつかしむのには、ちょっと、あれ以上の場所は考えられないほどである。

私は、幸いに、そのどちらの除幕式にも立ち会わせてもらったが、ともすると、太宰治が詩碑のほど近くで、笑いながら、酒をあおっているような錯覚にとらえられた。

御坂峠《みさかとうげ》の除幕式はいつであったか、はっきりとは覚えていないが、峠に向かうまでのこちら斜面の木立がもうすっかりもみじしてしまっていたことを覚えている。

その半透明の紅葉の木下が照り明って久方ぶりに太宰治その人にあいにでもゆくような心のときめきすら感じられた。

詩碑は山を負いながら、富士《ふじ》に正対して立っている。

みがき上げられた黒く冷めたい碑石《ひせき》の上に、「富士には月見草がよく似合ふ」と太宰治の清瘦《せいそう》の文字が、彼の体質のままに、まことによく復元されて刻みこまれてあった。

眼下にはススキの揺れる溶岩台を越えて、河口湖《かわぐちこ》が白くキラキラと光って見える。

その溶岩台上のうねるススキの道を、太宰治は何度バスに揺られながら通ったろうか……

……。

「富嶽《ふがく》百景」の文字のひろがりが、そのまま、御坂峠の眺望に重なって、私たちの眼底ににじみよってくるのである。

太宰治の作品の中には、例えば「人間失格」のように、また例えば「二十世紀旗手」のように、暗鬱《あんうつ》な己の思考にのめりこんでしまったような作品の系列もあるが、しかし、秀作はおおむね、その暗鬱の思考の中から、窓開いて、ほっと自然の中に開放された瞬間のものに多い。

だから、読者も特に太宰の文芸の温度を耐えがたく思う日には、思い切りよく、御坂峠の詩碑のあたりを逍遥《しょうよう》して、その風光のなかで、太宰治がさながら美しい快癒を見せたように、自分の胸をひらいてみるのがよいだろう。

蟹田《かにた》の詩碑のあり場所もきわめてよい。

津軽《つがる》湾の中に突入したこの小さな岬の丘陵の上は、さびしいセミの声に埋まっていた。

除幕式の席上、折から強風に吹きあおられるシオカラトンボが来賓《らいひん》の井伏鱒二《いぶせますじ》氏の頭上にチョンと羽を休めていた有様まで類《たぐ》いまれなその場の景物に思われて、もし太宰などが生きていたら、これをどのような秀抜な文章に書きとどめていただろうかと、私は一人、微笑がとまらなかった。

読者は太宰治の「津軽風土記」一巻をたずさえながら、このあたりの風物をたずねてまわるのが面白かろう。

下北半島《しもきた》を真向かいに見るドンヨリとしたこの北の海の朴訥《ぼくとつ》な風物こそ、太宰治の詩魂の精気をかたちづくったものに相違ないからである。

蟹田の文学碑は太宰の旧友中村貞次郎氏がいろいろと骨を折って完成したものであり、太宰治自身の文字が、碑石の上に復元出来なかったのは残念であるけれども、「かれは、人を喜ばせるのが、何よりも好きだった」と「正義と微笑」のなかから選びとって、佐藤《さとう》春夫《はるお》先生の染筆《せんぴつ》によるものだ。

その蟹田の町には、当の中村貞次郎氏が、まるで「碑守り」のふうに健在であるのは、その人柄のなつかしさと共に、私にとって忘れられないことである。

昭和三十四年十一月五日・「東京新聞」夕刊

文士十年説

火野葦平《ひのあしへい》氏が亡くなったとNHKからの電話で聞いて、びっくりした。正直に言って、近頃、これほどびっくりしたことはない。

太宰治《だざいおさむ》が死に、坂口安吾《さかぐちあんご》が死んだ時にも、なるほど驚きはしたが、なにもびっくりしたというより、身近な喪失感の方が先に立っていた。当然亡《ほろ》びるものが亡んだと、どこかで納得していたのかもわからない。ただ、愛惜の情にうちまかせるだけで、出来事そのものの驚きは、すくなかったと言える。

が、火野氏の場合は違う。亡びる筈《はず》はない人だと、迂闊《うかつ》にも、思いこんでしまっていたのである。亡びる筈のない人が唐突にぶっ倒れてしまった驚きだ。私は前を見、後ろを見ながら、今度は自分の番だと云うようなしきりな狼狽《ろうばい》をさえ感じた。

人間の交替のあわただしさを、火野氏を通じて、ようやくコツーンと思い知らされたような気持である。

　太宰が死んでも、安吾が死んでも、もともと彼らの業は深いのだ、亡びるものが亡んだと、どこかで納得して、人間の交替のマザマザとした実感にまで及ばなかった。彼らの業が彼らの身を喰うたのだと、愛惜と畏敬《いけい》の気持を別として、ひそかに安堵《あんど》していたのである。

　が、今度は違う。脱落兵とはおのずと問題が違うのである。堂々隊伍《たいご》のまん中にあって進軍している火野軍曹だと固く信じこんでいた。実のところ、羨望《せんぼう》まじり、亡びることのない健康優良文士だと思いこんでいた。

　その火野軍曹が倒れたのである。私は愚かにも、火野軍曹もまたマスコミという資本主義生産機構の苛酷《かこく》な戦列についていたことを……、いやその模範的な一兵士であったことを……、うっかりと忘れてしまっていたのである。

　そこで私は、永らく私の胸中にかくしておいた文士十年説を久方ぶりに思いなおして、自分にうなずく気持になった。

　結論から先に云おう。一介の文士の文学的誠実は、あらまし十年しか持ちこらえ得ないのではないかという疑問である。もっとはっきり云ってしまえば、一人の文学者の文芸はせいぜい十年にして終了すると云う仮説である。もちろんのこと、ジャーナリズムとの抱合の上での話だが……。

　それでは具体的な例をあげよと言われれば私もいささかあわてるが、なに、文士はことごとく自分の胸に手をあてて考えて見ればよいのである。私の「文士十年説」は何も統計学によったものではなくて、もとより他愛のない文学的臆測だ。

それにもかかわらず、私はこの「十年」をひょっとしたら「七、八年」ぐらいに切下げなくてはならないのではあるまいかと云うはなはだ悲観的な信念を持つに至っている。

太宰治が文学に志を立てた時期ははたしていつであったか、私は知らない。彼がその長兄からの扶養を受けながら文芸の修道に携わっていた時間は、あらまし十年を越えるだろう。もちろんその修道の期間にも珠玉のような作品はある。

しかし、太宰治が一人立ちになって、ジャーナリズムという危うい吸血鬼と全面接触を遂げ、その生計とその文芸を確実に維持した期間を考えるならば、おそらく、戦後の五年を越えていまい（傍点筆者）。セミプロであった戦前の四、五年を加算してみても、辛《かろ》うじて十年弱ということになる筈だ。

また例を坂口安吾にとってみても、戦前はセミプロもセミプロ、全く喰うことを度外視した（いや、喰うことを度外視された？）風来坊であり、戦後ジャーナリズムと全面接触を遂げ、その生計とその文芸を確実に維持した期間は、僅《わず》かに七、八年を越えてはいまい。

では、我ら凡百の文士はいかようにしてジャーナリズムと抱合しながら現在生き耐えているかという問題が残る。

ありていに言えば、おのれの魂を売渡してしまっているのである。

おのれの肉感を文章に表出するという操作は、実は非常に緩慢で厄介な事業なのである。箸《はし》にも棒にもかからない。とてもジャーナリズムなどというような迅速の営団が面倒を見てやれるような代物じゃない。

太宰治がその長兄からことごとくの生活費を騙《だま》し取って、十数年の間、ウロウロと摸索《もさく》しつづけた揚句の果てに、やっとかすかな手掛りを得たようなものである。その手掛りだってすぐに滑るのだ。

坂口安吾が、ドテラ一枚、タオル一本、喰うことを度外視されながら（本人が好んで度外視していたわけではないのだから）、やれ取手《とりで》だとか、やれ小田原《おだわら》だとか、やれ京都だとか、転々浪々、うろついた揚句の果てに、エイぶちまけろとおのれの中に醸成された肉感のやり場なさにとうとう居直ったようなものだ。

ジャーナリズムは、ようやく彼らを追っかける。ところではなはだ残念なことに、自己表出の達人達は、一たんジャーナリズムの甘言に乗ると、今日まで醸成された濃密な肉感を惜しげもなくぶちまけるのである。まことに鼻唄《はなうた》まじり、彼らに醸成された高価な肉感など、そこらにころがっている瓦礫《がれき》のあんばいに、ガラガラゴロゴロ、放り出して惜しむところがない。

私はその期間を精いっぱいに見積って十年だと云った。或《あるい》はもっと遥《はる》かに少い期間になるかもわからない。

日本の文学は、これら十年ずつの才能をむしりとっておけば、先《ま》ずは安泰なのである。

では、私たち十年を越える文筆生活者は一体何を書いているのか？

昔の仙人は霞《かすみ》を喰って生きていたが、私達は喰う為に、霞を描いているのである。肉感を失った文章でも、物語という霞は描き得る。いや鋭敏な人なら鋭敏な人ほど、この空漠の文章に書き馴《な》れる傾斜は早く、今日のように文章が企業化された時代には魂を売り渡した文芸の方が遥かに流布しやすいに相違ない。ジャーナリズムは、これらの夥《おびただ》しい手書きの群をその周囲によせ集めて、こんな筋はいかがでしょうと、懇切丁寧をきわめている。ただ、その事業は私の言う文学とは全く異質のものである。

私は今にして魂を取り戻そうと思い立ったが、間に合うかどうか。それよりも、売り渡した魂が、果して自分の体に返ってくるかどうか。

昭和三十五年四月号・「新潮」

紫露草と桜桃

今年もまた桜桃の季節がやってきた。

先日伊馬《いま》春部《はるべ》氏に会ったところ今年の「桜桃忌」は六月二十一日にしようということになった。二十一日は太宰《だざい》の葬儀が行なわれた日なのである。

例年の「桜桃忌」は十三日か、十九日かのいずれかにやるのがならわしだ。十三日は、ほんとうの命日だが、十九日は太宰治《おさむ》の誕生日なのである。その十九日が日曜でアイクの到着の日だから、当日をさけることになった。

太宰は生前、いろんなことを自慢にして語っていたけれども、さすがに誕生日の時季だけは余り自慢にならないらしく、

「イヤだな、梅雨。死んだ方がましだな」

などといっていた。それでもまた、

「梅雨が日本の文学の根本の気質をかたちづくっているね。つゆのあとさき……」

などと意味ありげに笑ってもいたから、この梅雨の季節が、自分自身の文学にも深くしみついていることを自覚してもいたのだろう。

太宰の好きな花は「桃の花」「藤の花」「薔薇《ばら》」であるが、また「紫露草《むらさきつゆくさ》」の花を、ひそかに愛して自分の庭先にも植え、また「女生徒」の表紙であったか、何の表紙であったか、特に画家に指定して「紫露草」の花を描かせているのも、自分の誕生日にゆかりの花だと考えていはしなかったか。桜桃もまた自分の誕生にゆかりの果実だと思っていはしなかったか。

「紫露草」と「桜桃」は、自分の誕生の季節を思い起こす最もかれんな美しい、ゆかりの花と果実だと信じていたに相違ない。

人は笑うかもしれないけれども、太宰治はこのような少女趣味(?)にとらえられ、それを心の底で大切につちかっている人でもあった。太宰治が、いまも多くの青年子女の愛好を得るのも、太宰のこのような気質が、たくみに文章の底にちりばめられているからであるに相違ない。

生前「桜桃」や「紫露草」のことがよく太宰の口から語られていても、私はただ愛好の果実や花の名称であろうと見過ごしてしまっていたが、ようやくこのごろ、庭の「紫露草」の濃紫色を見るとそろそろ、太宰の命日が近づいてきたと感じるのである。

つまりは太宰の誕生日が近づいてきたわけで、やっぱり太宰は「紫露草」と「桜桃」を、自分の誕生にゆかりの花と果実として熱愛していたことを知って、私は微笑が禁じ得ないのである。だれでもそうであろうが、太宰は自分のひそかに愛するものがあると、その表現に心魂を砕く。

作品「桜桃」の言々句々はその好例であって、桜桃に糸を貫き通して、子供の首にかけてやったら珊瑚《さんご》のように輝くだろう……とか、まずそうにその桜桃の実を取っては食べ、取っては食べ……だとか、桜桃の美しさを長時間にわたって見とどけ、たしかめていた太宰治のひそかな吐息すら感じられるような文章だ。

今年の桜桃忌は、太宰の墓前に紫露草を山のように供えるつもりである。

昭和三十五年六月四日・「読売新聞」

青春放浪

私の来歴を語るについては、私はまず、生まれたときから自分の故郷を喪失していたということをいっておかなければならない。一九一二年に山梨県南都留郡谷村《みなみつるやむら》で生まれたが私の父がたまたま同地の工業試験所に技師として勤務していたからで、多分その翌年に、父は失職して私たちは東京の根岸《ねぎし》に転住する。

おそらく三、四歳のころまで、その根岸の陋屋《ろうおく》に暮らしていただろう。はなはだぼんやりとではあるが、私は、隣の家のもらい子殺しの老夫婦の目の色や、血まみれになってころげていた酔っぱらいの男の傷ついた裸体や、鶯谷《うぐいすだに》のあたりの陸橋から送迎していた列車の煙など、わびしい下町の生活の断片を、きれぎれに記憶している。いや、金色燦爛《きんらん》たる夕空の中に「雄飛号《ゆうひ》」がゆっくりと飛翔していた姿をながめ上げた記憶ばかりは、今見るようにあざやかだ。まわりの夕焼けの色も、その軟式飛行船「雄飛号」を「夕日号」とつい最近まで誤って記憶してしまっていたほどに、まばゆかった。おそらく、おのれのみじめな幼年の鬱《うつ》を、空の中に解き放った最初のできごとであったろう。

私の一家はまもなく九州に帰り父は福岡《ふくおか》の工業学校に奉職する。しかし、福岡の生活はおそらく一年にも足りなかったろう。

私はその間にも、柳川《やながわ》の父方の祖父母の家に預けられたり、久留米《くるめ》の母方の祖父母の家に移ったり福岡の両親のひざもとにひきとられたりしていたが、やがて、私の両親が弘前《ひろさき》に転住するに及んで、私一人、久留米近郊の野中《のなか》の祖父母の家に預けられることになった。母の実家である。

母方の祖父母が、私を愛していたか、いなかったか、私はくわしく知らない。ただはっきりといえることは、この外界とまったく隔絶したような野中の家には、生活の風儀とでもいったものは感じられたが、家庭的なふんい気などどこにもなかった。

私はその家に住みついているというだけで、ほとんど何の掣肘《せいちゅう》をも受けたことがない。おそらく、私が直系の子弟ではなかったからだろう。私は板の間の箱膳《はこぜん》で黙ってメシを食い、順番がくれば、その順番の通りフロにはいった。私は一人で野山を探索し、一人でガマを飼い（ガマが木のほこらに住みついていただけのことで、はたして飼っていたといえるかどうか）小川を際限もなくさかのぼって、その淵《ふち》の中に、一人身をもみつくすようにして泳いだ。

この野中の家で特筆しておかなければならないことは、裏の小川でとれるヤマガニや、ニジバヤの類《たぐい》が、ことごとく食膳に供《きょう》せられたということだ。今考えたらうそのような話だが、柳川から六里少しばかりの道程しか離れていない久留米藩の野中には、まれに塩蔵の魚肉がとどけられるぐらいのもので、日々の食膳《しょくぜん》に供せられたものは、今日、信州《しんしゅう》の山奥でしか見られないような類のものであった。

だから、私が探索の果てに集めとってくるハツタケやシメジやガンタケのキノコの類、ワラビやゼンマイやヤマイモの類、ヤマガニや、シジミ貝や、ドジョウなど、祖母は大喜びで、かまどの大ナベで煮上げてくれたものだ。この場合だけ、祖母はその採取者に敬意を表するつもりだったかどうか、その煮たきを、私にも手伝わせたから、これが後日、私の、自分で食うものは自分で作る流儀の、濫觴《らんしょう》をなしたろう。

野中の家に暮らしたのは、数え年の五、六歳から十歳までだが、冬休みや夏休みには、よく柳川のおじから出迎えられて、柳川の父方の祖父母の家に出かけてゆく。いや、いつのまにか、久留米、柳川の間を単独で往来する習性が身について、何となく向こうで暮らしたくなってきた時には、その向こうの方へ移っていった。今日なら、東京と福岡であっても、その生活のあらましは、大して違いがあるものではなかろうが、大正十年ごろまでの久留米の旧藩士の家と、柳川の旧藩士の生活は、その食生活ばかりではない、その人情、風儀、おそらく中国と日本ぐらいの相違はあったろう。

そのどちらの家でも、私は、いわば迷いこんできたよそものであった。冷遇されたわけではないがしばらく珍しがられた後は自由に放置された。勉強ができようが、できまいが、どこをほっつきまわろうが、命にさえ別条なければ大した干渉を受けなかった。幸いにして、私は四、五歳のころから、歩くのとほとんど同じぐらいに楽々と、泳げたのだ。久留米の溏池《つつみ》に一人で泳いでいようが、柳川の湖の中で一人で泳いでいようが、とがめるものはだれもなかった。何のために私は幼少の日のこの長い前置きを書かねばならないのか。私が天性放浪を愛したというのは疑わしい。私は環境の上から安定した家庭の気分を知らないのである。私はいつもあらゆる家庭の傍観者であった。父母の家でもそうだ。このことを根本の念頭に置かなかったなら、私の放浪の意味はわからない。私は歩くことによって、私自身をたしかめたのだ。

私が数え年九歳の時に、父は栃木県足利《あしかが》の工業学校に赴任し、私は九州からはるばる呼びよせられて、ようやく父母の膝下《しつか》に暮らす。しかし、その生活もまる二年と継続しないうちに、母は私と妹三人を残して、東大の医科学生と出奔《しゅっぽん》した。妹たち三人は柳川の祖父母の家にひきとられたが、私は父が借りていた山寺の僧房の中に、病弱の父と二人、居残ることになった。

こうして、私は私の身のまわりに、生母まであわせて、つごう五人の母を送迎することになるのである。彼女らはその時々に父の家に入りこんできて、あるいは私をいつくしんだり、あるいは私を疎外したりしながら、またいつのまにか父の家から去る。こういうあわただしい情熱の送迎に関して、私がきわめて儀礼的になったといっても、あやしむに足りないだろう。人がわめいたり、訴えたり、彼らの情熱の正当を誇示する時に、私はかたく口をつぐむだけだ。

見らるる通り、私は幼にして、好むと好まないとにかかわらず、転々として自分の成育の環境を変えた。あながちに、私が動いたというよりも、人と心と環境の方がめまぐるしく交代していって、いつのまにか、私一人をあてどもなく、山野にほうり出してしまっていたのである。

私が今日証言しても、人はほとんど信じまいが、私はいわば一個の神仙であったといえる。山から山をかけ渡って、どこへでもほしいままに野宿をした。カエデの樹液を吸わぶり、マツの葉、木の実を食って、二日も三日も山野を彷徨《ほうこう》していたこともある。私が後日登山家にならなかったというのは不思議な気がするが、思うに山野を彷徨することそのものが生活である少年にとって、登山の趣味は、余り意味をなさなかったのかもわからない。いや、組織的に、一つの目標をつくって、なにがしかの名山に登攀《とうはん》するような考えがわいたようなことは一度もない。そこの山窪《やまくぼ》を回り、谷川を抜け、チョロチョロの水を飲み、尾根を通り、日だまりのススキの中にころげ込む。さて白状しなければならないが、この山行きの終わりがかならずといっていいほど、オナニーレンに結びついていたことだ。その山窪の中で、木の葉をもれるこまかい天日を浴びながら、一瞬の鬱を散じるのである。

私は懶惰《らんだ》な学生であった。従って、私は学生生活を嫌忌したのに、また、私ほど長い学生生活を強要されたものはない。中学四年、高等学校四年、大学四年おまけにご丁寧に四年の兵役に服している。

そのどこにだって、いつも爆弾を仕掛けたいようなはげしい憤りを抱きつづけていたくせに、大事を起こさなかったのは、おそらく去来するでき事の送迎に関して、儀礼的に看過する私の幼年以来の習性が、辛《かろ》うじてささえとめていたのかもわからない。

といっても、高等学校四年の間に、二度停学を命ぜられた。一年の時に一週間停学、二年の時に一年間停学処分。あとの時は、同盟休校の最中に、校長に向かって投石したかどによったろう。

数え年十九歳の日の、この一年間の空白は、ひょっとしたら私の生涯を決定したかもわからない。まぎらわしいものからようやく離脱して、私はちゅうちょなく、自分自身に帰りついたのだ。

私は柳川の祖父の家に退避していたが、おりから、天草《あまくさ》の与左衛門の薪船《まきぶね》が沖端の浜についたから、そのまま、天草にのがれ出していった。まばゆ過ぎる海と、ハタハタと鳴る帆桁《ほげた》の音と、船上で与左衛門の女房が握ってくれる握り飯の、まんべんのない潮の味は、今もなお、私の舌の上にまつわりつくようだ。

途中で土用波のなごりに会い、風の向きも悪かったのであろう、船はそこここに仮泊した。無用の私は毎日船板の上に腰をおろして波の色と天日を仰ぐばかりだからどこに漂泊しても一向に差しつかえはないようなものの、若い与左衛門夫妻は身のおきどころに苦しんだろう。ある朝、私は何のつもりもなく船艙《せんそう》に降りかけて、半裸の二人がハッキリとだき合っている姿をかいま見たのである。

もっとも、その印象は平明で、すぐにまわりの明るい海に放下されたから、むしろ、私は人間の正しいありようを、学んだものだ。

与左衛門の島にはつごう二十日ばかりいた。ひとり、伝馬をこぎ出してはアブラメを釣ったり、メバルを釣ったりしていたが、ある昼さがりだ。明る過ぎる海と空のまん中で、悔恨というか、焦燥というか、いやいや、そんななまやさしい具体的な煩悶《はんもん》とは違っていただろう。何物とも知れない、自分自身の空虚につかみかかられたようになって「ワアー、ワアー」と叫び出しながら、着のみ着のまま、海の中におどり込んでいった。ずいぶん泳いだ。やがて静かな恢癒《かいゆ》と是正が、静かに自分の身裡《みうち》にひろがってくるのである。

詩にも俳句にもないが、

潮騒《しおさい》や磯の小貝の狂ふ迄《まで》

はそのころの私のあてどのない狂躁《きょうそう》を、そこばくの文字にうつし換えてみたものだろう。

私は、女性に関しては、きわめて退嬰的《たいえいてき》であった。私の横暴で孤独な激情が、かりにも彼女らの手によって、調和的にまぎれうるとは信じられなかったからだ。

それにもかかわらず、根強い性の衝動が絶えず私を襲うから、もし当時、女性と事を起こしていたら、おそらく、高校生殺人事件のような、暴発的な、血なまぐさい惨事をひきおこしていたに相違ない。後日、私が特定の女性とあい引きをする時には、その直前に娼《しょう》婦《ふ》のところで体力を消尽するか、はげしい自瀆《じとく》を繰り返したあげくに出かけたものである。これはむろん、おのれの発情を知られることを極端にきらう私の性情からでもあったろうが、また私の身のまわりに安定した男女の組み合わせを目撃したことがない私の幼少年時の環境のせいであったろう。

だから、当時の私の恋愛（?）は、唐突に、また、きわめて奇ッ怪な形を取ってあらわれた。

ある女性を恋しいと思うことがあるとする。その女性への恋情をすなおに表出するすべを失って、全く冒瀆的《ぼうとくてき》な計画をもって、それに換えるのである。たとえばA女にジイドの「狭《せま》き門」を贈る。そこまではよろしい。その次にゲーテの「ウエルテル」を贈る。これもまた結構だが、そのページの間々にエロ写真を何枚も挿入するといったあんばいだ。

またB女を突然旅に連れ出してみたいという妄想がおこる。まことはそのB女恋しいのであるが、実行する段になると実に奇々怪々、祖母譲りの古い籐《とう》のバスケットに、毛糸と

編み棒と、漫画の本を一杯つめ、それをぶら下げて、その少女とすれ違いざまに、

「僕と旅行をしませんか?」

それでも、もよりの喫茶店までは、彼女もついてくる。

「あてなしの旅なんだ。ゆきあたりばったりだよ。二泊三日…」

B女の目の中にうかぶ瞬間の苦悶《くもん》の表情にいたたまれなくなってそのまま、それこそ、あてなしの旅に自分の方をはじき出してゆくのである。

そのくせ娼家《しょうか》にたどりつくとホッとよみがえったように、女の肌のぬくもりのなかに、おだやかに憩うのだから不思議であった。思うに青年の日の衝撃的な愛の衝動は、特定の女性に、継続して献身する忍耐に欠けるのか、それとも私に、生来愛情に関して重大な欠陥があったわけだろう。

私は自分で絵かきになると信じていた。絵の具箱一つを肩にかけて、ほとんど狂乱するように、歩きつめていた。しかし、描かれた画布は数えるほどもない。

東大の経済学部に入学したのは、全く私と無関係のでき事だ。「おまえはどうせ文科のような無試験のところしかだめだろう」と祖父からいわれた腹いせに、にわかに経済学部志望に換えた。どうだって構わないことだからだ。かりに合格していなくったって、入学したふりをして東京に居残るつもりだったから、試験を受けた当日に「ゴウカクシタ」と電報を打った。幸か不幸かほんとうに合格していたのである。

私は友人の坪井与（現東映企画本部長）らと、上落合に当時家賃四十五円の宏大な家を借りた。金があったわけではない。みんなの月謝を、敷き金として一括投入したのである。私たちは四人で一枚の定期しか持ち合わせなかったから、学校など通えるわけがない。すぐ間近い中井《なかい》駅のそばに「ワゴン」といううきたない喫茶店があって、毎日のように出かけ一杯十銭のウイスキーを飲んだ。

そこのマダムはもと萩原朔太郎《はぎわらさくたろう》夫人だったとかで、時折り林芙美子《はやしふみこ》さんや、武田麟太郎《たけだりんたろう》氏などを垣間見《かいまみ》た。マダムに頼まれるままに、炎暑を押して、看板に梯子《はしご》をかけ、ペンキと油絵の具を使って、看板の塗り換えをやった。謝礼としてその一杯十銭のウイスキーを、一ビンもらったような記憶がある。後日、満州《まんしゅう》で逸見猶吉《へんみゆうきち》にこの話をしたら、前の看板は逸見猶吉が描いたと言っていた。

おりから「新人」という同人雑誌に勧誘されるままに、その同人になってみた。すると柳川の帰省先にまで、電報で原稿の督促だ。私は生まれて原稿紙のワクを埋めた経験がないから、小説など書けようなどと思ってはいない。が、風の通る午後、立花《たちばな》邸の図書館にすわりこんでいたところ、フッと自分の奇妙な肉感がただしくその風の中に投擲《とうてき》できるような気持ちになって、ワラ半紙にあとあとと四十枚ばかり書きつけた。「此家《この》の性格」という題にした。そのまま封筒に投入して、東京に送りやった。

正直な話、私は作家になろうなどという考えを毛頭持ち合わせていなかった。ただ繰り返し書きしるした通り、私は家庭的ふんい気、ないしは社会的連帯から、早く放逐されていたから（いや、自分から離脱していたのかもわからない）自分の身うちの中にだけ醸成されている危険なまでの肉感を、どこぞに、集中的に爆破投擲したいという、はなはだ熱狂的な野望にとりつかれていただろう。何ということはない。今日の大方の犯罪者が持ち合わせている盲目的な野望ときわめて類似のものである。

おそらく、私のその気迫であるか、あるいは拒絶の表情であるかが、少数の文学者の共感をひきおこしたものに相違ないが、古谷綱武《ふるやつなたけ》、尾崎一雄《おざきかずお》、太宰治《だざいおさむ》、滝井孝作《たきいこうさく》、林房雄《はやしふさお》氏らのそれぞれの激励の言葉を受けた。と同時に、主として古谷綱武氏の紹介によって、これらの人々と面晤《めんご》する機会を得たのである。私が、数え年二十二歳のできごとだ。こうして、太宰治と急速に親昵《しんじつ》していった。太宰治の文章が辛うじてささえとめているふうの不吉な肉感を稀《け》有《う》のものと信じたゆえでもあったろう。

しかし、この交遊は、私たちを文字通り破滅の寸前まで追い込んだ。いや、破滅していたもの同志が、わずかに最後の狂乱を演じていたのかもわからない。ただ当時の中谷孝雄《なかたにたかお》氏の言葉をかりるならば「醜態の果てで死ぬやつはいないよ。あぶないのは、ほっと一息ついた時だ…」

私たちは連日、玉《たま》の井《い》や新宿《しんじゅく》の娼家で、その醜態の果ての苦杯をあおっていたわけだろう。

太宰はその細君の衣類を質に入れ尽くしてしまっていたし、私も妹の衣類ことごとくはぎとってしまっている。下宿屋の未払いは半年分を越える。

私は当時、駒込《こまごめ》の「紫苑《しおん》」という喫茶店に朝から晩まですわり込んでいた。ここだけが、ツケで際限もなくビールを飲ませてくれたからだ。その勘定はおそらく百数十円を越えていただろうが、今考えてみても、ここの女主人の気持ちがわからない。奇跡をでも信じていたわけか…。私は目ざめると、こっそりと下宿をのがれ出し、人気のない「紫苑」の卓子《たくし》にすわりこんで、一人トクトクとビールをあおりながら、あてもなく夕暮れを待つのである。

が、ある朝、その女主人の待望している奇跡にこたえねばならないような猛烈な願望がわいた。私は自動車を駆《か》って横光利一《よこみつりいち》氏の家に出かけてゆく、ここちよくその二階の応接間に通された。

金無地のびょうぶが一つ。壁にはルネッサンスのころのものか、青過ぎる背景に浮き上がったような女の横顔の複製が一枚。その前に腰をおろした横光氏が物問いたげに私に見入った瞬間、

「百円貸してください」

と私はそれだけを言った。氏はおだやかにうなずいて、即座にふところの中から百円紙

幣を抜きとってくれるのである。私はまた車を駆って駒込の「紫苑」に舞い戻ったが、女主人の奇蹟《きせき》にはとうとうこたえずじまいであった。その百円をふところにねじ込んだまま、当時船橋《ふなばし》に転居していた太宰のところに出かけてゆく。船橋の娼家にとまりこんで二日三日。東京に帰りついた時には、もちろんのこと、もとの無一文に帰っていた。

そのころか、いや、それより少し前のことかもわからないが、本郷《ほんごう》の私の下宿に、太宰の前の夫人がやってきた。太宰が熱海《あたみ》に仕事をしに行ったが、いつまでたっても帰ってこないから、呼び戻して来てくれというのである。先方の支払いの金にと、たしか三十円を預かった。

太宰はしもた屋風の小さな旅館にすわり込んでいた。その机の上に太宰がいつも愛用している赤けいの原稿用紙はひろげてあったが、一枚も書いてある様子には見えなかった。「仕事ははかどった?」「いや、からきっしだめだ。ここには橘外男《たちばなそとお》も来るんだそうだけど、日に三十枚だって、日に三十枚。あきれたね」

太宰はそんなことをいって大仰におどけてみせるのである。そのまま太宰は私を高級なてんぷら屋に案内して、その帰りは糸川《いとかわ》べりの飲み屋にはいる。いつのまにか女までがやってきて、酒のお酌《しゃく》をしてくれている有様だ。その女がかほるといっていたことを今でもはっきりと覚えている。太宰がなじんだ女らしかったが、今夜は檀を饗応《きょうおう》しろとしきりにいい含めているのである。その表現がおもしろかったから、これまた今でも忘れないが、

「かほるちゃん。一生に一度、すなおにハーイといいなさい。一生に一度だよ。すなおにハーイといいさえしたらねえ…」

こうしてみいら取りがみいらどころの段ではない。集計三百何十円の借金になっていた。太宰は菊池寛《きくちかん》のところに借りに行ってくるといって東京へ出かけたまま、熱海に帰って来なかった。私は例のしもた屋で十日ばかり待った。時折りかほるが見舞いにやってきて、スルスルと私のふとんの中にもぐり込む。そのモチのようなフワリとした肉感に抱きついて、辛うじて、おのれの慙愧《ざんき》の感慨に耐える。

とうとう馬を連れて井伏鱒二《いぶせますじ》氏のところに出かけていった。太宰はいた。泣くような表情だ。私はどなったが、どうにもかっこうがつかなかったからだ。大半の借金は、佐藤春夫《さとうはるお》先生に支払っていただいたように記憶する。

昭和八年から、おなじく十二年の六月、私が日支事変第一次動員の召集を受けるまで、私の年齢からいえば、数え年二十二歳から二十六歳に至るまで。この四、五年の期間は、今考え直してみても、険しく狭い山の尾根を、あやうく駆け渡ってゆくような狂乱怒濤《どとう》の毎日であった。

それだけに、この四、五年の歳月の重みはかけがえがない。もし、私の青年の時期を、かりに是認できるとするならば、おそらく、そのきわどい尾根の道を選びとったという、一事だけに尽きるだろう。

私は古谷綱武から紹介された尾崎一雄氏一家と、不思議な同居生活にはいる。尾崎一雄氏は、当時「世紀」の同人であったから、ようやく新進作家になりかけたばかりの丹羽《にわ》文《ふみ》雄《お》や、外村繁《とのむらしげる》や、中島直人、浅見淵《あさみふかし》、田畑修一郎《たばたしゅういちろう》、中谷孝雄氏ら「世紀」の同人諸氏が数多くやってきて、たしか「贅肉《ぜいにく》」前後の作品でもあったろう、二、三編、丹羽氏の生原稿など読ませてもらったような記憶もある。

私のところには、太宰治や、森敦《もりあつし》や中原中也《なかはらちゅうや》など思い出したように、出没して、まもなく「青い花」を発刊する運びになるだろう。

また古谷綱武氏から饗応されるままに、私は、連日のように、古谷邸に出かけていって、当時京大の学生でもあったのか、久留米絣《かすり》着流しの若い大岡昇平《おおおかしょうへい》氏に会ったりした。そういえば、古谷家の階下では、ピアノを囲んで、綱武氏の弟妹らが、はなやかな談笑の声をあげており「ハムレット」上演間ぎわの滝沢修《たきざわおさむ》氏が、その畳の上にゴロゴロゴロゴロ、演劇の柔軟体操をでもやっているような姿が、垣間《かいま》見えたりもした。

中原中也がはじめて私のところに顔を見せたのは、草野心平《くさのしんぺい》氏に同道されてやって来たものに相違ない。用件は、たしか宮沢賢治《みやざわけんじ》の全集が出るから買えというのであった。あいにくとこの時、少しおくれて太宰治がやってきた。しばらく「おかめ」でいっしょに飲み合っているうちに、いつの間にか、大乱闘になった。今でも覚えているが、この時、中原

中也が、太宰をつかまえて、

「おめえ、一てえ何の花が好きだい？」

たしか、こうきいた。太宰に狼狽《ろうばい》の色が見えた。必死の抵抗とでもいうか、ためらいとでもいうか、その揚げ句の果て、

「モ、モ、ノ、ハ、ナ」

何ともやりきれない含羞《がんしゅう》の面持ちを見せながら、今にも泣きだすような声である。それからが乱闘だ。何がどうなったのかわからない。おそらく、私は太宰を擁護するつもりでいただろう。気がついてみた時には草野心平氏の髪をつかんで狂いまわっていた。店のガラスはこなごなになり、太宰はいつの間にか、逃げ帰っていたから、私も「おかめ」の店先を出たが、少しはなれた家の陰で、私は、拾った丸太をふりかぶりながら、二人のやってくるのを執拗《しつよう》に待ち構えていたのである。幸いに、二人は反対の道をとったのか、とうとう私の丸太の下にはやって来なかった。もし来ていたら、一体、どんなことになっていただろう。あんな不思議な時間がある。

それからどんなようにして和解したのかもう忘れたが、私は中原中也のフランス語の門弟になった。ただし、肝心のフランス語の方は一度習ったか、二度習ったか、いつも、花園《はなぞの》アパートの非常用鉄ばしごを登っていって、まず、ゴマ塩の講釈から聞かされ、そのゴマ塩をなめる、あとはたいてい、一階の青山二郎《あおやまじろう》氏の部屋にはいって、酒の馳走《ちそう》になるか、

あるいは、町の居酒屋に出かけていった。

ある雪の夜だ。この時は中原中也と二人、まず太宰の家に出かけていったが、太宰は相手が中原だと知って、とうとう死んだふり（？）布団の中から起き出さなかった。

中原があまりくどいから、私はその中原中也を雪の道に連れ出して、二人は長駆《ちょうく》、川崎《かわさき》大島《おおしま》の娼家に出かけていった。出かけていったのはいいが、いよいよ泊る段になって、中原中也は、一人三円を、二円五十銭にこぎり、二円五十銭をまた二円にこぎり、とうとう一円五十銭までまけさせた。それでも、ようやく泊まれたと思っていたら、明け方、中原がおそらく、女いじめをでもやったのだろう。まだしらじら明けのころ、私たち二人は、その女の店から、うそ寒いはだら雪の、ビショビショの道につまみ出された。そのビショビショのはだら雪の上を中原と二人歩いていった、朝のつめたさばかりはいつまでたっても忘れられない。

多分そのころだ。だれと一緒だったか（少なくとも太宰と一緒でなかったことは確実だが）私が東銀座《ひがしぎんざ》の「はせがは」に出かけていってみると、井伏鱒二氏と飲んでいるドテラ姿の偉丈夫《いじょうふ》がいた。井伏さんから紹介されて、はじめてそれが「木枯しの酒場にて」や「風博士」の坂口安吾《さかぐちあんご》氏だと知るのである。その夜、安吾が私に向かって淋病《りんびょう》の治療に関し、長々と長広舌をふるったことを私は奇妙にはっきりと覚えているから、折りから私が、太宰のいわゆる「はなはだキャシャな病気」に取りつかれていたと考えても間違いないだろう。とすると、昭和十年の暮れのころかもわからない。

安吾の口吻《こうふん》をかりると、その陰湿であたかも悪徳の象徴のような病気そのものが、バカバカしい、道化た、愛嬌《あいきよう》のあるおデキのあんばいに評価されるところが、格別におもしろかった。いや、評価されるなんてものじゃない。淋菌《りんきん》というやつですら、安吾の颯爽《さつそう》たる仮構人生にとっては、欠くことのできない茶番的な景物のあんばいであった。私はこの人の哄笑《こうしよう》をことさらなつかしく見まもりながら、とるにも足りない自分の劣弱な憂鬱《ゆううつ》をはじきとばすのである。

私や、太宰治や、森敦、中村地平《なかむらちへい》、中原中也、津村信夫《つむらのぶお》、山岸外史《やまぎしがいし》らで創刊した「青い花」はわずか一号で廃刊になる。そうだろう。太宰と私の二人だけ感奮興起、あっちをなぐり、こっちをなぐり、身勝手な妄想からほしいままに狂乱していただけのことで、よくまあ、相手からなぐり殺されずにすんだものである。

「青い花」はそのまま「日本浪曼派《にほんろまんは》」に合流した。私ははじめて、保田与重郎《やすだよじゆうろう》、亀井勝一郎《かめいかついちろう》、芳賀檀《はがまゆみ》らを知り、世界文明を足元に俯瞰《ふかん》するふうの、大模様な浪曼的文芸評論を身近にするのである。

別して、保田与重郎の屈曲する婉麗《えんれい》の文章は危険なまでの予言と誘惑に満ちていた。太宰とならんで、けだし天才を称しうる日本浪曼派の双璧《そうへき》であったろう。保田与重郎の家では、時に、ツルのようにやせて、学生服に身を包んだ、福田恆存《ふくだつねあり》氏の姿を見かけたような記憶もある。

私は大学を出ると同時に、家郷《かきょう》からの送金は停止されてしまったが、河上徹太郎《かわかみてつたろう》氏の推挽《すいばん》からでもあったろう「文学界」にいつでもよいから力作をよせろとたびたび懇篤《こんとく》な依頼を受けており、また横光利一氏の格別な好意によって「文芸春秋」に書けと何度も慫慂《しょうよう》されていた。書けば下宿代ぐらいは払えるのである。しかしながら、自分の身裡にひしめいている、あやしい、横暴な、肉感は、どのように思い捨ててみても、それなりの、ただしい形象を取り得なかった。

どんなにブザマな形で投げ出しても、おのれはおのれなりのものとして正確に露呈される…文章の丈《たけ》もつまりは生きているだけのものでしかないということが理屈としては納得できても、実行できなかったに相違ない。

私は自分の生命を切り売りするようにして、森敦や太宰治や、中原中也らとの凶悪な飲酒にふけるだけである。ある夜は、森敦と、兵本善矩《ひょうもとよしのり》と私の三人して、たしか芹沢光治良《せりざわこうじろう》氏の玄関を襲った記憶があるが、一体、何のつもりであったろう。金を借りにか。いや、兵本が持参の壺《つぼ》を売りに出かけたのではなかったか。

またある夜は、中原中也と二人、河上徹太郎氏の門前の鐘を乱打して、奥さんから、たしか十円をかすめとり、夜の町を泥酔彷徨した記憶もある。

ある夜はまた、十人近い悪友らと、はるばる鎌倉《かまくら》の林房雄氏邸を襲撃し、原稿執筆中の同氏をつかまえて、酒の馳走になり、ダンスになり、放歌高唱のあげくのはては、自動車を出してもらい、おまけに電車賃までいただいたのに、その自動車に乗ったまま、途中横《よこ》浜《はま》の波止場のバーで酒を飲み、とうとう東京までその自動車を乗りつけてしまったこともある。

まもなく私は芳賀檀氏のところの居候になった。私は大抵、夕暮れ近くムックと起き上がって、二階の三十畳敷きであるか、ある限りのふとんをうず高く積み重ねて、その上に胡座《あぐら》をかき、浮かんでは消える狂躁のきれぎれの断想を、ほしいままに、自分の身裡に通過させるだけである。また勝手に台所に忍び込んで、冷蔵庫の中からウイスキーとさかなを持ち出し、こっそりやってきた友人と夜っぴて飲む、思いがけなく芳賀檀氏の車の音が聞こえ、鼻うたまじり、芳賀氏が二階へ上がってくる様子だから、その友人に向かって

「飛べ。窓から飛べ！」

とどなりつけてみたが、この怯懦《きょうだ》な友人は、とうとう窓から飛び降りなかった。

私は昭和十年の七月ごろから、その年の暮れ近いころまで、一度満州に出かけていった。表向きは満鉄の就職依頼ということであったが、私に就職の意思はない。当時満州にいた坪井与をたよって、漫然と、大連《だいれん》、旅順《りよじゅん》、奉天《ほうてん》、新京《しんきょう》、ハルピンの間をうろつきまわった

だけである。

ただひとつ、坪井が聞きかじってきた話だが、新立屯《しんりっとん》の近所に王という馬賊の名家（？）があってその娘を、日本人にめあわせたいというのである。もしだれか入り婿ときまれば、したく金三十万円が即時に渡されるとも聞いた。それにはたった一つ条件があって、東大出身者に限るということであった。この話を伝家荘のすばらしい真夏の海浜で聞いたから、私は興奮した。自分が東大出身であるということを、かりにも意味深く、誇りに思ったのは、あとにも先にもたったこの一度だけであったろう。この話を直接聞いてきたのは画家の甲斐巳八郎《かいみはたろう》氏であるらしいが、甲斐氏は何しろ一か月近い出張の最中で、ぐずぐずと待ってはいられない。そこで大連警察の香取某氏と同行して、私は奉天の薄天鬼氏の弟をたずねていった。天鬼氏もその弟も、満州の馬賊《ばぞく》の元締めのようなもんだから、あらましの話はわかるだろうとそう思ったからである。

「新立屯の王なら知っているが、そんな話はまだ聞いたことがないな」

と薄氏はいっていた。しかし、王の娘なら、たしかミッションスクールに行っていたはずだから、まず学校の方に当たってみたらどうだろう、話が事実なら、できるだけの応援もしようと、薄氏の言葉に力を得て、私と香取氏は、そのミッションスクールに出掛けていった。

折りあしく夏休みなのである。しかし、日系の女教師がちょうど顔を見せていて、香取氏がザックバランに談じ込んでくれている。「さあ、私は何もそんな話を聞いておりません」

とその女教師は答え、学校の記念撮影の写真帳などひっぱり出してきて「このお嬢さんですけれど…」私は穴のあくほどその写真をのぞきこんでみたが、豆ッ粒のように数多くならんだ女生徒のそのまん中のあたりに、小さい豆ッ粒がもう一つまじっているあんばいで、大よその顔の輪郭さえわからない。しかし、私は、その不明りょうな、一点の豆ッ粒に無限大の妄想をよせるのである。

「たしか、王さん日本語は一つもできないんですよ」

「じゃ、何語でやってるんですか？　ここは？」

「ここでは主として英語です」

どうでもよかった。私はその一点の豆ッ粒にまるっきり入り婿してしまったような爽快《そうかい》と自由を感じて、そのまま東京に舞い戻ったのである。私の生涯で、あとにも先にも、あんな愉快なでき事はほかにない。坪井や甲斐氏たちがもう少し話を進行させてくれていたら、一体どんなことになっていただろう。

ともあれ、東京に帰れば、また東京の苦渋の生活が待っている。私は芳賀檀氏の屋敷の居候《いそうろう》をやめて、今度は太宰治の碧雲荘《へきうんそう》に移る。碧雲荘から高橋幸雄の下宿、高橋幸雄の下宿から秋沢三郎《あきさわさぶろう》氏邸（桜井浜江《さくらいはまえ》女史と同棲《どうせい》のころだ）とほしいままに、転々と居候の場所を変えた。

私の収入は皆無である。原稿は、破り捨てるためにだけあるようなものだ。そういう私をかくまって、酒、たばこの面倒まで見てくれていた秋沢三郎氏、桜井浜江女史らのどはずれた友情はいつになっても忘れられるものではない。

私は秋沢氏の屋敷の離れにすわり込み、原稿を書いては破り、書いては破り、そのフロ場にかけこんで、水道の水を、ただ思うさま全身に浴びるのである。

私が、なぜに書けなかったということは、もう、今になってはわからない。おそらく巨大な妄念にからみつかれたあげく、自分の情熱を客観化しうる自由を、とうとう見つけ出すことができなかったものだろう。

秋沢氏の屋敷には、さまざまな人が集まった。今記憶しているだけでも、井伏鱒二氏、伊《い》藤整《とうせい》氏、村上菊一郎《むらかみきくいちろう》氏、小《お》田《だ》嶽夫《たけお》氏、浅見淵氏、外村繁氏、木山捷平《きやましょうへい》氏ら、それに太宰や森敦や山岸外史や、緑川貢《みどりかわみつぐ》が加わって、気違いじみた相撲に打ち興じたこともある。おそらくそのころだろう、中山義秀《なかやまぎしゅう》氏の長身が、ノッソリとのぞき込んでにがく笑いながら立っていたことも覚えている。

おそらく、だれ一人として安穏なものはなかったろう。だれもが暗ヤミの中で手さぐり足さぐり、あぶなっかしく、薄氷の上をかち渡っていたようなものであったろう。よく死ななかったものである。

太宰治は、まず鎌倉で自殺未遂をやっている。つづいてパビナール中毒。精神病院。細君の姦通《かんつう》事件、私はこの時の太宰治の言葉も忘れない。

「檀君、酸鼻だよ。ワッ、こいつは、ひでえ…」

大酒をあおり、顔中をなでまわしながら、奇ッ怪な声をあげていた。そのまま、細君と水上《みなかみ》の心中未遂。ようやく、命からがら、甲府《こうふ》から御坂峠《みさかとうげ》に脱出していったろう。

ちょうど私が秋沢三郎氏の屋敷にころがりこんでいた時に、私の最初の短編集「花筐《はながたみ》」が上梓《じょうし》された。二十二歳から二十五歳までの作品を網羅したものである。といってもわずかに七編に足りなかろう。その出版記念会を七月の一日か二日ごろにやってもらう予定で、私たちは鬱陶《うっとう》しい梅雨に耐えながら、何となく四、五人で飲んでいた。その席上に、偶然、井伏鱒二氏の姿が見えていたような記憶もある。

そこへ妹が召集令状を持ってきた。七月の二日に、久留米の独立山砲兵第三連隊に入隊せよとなっている。生涯であの時ほど、ほっとしたことはない。かりに地獄直行の列車に乗り込むような令状が来たとしても、私は莞爾《かんじ》として、出発しただろう。

急造の馬繋場《ばけいじょう》の中に、徴発《ちょうはつ》馬が眦《まなじり》を決してたけり狂っていた。そのウマどもによって、イモの葉や茎がむざんにふみにじられ、ゆらぐハゼの葉々の真上に、まばゆすぎるほどの豪華なふるさとの青空があった。

私は高良台《たからだい》の赭土《あかつち》の演習場で、砲車につかまりながら、ほとんど息が切れるまで走ったが、健康はおどろくほどの恢復《かいふく》を見せた。そこで、動員が繰り返されるたびに、何回となく戦地へ送り込んでくれることを嘆願したのに、四年の間、教育要員として、内地の補充隊に残されたのは、不思議である。主として新馬調教と、観測兵をやった。

私は兵士たちが、どうしてあのように営倉《えいそう》を恐れるのか、いぶかしくてかなわなかった。とるにもたりない市民社会の体面以外に、大して傷つくものはないはずである。板の間にすわり、握り飯を食い、少しだけ枚数の少ない毛布をかぶればよいわけだろう。

私は、馬《ば》糞《ふん》捨て場から、何度も脱営して、深夜大善寺《だいぜんじ》の女の家に行った。もっとも、上等兵になってから、廏《うまや》当番とよくしめし合わせての上である。営倉はおそろしいとは思わないのに、やっぱり自分の剣の音におびえ、何度もたんぼの藁《わら》の中にうずくまって息を殺すから、不思議なものだ。そのくせ、私はとうとう営倉にははいらずじまいであった。

私が飼いならしたすばらしい連銭の白葦毛《あしげ》のウマがいた。首がやわらかく、乗っていると、鞍下《くらした》がまるでしなうようである。性質もきわめて醇良《じゅんりょう》だが、気性ははげしかった。尾《お》崎士《ざきし》郎《ろう》氏の友人で、鵜殿少尉という人が私の中隊におり、たびたび外泊の許可などをとってもらったから、そのお礼の意味で、この白葦毛を推薦したことがある。鵜殿少尉は大喜びで乗って帰ったが、十分もたたないうちに、ウマだけきちんと私のところに帰ってきた。翌朝、鵜殿少尉が、あちこち絆創膏《ばんそうこう》をはってやってくるのである。鵜殿氏には悪いけれどあんな愉快なこともある。

私が兵営に出た間に中原中也が死に、津村信夫が死に、わざわざ兵営までたずねてきてくれた立原道造《たちはらみちぞう》が、そのまま長崎にまわって喀血《かっけつ》し、上京してまもなく死んでいる。ちょうど立原道造がやってきてくれた時は、あいにく、私は日出生台《ひじゅうだい》の実弾射撃に出向いていた。日出生台ではウマどもが高原のススキの中で、まるで野性にかえったように、昂奮《こうふん》してそのたてがみをはげしくふるわせながら、いななくのである。

その時のことだ。私は射弾観測の監的壕（トーチカ）の中に身をひそませているわけだが、一度そのトーチカからはい出してみたことがある。ススキを分け一メートル、二メートル、榴散弾《りゅうさんだん》のヒュルルーンという音が耳について、バカげた生涯の冒険のうちであれほど恐怖にかられたことはない。

私は幹部候補生を受ける資格がなかったから、足かけ四年の間、黙々と、兵士の任務を甘受した。その理由は、大学時代に教練の検定を受けていなかったし、高等学校の時に、鉄砲遺棄のかどで、どえらく譴責《けんせき》されたことがある。何のことはない。みんなといっしょに機動演習に出かけていたが、たまたま宿営になり、翌朝の払暁戦《ふつぎょうせん》が五時と聞いていたからそのまま夜遊びに出かけていたところ、五時が四時に繰り上げになっただけのことである。私が帰りついてみたら、もう、だれもいなかった。おそらく軍事教官が、夜遊びに出かけたもののあることをかぎ知って、故意に時間を繰り上げたものだったろう。

しかし、兵役四年の間に、伍長《ごちょう》勤務上等兵にまでなったから、位人臣をきわめたというべきだろう。

昭和十五年の十二月、私は召集を解除になった。東京の友人らに会ってみたいようなしきりな気持ちもつのったが、そのまま、満州に旅立ったのは、簡明な保身のためである。長年見失っていた自分の心身を、ようやく、自分の手にたぐりとれたと信じた時に、しばらく北方の天地に、おのれを放置してみたかった。思いがけない、わが身いとしさなのである。

私が兵営四年間の生活で、学んだといえるものは何であったろう。彼らの号令が聞こえる。彼らの恐怖。彼らの怯懦。彼らの狡猾《こうかつ》。また彼らの昂奮。そこからめいりょうに離脱して、自分は自分なりのいきいきとした愉悦に即《つ》き得るということだ。もちろん、彼らの仕組んだ巨大な砲弾に命をさらわれるまでの話だが…。言いかえれば、私は兵営でもまた、一人の異郷者であったわけである。ここで私はできごとを気取っていうつもりはない。もし、私の関心がそこにある時には、私は最も勇敢な兵士の一人であったと、ここにはばかりなく証言できるつもりである。後日のことだが、中支の株州《しゅしゅう》のあたりをうろついていた時に、そこから三十キロばかり離れた独立守備隊の隊長で深田《ふかだ》少尉という勇敢な将校の話を聞いた。もしや深田久弥《きゅうや》氏のことではないかと思ってききなおしてみたところ、その通りであった。けだし当然なことだと思い、あれほど愉快を感じたことはない。

私は厳寒の新京にたどりついたけれども、ほんとうをいえば、格別何をやる気もなかった。自分の見いだした、自分なりの生命の愉悦を、まぎれなく持ちたえて更に奮起してみたかっただけである。しかし、私を出迎えてくれた坪井与は、すぐに私を逸見猶吉に紹介し、逸見はまた即座に、私を、彼がつとめている会社に招き入れてくれるのである。

都合三か月、いや、月給の方はひょっとしたら半年ぐらいもらったかもわからない。会社に勤めるといっても、朝、逸見と顔を合わせて「やあ、やあ」と笑い、そのまま場末の酒場に繰り込んでゆくだけの話であった。日本人の店は目立つから、昼間はなるべく満人街の白乾児《パイカル》の店に出かけていって、そこでさまざまな旅行計画に打ち興じるわけだ。お陰で私は短期間のうちに、満州里《まんしゅうり》、海拉爾《ハイラル》、札蘭屯《ジャラントン》、綏汾河《すいふんが》、虎林《こりん》、密山《みつざん》、佳木斯《チャムス》、赤峰《せきほう》、承徳《しょうとく》等あらましの地帯をうろつきまわっただろう。残念だったのはせっかく案内されながら塩仕入れの隊商にくっついて、内蒙《ないもう》を一巡して来なかったことである。

逸見には申し訳ないけれど、私はすぐに会社づとめはいやになっていた。もっと直接に原始の生産とでもいった労働に従事していないと、私はすぐに、何か自分の足もとをかきさらわれそうな不安にかられる。丁度そのころ、哈爾浜《ハルピン》学院にいた別役《べつちやく》憲夫氏が、ひょっこりと私のところにやってきて、

「檀君にうってつけのいい仕事が見つかった」

まるで鬼の首をでも取ってきたような喜びようだから、詳しく話を聞いてみると、ヤブロニーにミツバチ七十箱が売り立てになっており、家も、作男もついているという。価格は三百円であった。そこですぐに、郷里に向けて三百円送金嘆願の電報を打ってみると、送るという返事だ。私は有頂天になった。とりあえずがんじょうな猟銃を一挺《てい》、つれづれの鬱をはらすためのフリュートを一本、すぐにも買うことをきめて、会社には退社届けを出す。多くもない身のまわりの荷物を馬車に積み、会社の寮をひきはらって、寛城子《かんじょうし》にひき移っていったそうかいな午前の日差しのことを忘れない。

楊柳の青さやあるじ住みかわるとは、その日のいつわらぬ喜びの表現だ。寛城子には友人の内田辰次や、緑川貢がいた。いずれもロシヤ家屋をかりていて、内田はツホジャーニーの部屋の間借り、緑川貢はどうして手に入れたのかキリリン氏のアパート建ての一戸を完全に借りていた。私はとりあえずの荷物を緑川の家に放り込み、内田の部屋と緑川の家を行ったり来たり、閑寂の満州の真夏を独占するわけである。私はロシア人が石油かんや、洗面器を用い戸外でつくっているジャム、ボルシチの類を見様見真似、グツグツと煮つめながら、終日飽きることがない。

Kという朝鮮人の少女がいた。時折り私の料理をのぞき込みにやって来ていたが、

「あんた、会社に行かないの?」

「いや、オレは北満でミツバチを買うことになってるんだ。今、金を持っている。よかっ

たら、あんたもオレと一緒に行かないか」

少女はびっくりしたようだったが、その夜こっそりとやってきて

「ほんとに行くんなら、ついていってもいいよ」とそういった。とっさに私は彼女のクチビルにおおいかぶさってゆくのである。

あいにくとあの時沙草峰《しゃそうほう》か張鼓峰《ちょうこほう》かの事件がおこり、北方移動禁止が軍によって発令された。しかし、私は緑川貢の家で、Kと新生活にはいるつもりになっていたから、ちっともあわてなかった。緑川はやがて移転するといっていた。移る時には、必ずオレに譲ってくれと重々念を押しておいたのに、どうしたわけか、緑川はあっけなく、ほかの友人に家を明け渡してしまったのである。私はほうほうの態《てい》で、バウスの家のカマド部屋に移り住んでいった。部屋じゃない。カマドの横にオンドル風のコンクリの床台があるだけだ。ニワトリと雑居なのである。私はしたたり落ちる鶏《けい》フンを横目でながめやりながら、何度、緑川を恨んだかわからない。

昭和三十六年十一月二十二日〜十二月四日・「読売新聞」

「桜桃忌」によせて

また桜桃の季節がやってきた。通りすがりのくだもの屋の店頭に、珠玉のような輝きを見せている桜桃の色に気がつくと、いやでも太宰治《だざいおさむ》のことを思い起こす。その昔無心に見た桜桃に、不吉な、それでいて甘美な、太宰の生涯と資質をさえ感じるようになってきたのは、その最後の名作「桜桃」によることもちろんだが、実は太宰治その人が、桜桃と紫露草《むらさきつゆくさ》を、ひそかにおのれの生誕を飾るゆかりの花と果実であるというふうな根強い愛着を持っていたからに相違ない。

太宰は自分の身のまわりのでき事を意味深く修飾することがきわめて好きな人であった。おそらくその生誕の日も、さまざまな古人の生まれ日と照合して、自分なりの安堵《あんど》と誇りを持ってみたかったに相違ない。それを口にしなかったのは適切で愉快な同じ誕生日の生まれ合わせの人がなかったからだろう。

おまけに鬱陶《うっとう》しい梅雨のさなかの生まれ日だ。さすがの太宰も、ついぞ、自分の誕生日である六月十九日のおもしろおかしい話を私に語って聞かせたことがない。いや、私は太宰治が死んでしまうまで、迂闊《うかつ》にも彼の誕生日が六月十九日だということさえ知らなかった。

私たちはよく梅雨の鬱陶しさをののしり合いながら飲み明かしたものだ。たとえば、太宰治に与えた「闇夜には」という私の小文も、その梅雨の時期における私たちの音問《いんもん》の模様をかなりくわしく語っている。それにもかかわらず、彼の誕生日に対する私の関心がまったくないのは、彼が、自分の誕生日だけは、こっそりと自分の心の底にかくまって、かるがるしく人と祝おうなどと考えなかったからに違いない。

もっとも、伊馬春部《いまはるべ》氏や山岸外史《やまぎしがいし》などとはうちとけて、彼の誕生の酒を飲んでいたかもわからないが、少なくとも私の場合には一度もない。

ただ、今から思い合わせてみると、桜桃や紫露草に対する度はずれた執心だ。たとえば、津島《つしま》家の紋章で、自分の全集を飾るあんばいに、彼の文学そのものや、その著書の表紙までもこっそりと、これらのゆかりの花や果実で飾っていただろう。太宰治に、このような奇妙な、いってみれば女性的な、根強い虚栄と執心があって、私は屢々《しばしば》驚かされたことがある。

ほとんど自分自身にのめり込むようなこのような狂熱の人が、一瞬の後に、その自分自身を、大きな時間の奔流の中に、さかんにひるがえし、茶番にする…、その勇気と、謙虚さ…、あるいは機智とユーモア…。私はこれこそ太宰治の文学をその独自の絶妙な高さにまできり開いたものだとかたく信じて疑わない。

太宰の懊悩《おうのう》が、一瞬転移して、たちまち茶目で屈託のないおどけに変わるとき…、さわやかで軽快なユーモアがほとんど口をつき、たとえば彼自身のちっぽけな心身が、巨大な人間の事実の中で、一片のタンポポの羽根のように軽く舞う。

ほとんど「太宰時間《アワー》」と呼んでいいような、浮き立ったユーモアの数分のために、私たちは長時間の飲酒と放蕩《ほうとう》を繰り返したようなものである。

そうだ。その最も軽快なユーモアが口をついてでて、彼自身がそのまま天界に浮き立つかと見まごうばかり透明な足取りを見せた日々は、ほかならぬ前夫人が一青年と事を起こした直後のことであったにちがいない。直後であったというのがいい過ぎなら、その獰猛《どうもう》な苦悶《くもん》を通り抜けて、いや、通り抜ける覚悟をもって、ようやく人生に対処しなおそうとフッと振り返ってみた時間かもわからない。たとえば、ニーチェの口まねをかりて「その人の足どりは、まるで舞踏する人のようであった……」といってみてもよいほどである。

めめしさが消えている。あらゆる暗鬱《あんうつ》な気取りが消えている。何もかもぬぐい去って、そこに一個の最も個性的な人間が、本来の個性のまま、スックと立っているように見えた。

「檀君。ね。こうなったら、もう男は女じゃねえや」とちょっと言いさして、

「わあ、ひでえ。意味をなさねえ。こいつはひでえ。たまげたね。うわずったよ」

こういって、からだをゆすぶって大笑した太宰治の口もとを今見るようにハッキリと覚えている。そこでまたコップ酒を一息に飲みほして、胡座《あぐら》になり、

「ね、檀君、髭《ひげ》をはやそうよ。こうなったら、カイゼル髭か何か、ピンとはやして、女のまん中でも何でも、髭をひねりひねり、悠々と出てゆくさ。いいもんだよ。きっと、いいもんだよ。随分、ゆとりができる。ほんとにやってみようじゃないか」

そこでまたからだをゆすぶって笑い、しばらくクスクス笑いがやまないと思っていると、

「初代《はつよ》（前夫人）に逢《あ》う時なんかだって、ちゃんとシメしがつく、ウンなんて荘重《そうちょう》にうなずいてみたりさ…。アハハ、しかし、一ぺんにカイゼル髭になってくれなくちゃ、これは困る。チョロチョロ、チョビ髭がはえかかっている時に、バッタリ逢ってみたりしてご覧よ。どうするんだ？　逃げ出すか？　それさえなかったらねえ…、すぐにもはやす」

こういう言葉が際限もなく口をついてとまらないのである。

さてこう書いてみると、太宰の直接の苦悶が、言葉のはしばしに糸をひいているようにも思えるが、しかし、その語りざまの愉快さ、軽やかさ、まわりの情景へ、さながら、絶えまのない光をでもふき出すあんばいで、私は太宰の見覚えのないような蘇生《そせい》が信じられたものだ。

たしか太宰が二十九で、私が二十六の時であったろう。二人でS君のアパートに出かけてゆき、太宰はその鏡台の前に長いことすわり込んでいたが、クリームを塗る、頭にポマ

ードをつける、さかんにくしけずりながら、

「檀君。二十九という年のことを考えてみたことあるか？　時には人の身にもなってみろよ。ふるえるねえ。こうなったら、もう、スイート・アンド・チャーミング。一日鏡の前にすわり込むよりほかに手がねえや。いや、泣ける」

さて、今日まで、その太宰治が生きていたらどんなものだろう。

昭和三十八年六月十七日・「読売新聞」夕刊

文学裁判

先日の毎日新聞紙上にソビエトの珍らしい文学裁判の模様が報告されてあった。切抜を怠ったから、その新聞は散佚《さんいつ》してしまい、被告の名前も、裁判の構成も忘れてしまったが、あらましの状況だけを取次ぐなら、ソビエトの一人の詩人が、デカダンであることから、重労働五年の刑を言い渡されるまでの、裁判のイキサツであったろう。

誰でも知っている通り、ソビエトでは、作家や詩人は作家協会や、詩人協会で登録されている訳で、一たん登録されたとなると、適当な月給を貰《もら》うことになるわけである。

さて、その作品活動は、詩人協会で、是か非か、定期的に審議がなされるのは勿論《もちろん》だが、その生活態度までも、グループの会議で、検討するらしい。

そこでこの詩人は、グループで指弾され、詩人協会で指弾され、遂に文学裁判にかけられて、「寄生虫詩人」と言う烙印《らくいん》を捺《お》され、重労働五年の刑を言い渡された次第である。

その裁判の速記録が、一米人記者によって発表され、毎日新聞に掲載されたのは、その一部分でもあったろう。

裁判の模様を見ると、一部の証人達は、はなはだ同情的であったが、また一部の証人は、その詩人のデカダン的傾向と怠惰《たいだ》な私生活をコッピドクやっつけて、裁判長は遂に重労働五年を言い渡したようだ。私はその詩人の名前も覚えていないし、また別に大した詩人ではないのかもわからない。それにしても私の、憂鬱《ゆううつ》な気持に変わりはない。よその国の出来事だなどと、言ってもおられない。

かりにベルレーヌだったらどうだろう。ユトリロだったらどうだろう、などとわざわざ外国人の例をあげて見なくったって、中原中也《なかはらちゅうや》だって、太宰治《だざいおさむ》だって、坂口安吾《さかぐちあんご》だって、おそらくこの裁判にはひっかかったに相違なく、重労働五年は間違いないだろう。

それとも中原や太宰が自己清算とやらをやってのけて、彼らの作品活動を継続成就《じょうじゅ》することが出来たろうか。疑わしい。

先年中国に出かけていった時に、北京大学だったか中山《ちゅうざん》大学であったか、落第生や退学になる学生達の問題を、いろいろ聞かせてほしいと言ってみたところ、落第は兎《と》にも角にも、退学は、そんな事態になる前に、友人達が、その思想や素行を納得のゆくまで、検討し忠告するから、全くその事例を見ないと言うことであった。

いくらそう言われても、私は何となく納得がゆかず、けげんな面持でひきさがった次第である。

私はここで、まさか日本の学制の方がよろしくって、ソ連や中国の学制の方がいけない、などと言っているのではない。とんでもない。保育児の赤ん坊から、大学卒業に至る迄《まで》、国家が一切面倒を見るのがいいにきまっており、その点では、社会主義国をどんなに羨《うら》やましく思ったかもわからない。

しかし落第したり、退学になったり、長じては寄生虫的詩人と呼ばれたり、これら反社会的とまで呼ばなくても、非社会的な人間達が、どこの世界にもいるに相違ないことを私は確信するのであって、これらの人々の嗚咽《おえつ》、乃至《ないし》はこれらの人々の溜息《ためいき》が、文学や絵画や音楽の或《あ》る一つの重大な側面をになっているのではないかと思ったばかりである。

いくら文学者は社会主義社会の砲兵であると言われたって、詩人協会や作家協会で登録されたり、批判されたり、自己批判したり、自己清算したり、これではかりに私など、ふるいにかけられる前に、トットと砂漠か凍土地帯に走り込んでいって、重労働を志願し、生涯口を噤《つぐ》む方を選ぶだろう。

もちろんのこと、詩人や文学者が社会の落伍者《らくごしや》や脱落者である必要は毛頭ない。学校の優等生であり、社会の成功者であって、いささかもさしつかえはないが、彼らが連帯して詩人協会をつくり、作家協会をつくり、それが国家と直結して発言をなすとなると、事態は違ってくる。

ここに於《おい》て、私はやっぱり、自由と言うものの、かけがえのない意味を感じるのである。

日本だって、作家が批評家からこっぴどくやっつけられることはある。その私行だって週刊誌など好餌《こうじ》にして、あばき立てることもある。なるほど自由に競合されている文芸は、俗悪な面の誇張が多いだろう。それが目に余ることもよく知っている。

それでも、尚且《なおか》つ自由は、かけがえのないものだ。

例えば中原中也の怠惰を停止させることは出来ないし、彼の誇りを傷つけることも出来ない。彼の尊厳は、彼が餓死するところまで持ちこらえ得るのである。詩人協会から呼び出され、文学裁判にかけられている中原中也、太宰治など、一体どんなものだろう。

言い換えてみれば、彼らは純潔の故に、非社会的であり、その生活の改変までも強いられるような組合の討議などに引き出されたりしたら、一瞬も棲息《せいそく》することは出来なかったろう。

コミュニズムの社会になると、おのずから、思想改善がなされ、彼らの生活と、思想と、表現が変わってくると言うならば、おおきにそうだろう、そんな中原や、太宰の作品など読んでみたくないだけの話である。

私はこの点の疑義に関して、先の中国訪問の折も、郭沫若《かくまつじやく》氏にたずねてみたが、納得のゆく回答は得られなかった。

昭和三十九年十一月号・「現代の眼」

或る時期

私は昭和三年の四月、福岡《ふくおか》高等学校に入学した。数えの十七歳のときである。ただしく、これが、私の不吉で、横暴な青春のはじまりであったろう。二年のときに一週間停学処分になり、二年から三年になるときに、また一年間停学処分になった。

しかしこの一年間停学処分にならなかったならば、ひょっとしたら、私は、今ある私といくらか違ったものになっていたかもわからない。

この一年の空白の時間に耐えるために、私はたきぎ船に乗り込んで、天草《あまくさ》をうろついたり、水道工夫になってみたり、いってみれば、学生という生活そのものから離脱した。

その後にも、東大四年間の学生生活があるが、私は形だけ在籍していたというだけで、もっとも学生らしからざる学生であったろう。

何をやっていたかといえば、絵を描いていた。絵を描いていたというよりも、自分のあてどのない肉感と野望を、はげしく画布にぬり込めようと願っていた、といえるかもしれぬ。そんな絵が一枚だってでき上がる道理はないから、もんもんとして、額に汗をたらしながら、白昼の岡や野を彷徨《ほうこう》していた。

おなじく、おのれの肉感を見失って、その模索に狂奔していたような不吉な東大生太宰《だざい》治《おさむ》にめぐり会って、昭和八年から昭和十二年までの暗鬱《あんうつ》な、狂気じみた、毎日になる。

私たちのゆくところといったら、玉《たま》の井《い》や、新宿《しんじゅく》の娼婦《しょうふ》のもとであった。酒を浴びるほどに飲んで、

走れよ　トロイカ　吹雪をついて走れよ

などと歌っていた、太宰治の音階の狂った声を、今でもはっきりと覚えている。

昭和十年の夏から、私は満州《まんしゅう》に旅立った。そのまま年の暮れまでハルピンにぐずついたが、借り着のオーバーでは、どうにもハルピンの酷寒が耐えきれず、ほうほうの体で逃げ帰った。

昭和十一年の二月二十五日の夜、私は船橋《ふなばし》の太宰治の家にいた。おそらく『晩年』出版の打ち合わせで、夜明けまで太宰と飲み、気がついてみると、家の周囲には白く雪が降り積んでいた。

おりから、二・二六事件の速報がラジオで伝えられ、とうとうその夜も東京に帰れずじまいであった。

太宰治が船橋の家をたたんで東京・荻窪《おぎくぼ》の碧雲荘《へきうんそう》に移ったのは、昭和十一年の暮れだろ

う。

まもなく、太宰治の細君がカン通事件を起こし、太宰の懊悩苦悶《おうのうくもん》の表情は手にとるようであった。太宰はよくあの時期に耐えたものである。

私の『花筐《はながたみ》』が上梓《じょうし》されたのは、昭和十二年の七月である。その出版記念会の予定日に、私は日華事変第一次の動員に召集された。

私の生涯であのときほどほっとしたことはない。太宰と私の生活は、まったくの話、荒廃にひんしていた。

私は命を捨てるかもわからないその動員令を、まるで天の配慮のようにすなおに受けとったものだ。駅頭には佐藤春夫《さとうはるお》先生ご夫妻が見送りに来られ、私は餞別《せんべつ》にいただいた日の丸の扇を開きながら、さながら人生の門出のような愉快を感じたものだ。

昭和四十年二月二十二日・「愛媛新聞」

アクロポリスの太宰治

アテネで、夜の観光バスに乗った時のことである。六十才前後の、妙にしょんぼりしたお婆《ば》あさんと相客になった。

相客になっても、英語の下手な私は、気づまりなだけで、「グッド・イブニング」か何か、一言挨拶《あいさつ》を交わしただけで、あとは黙って、窓外の月明の色を眺めやっている。

あとの客はみんな夫婦連れか、アベックばかりのようだ。バスはアクロポリスの丘をのぼりつめて、パルテノンの月光を賞《め》でるわけである。

夫婦連れや、アベック達は、にぎやかに腕を組み、降りていった。いやでも、私は隣りの老婦人の手を取らねばならないわけだろう。そこで思い切って、バスを降りた時に、

「メイ・アイ・ヘルプ・ユー」

「サンキュウ」

彼女の枯れた、しかし暖い手が私の掌《てのひら》の上にのる。

かなりの急坂なのである。それも岩ばかりのゴツゴツした道で、彼女は足許《あしもと》あやうく。喘《あえ》ぎのぼるわけだ。もちろん、私達は一番殿《しんが》りになった。

それでもパルテノンを明暗に区切っている月光の美しさは、かけがえないほどで、昼よりもやっぱり夜の方が素晴らしいと、私は老婦人の手をとりながら、まわらぬ舌で、「ワンダフル」をくりかえしたものだ。遠く海までがキラキラ光って見渡せた。

やがて、パルテノンの後ろの、見晴らしの絶壁に立った時である。

「アール・ユー・ジャパニーズ？」

と彼女が訊《き》くから、

「イエス」

と答えたところ、

「あ、そう。それよかった」

なーんだ、まったく、なーんだ。この時ほど、がっかりし、ほっとしたことはなかった。彼女は、いくらかたどたどしかったが、品のよい、正しい、日本語を知っていた。

「お仕事は何ですか？」

「小説を書いています」

と多少の気はずかしさを感じながらも、ほかに何の取柄もない私だ。

「太宰治《だざいおさむ》の作品を読んだことがありますか？」

私は狼狽《ろうばい》した。咄嗟《とっさ》に何と答えていいかわからない。思いもよらず、アクロポリスの月光のなかに、太宰治の全貌《ぜんぼう》がふくれ上がってくる心地で、

「はい、知っています。友達でしたから」

「おうフレンド？」

と彼女は驚嘆して、何度も私の手を握りしめ、それから、根掘り、葉掘り、太宰と私との交遊の来歴の質問になった。

お蔭《かげ》で、月明のアクロポリスは、頭を冷やすどころか、惑乱の丘に早変りしたようなものであった。

彼女はアメリカの大学で、日本語を専攻している教授らしく、太宰について、ほぼ正しい理解を持っているように思われた。

さて、丘を降《くだ》ってみると、彼女は私と同じホテルなのである。その翌日もまた、彼女のとりこになって、アテネのホテルは思いもよらず、太宰治を語る対談会場になってしまった。

彼女は別れ際に、

「あなたの作品を送りなさい。訳してさしあげます。アメリカドルの貯金があるのも、悪くないじゃありませんか……」

と親切に言ってくれたが、私は気はずかしくて、まだ今日まで、送らない。彼女の名前

がなんといったか旅行鞄《かばん》の奥底に、きっと当時のメモがあるだろう。

昭和四十年五月三日・「太宰治碑建立記念パンフレット」

太宰治の言葉

太宰《だざい》に会っていると、そのとりとめない会話のはしばしに、太宰らしい珠玉の言葉が無限にあった。

太宰治《おさむ》は平常「巧言令色《こうげんれいしょく》、ただこれだけだ」などと、私に言っていたが、彼ほど、言行一致の人を、私は知らない。

もっとも、言行一致とは、彼の生活の体質の行が、彼の言葉と寸分の揺るぎなく密着していた、ということだ。彼の文章が、千古に伝わるとするならば、彼の文章が、いかに彼の体質の悲哀に密着していたか、ということに尽きるだろう。

彼の日頃の談笑も、揶揄《やゆ》も、たちまちその翌日には、彼の文学の中に、転化されていた。たとえば、「新ハムレット」など、常住座臥《じょうじゅうざが》、太宰治が語り続けていた、彼の学生生活の、言葉の集大成のようなものだろう。

その軽薄さも、沈痛も、彼が常日頃、選び思いつめ、篩《ふる》いおとし、煮つめた、究極の体質の証言であった。

私は、この一点においても、太宰治のかけがえなさを感じる。

ただに、彼が口走った言葉だけではない。

彼は古往今来の文人、偉人の言を、座右にして、それをたちまち、彼流の軽妙で、卑近で、哀切な言葉に転化した。

これは、太宰治が、自分の生活を、人間の究極の場と自覚し、昇華させていたためである。

その自侍《じじ》の声調によって、数々の埋没した廃辞が、光彩陸離たる現代の悲哀の言葉に転化されたように、私は思う。


昭和四十年六月十五日・「愛と苦悩の人生」序文（社会思想社刊）

恋と死

太宰治《だざいおさむ》の恋愛について、私は何も知るところがない。

たとえばここに一人の女性が現われて、

「私は、その昔の太宰の愛人でありました」

などと言われても、私は、

「ああ、そうか」

と思ってうなずいて、彼女の人となりに、それとなく見入るだけのことだろう。

事実、何年か昔に、まさか愛人と自称まではしなかったが、一人の女性が現われて、ある期間、太宰治と特別の交渉を持っていた、といわれたことがある。私は、

「どこで？　どうして？」

とその時代の太宰治のありようを訊《き》きただしただけで、彼女の言い分に関し、何の興味をも感じなかった。

太宰治は、彼の文芸を成就したのであって、それはことごとく彼の文芸の中に、それなりに証言されているから、私は彼の証言を信じているまでの話である。

たとえば、ここに、玉《たま》の井《い》の洋子だとか、新宿《しんじゅく》のすみれだとか、熱海《あたみ》のカオルだとか、その時々に太宰治が交渉を持ち、乃至《ないし》は関心を示した人々を数えていっても、何になろう。もし、それらの時代をでも回顧してみたいとでもいうのなら、彼女らを呼び集めて、ひとつ、座談会をでもやってみたら、どうだろう。

「太宰治さまは、大変な汗っかきでございました」

「そうね。鼻の頭に、いっぱい汗をかいていたわね」

「そうよ。その汗を、お洒落《しゃれ》だから、上等の麻のハンカチで拭《ふ》いていたわ」

「嘘よ。大きなタオルを四つに折って、顔いっぱいを撫《な》で回していたわよ」

とでもいうだろうか。

そういう、とりとめない思い出話が、何か、諸君の心情をくすぐることでもあるのだろうか。

私が太宰治に関して知っている事は、たった一つ。

太宰治は、彼の文芸を完遂する一事に関して、極めて忠実であり、貪欲《どんよく》ですらあったということである。

諸君はここに、意志の堅固な、勇往邁進《ゆうおうまいしん》の、不屈の作家を想定するであろうか。

事実は、その反対である。

太宰治が女々《めめ》しく逃げまどい、投げだされ、棄てられていった（勿論《もちろん》、自分からだ）その行く先が、わずかに彼の文芸の一本の細い道であった、というだけの悲しい話である。

天性の資質の作家というものは、あらゆる弱点と汚辱を利用しながら、自己表出の一事に引き絞ってゆく能力を持っている。意識しようと、意識しまいと、だ。

彼は、自分で証言している通り、ダメであり、ウヌボレと無能力の、ガンジガラメに入り組んだお化けであり、慚愧《ざんき》と醜態の限りを尽くしたが、逃げ落ちてゆくその行く先が、狭い、やるせない、自己呻吟《しんぎん》の沼であり、その沼の淀《よど》みの悲哀の中だけに、人々の心を捉《とら》えて離さない、あやしい鬼火が燃えるのである。

このようなウルトラ・エゴイストにとって、特定の愛や、恋が、そもそも何だろう。

太宰治が、その情死を決行するに当たって、山崎富栄《やまざきとみえ》を選んだのは、きわめて偶然のことであったろう。むしろ、井伏鱒二《いぶせますじ》氏や亀井勝一郎《かめいかついちろう》氏らが指摘するように、かえって山崎富栄が情死の道づれに、太宰治を選んだ、といった方がいいかもわからない。

しかし、太宰治の自決そのものは、決して偶然のことではなかった。

この一点に関してだけは、早くから、彼の虚栄と、妄執の入りまじった、不逞《ふてい》の意志があり、その道づれを誰にするかなぞ、問うところではなかった。

早くは、無名の画家の一夫人を選んだことがあり、また酔余の出来事とはいえ、筆者とも一度心中未遂を試みたことがある。

山崎富栄そのひとに関しては、太宰が『桜桃』の中で、簡潔に表現している、そのままを信じれば、よいではないか。長いが、引用する。


「仕事部屋のほうへ、出かけたいんだけど。」

「これからですか？」

「そう。どうしても、今夜のうちに書き上げなければならない仕事があるんだ。」

それは、嘘ではなかった。しかし、家の中の憂鬱《ゆううつ》から、のがれたい気もあったのである。

「今夜、私は、妹のところへ行って来たいと思っているのですけど。」

それも、私は知っていた。妹は重態なのだ。しかし、女房が見舞いに行けば、私は子供のお守りをしていなければならぬ。

「だから、ひとを雇って……、」

いいかけて、私は、よした。女房の身内のひとの事に少しでも、ふれると、ひどく二人の気持がややこしくなる。

生きるということは、たいへんな事だ。あちこちから鎖《くさり》がからまっていて、少しでも動くと、血が噴き出す。

私は黙って立って、六畳間の机の引出しから稿料のはいっている封筒を取り出し、袂《たもと》につっ込んで、それから原稿用紙と辞典を黒い風呂敷に包み、物体でないみたいに、ふわりと外に出る。

もう、仕事どころではない。自殺の事ばかり考えている。そうして、酒を飲む場所へまっすぐに行く。

「いらっしゃい。」

「飲もう。きょうはまた、やけに綺麗な縞《しま》を、……」

「わるくないでしょう? あなたの好く縞だと思っていたの。」

「けふは、夫婦喧嘩でね、陰にこもってやりきれねえんだ。飲もう、今夜は泊るぜ。だんぜん泊る。」

『桜桃』

その山崎富栄を、スタコラサッチャンと呼んでいた、とか。その山崎富栄が、美容師だったとか。三鷹《みたか》の通り道の、屋台店で出会ったとか。

そんなとりとめないことは、たとえば、田中英光《たなかひでみつ》が桂子に出会った時のような生《き》ッ粋《すい》の意味合いを、どこにも持っていない。

それは、普通の、誰であっても、よかったのだ。

太宰を浮き立たせ、女房の反措定《そてい》として解放し、太宰をゴルゴタに急がせれば、まったく、誰でもよかったのだ。

それにしては、山崎富栄はきさくで、よく守りをし、酒のお酌《しゃく》がたくみであり、肩を揉《も》むのがうまく、注射にたくみであったようである。

蛇足だが、太宰の死の真際の文章には、ことごとく、その昔常用していた麻薬の匂いがこもっている。

つまり、事実上の情死であったにもかかわらず、情死そのものは、何の意味をも持っていなかった、といいうると思う。

私は、山崎富栄の手記を拾い読んでみたことがあるが、太宰治がまとっているマフラーをでも丹念に描きとどめようとしているようなもどかしさで、今更ながら、男女の繋《つなが》りの空しさに、呆然《ぼうぜん》とした。

いや、情死というもののそらぞらしさに慄然《りつぜん》となった、といおう。

太宰の情死は、くりかえすように、その死にあたって、介錯人《かいしゃくにん》を、山崎富栄という一女性に依頼した、という偶然にすぎない。

さてまた、太宰治と太田《おおた》静子《しずこ》との交情が、いったいどのようなものであったか……、これまた、私の関心外のことだ。

太宰の情死間もない頃のことである。私は一度、太田静子さんの来訪を受けた。

彼女が私にあてて、訪問の通知を寄越していたから、私は自転車で駅まで出迎えに行ったが、三、四歳の女の子を小脇に横かかえに抱いた中年の女とすれちがって、咄嗟《とっさ》に、これが太田静子そのひとに違いない、と直覚した。

想像が当たっていた、というのではない。

反対だ。想像が当たらなすぎたのである。

私は『斜陽』から、突飛な、華奢《きゃしゃ》な、夢見がちな一女性を、妄想していた。

彼女が大胆な夢想家であるということ以外は、まったく予想に反して、彼女は堂々としていた。

まるで、土から生えだしたような素朴な生ッ粋《きっすい》さで、一途《いちず》にそのひととの愛を信じている者にとって、愛は実在するであろう、と危うく私は是認してみたくなったほどだ。

太宰がはたして、そのような神話を残したかったか、どうかは疑わしいが、しかし、このひとの心身の上に置きざりにされた出来事を、直ちに神話に置き換えてしまう程の、女性特有の結晶作用を持っていると、咄嗟《とっさ》に私は信じないわけにはいかなかった。信仰といってもよい。

たとえば、ナルド油でキリストの足を洗ったという、マリアほどの思い入れである。

私は、太田治子《はるこ》の今後の出来事を、至極当然のことに思いこんでいくだろう。

昭和四十年十月号・「マドモアゼル」

「太宰治の魅力」まえがき

太宰治《だざいおさむ》のような作家は誰がどのように語ってもさしつかえないものだ。既にその断簡零《だんかんれい》墨《ぼく》までが集められて、ほぼ彼の全貌《ぜんぼう》の表情が露呈されているからである。ここに竹内良夫《たけうちよしお》、桂英澄《かつらひでずみ》、別所直樹《べっしょなおき》の三君が、太宰治の魅力を語って、力作を寄せる由《よし》であり、私にも座談の形式を以《もっ》て参加せよと言ってきた。問われるままに私の知る限りの太宰治について語ったが、読者は、直に太宰治の原典につくべきであって、私の巷説《こうせつ》に惑わされることは毛頭ない。

しかし、三君の業績は、太宰治の身近な門弟達が書き綴《つづ》った帰依の書であり、太宰の作品に至る恰好《かっこう》の手引の書になり得るだろう。

昭和四十一年十月・「太宰治の魅力」（大光社刊）

死と健康

遅くとも秋ごろまでには南米に出かけていって、のんきな自動車旅行をやってみようと思い立ち、この六月には、息子の太郎《たろう》や、若い友人たちあわせて三人を、運転手がわり、自動車と一緒に、ブラジルに向って先行させたのに、これが先方の税関にひっかかり、はじめのうちは多少の罰金で解決しそうだというような便りであったのが、段々と雲行きがあやしくなり、当の息子たちからはバッタリ音信までとだえ、人伝《ひとづ》ての話では、もうまったく見込みがなく、自動車を送り返すから運賃を用意してくれというような成行きになった。

旅行前に完成するはずであった私の作品まで、遅々としてはかどらず、これではいやでも、日本で歳末を迎えそうな気配になってきた。そこで泥縄式に、ニュージーランドの釣旅行とかに参加させてもらうよう、あわてて申し込んでみたが、いったい、どういうことになるのだろう。

つい先ごろ亡くなった亀井勝一郎《かめいかついちろう》氏が、その昔、私を見ては、

「あんたは、一つ病気を持っている。健康という……ね。余りの頑健というものは、実は病気とおんなじだよ」

　といっていたが、まったくそんなものかも知れぬ。兼好《けんこう》の言い草ではないが、一つぐらいの病気を養っていなかったら、なかなか人間の性根は据《すわ》らないのであろう。

　それにしても、身辺の先輩友人、バタバタとこの世にオサラバしてしまい、まもなく、見まわしてみると自分一人であったというようなおそろしいことになりそうだ。

　古くは立原道造《たちはらみちぞう》、津村信夫《つむらのぶお》、中原中也《なかはらちゅうや》等からはじまって、太宰治《だざいおさむ》、坂口安吾《さかぐちあんご》あたりまでは、生きることに耐えられないような虚弱な詩人であったり、半自殺であったりほんとうの自殺であったり、私はかえって、当然の死であったというふうに素直にうなずいたものであったが、外村繁《とのむらしげる》氏の死、佐藤春夫《さとうはるお》先生の死、亀井勝一郎氏の死と、このごろ、身近な人々の死が折重なって続いてくるのにあうと、何か、異様な死神の殺戮《さつりく》をでも見るようにむごたらしく感じられるのはどういうわけだろう。あながち、外村氏や亀井氏がガンという病気に倒れたせいばかりでもなさそうだ。年少の死は、それなりの美化が伴うのか、いや、それを見るこちら側の余裕と安堵《あんど》があるのか、外村氏や亀井氏らの死にあうと、次第にさし迫ってきた私たちの終末の感を催おすのか、やりきれぬほどの憤怒を感じる。

　外村氏は酔うと他愛なかったが、やっぱり外村流の酔いざまは、その人がないと味わえ

ないたのしさで、酒の仲間を次々に失うのも淋《さび》しいことの一つである。亀井氏はその昔は、酒をほとんど口にしなかったが、終戦前後、太宰治と往来するころから、酒飲みになり、にわかに強酒ぶりを発揮していたが、日ごろ温雅《おんが》な氏にしては、珍しく痛烈に人を揶揄《やゆ》したりして、私はびっくり、氏の顔を見上げることも再々であった。健康という病気を持った私と中谷孝雄《なかたにたかお》氏だけが、結局、日本浪曼派《にほんろうまんは》の見とり人ということになるのであろうか。

昭和四十一年十二月二十四日・「朝日新聞」夕刊

太宰治と伊馬春部

太宰治《だざいおさむ》はそのあやしげな学生時代の後半に、主として荻窪《おぎくぼ》の天沼《あまぬま》に居りました。

いや、大学を出てからも、（と云っても卒業はしませんでした）盲腸炎を患って、阿佐《あさ》ガ谷《や》経堂《きょうどう》の病院を廻《まわ》り、一年ばかり船橋《ふなばし》に転住しましたが、やがてまた荻窪の界隈に帰っております。いつも、太宰が荻窪の界隈に舞い戻っていったのは、彼の師事していた井伏《いぶせ》鱒二《ますじ》氏が荻窪の清水《しみず》町に住んでおられ、その庇護《かご》下にいるのが、やっぱり何となく心丈夫だったからでしょう。

自分の逸脱しやすい性格を自分でもよく知っていて、それにおびえていたからでもあるのです。

太宰がはじめに間借《まがり》していたところは、同郷の先輩飛島定城氏（現福島民報・ラジオ福島社長）の家の二階です。先妻の初代《はつよ》さんと二人、八畳と六畳二間ぐらいの部屋を借りて暮らしておりました。

手近いところに伊馬春部《いまはるべ》（当時鵜平《うへい》）氏がおりました。伊馬春部氏は、太宰治とおなじく、井伏門下の秀才であり、既にムーラン・ルージュの文芸部員として「桐の木横丁」などの作品を書き、そのお母さんと妹を抱えながら、一戸を構えて確固とした実生活をしておりましたから、太宰はこの友人を羨望《せんぼう》と驚異の眼で見ておりました。

正直な話、太宰の方は、大学卒業の見込みは無く、細君をかかえて文名は挙がらず、毎日、私などと大酒をくらいながら、辛《かろ》うじて鬱《うつ》を散じておりました。

あの頃よく行った店は、荻窪駅前の寿司《すし》屋でした。また井伏さんのお宅に近いあたりの路傍に屋台を張っている鰻屋《うなぎや》でした。

鰻屋と云っても、鰻の頭と、キモだけを焼いて酒を飲ませる貧寒な屋台です。今でも覚えておりますが、私がその鰻の頭を嚙《かじ》って、ガクリと鰻針に嚙《か》み当ったところ、

「アハハ、檀君。それが人生の余得と云うもんだ」

身をよじって笑ってくれましたが、こう云って笑う時の太宰は実によかった。

今は大酒飲みになりましたが、あの頃、伊馬春部氏は余り飲まなかったものです。時折思い出したように、太宰が私を誘って伊馬家に押しかけていったことがありましたが、大抵太宰の一身上の身の振り方を相談に行くと云った場合の時でした。

例えば都新聞の入社試験を受ける相談だとか、初代さんの出来事の善後処置だとか、きまって、そんな時でした。

伊馬春部氏の家は、きっと伊馬さんのお母さんが綺麗《きれい》好きなのでしょう。オカラか何かで、廊下がピカピカに磨き上げてあるのです。そこへ太宰と私が押しかけてゆくのですが、私も太宰もひどい脂足です。下駄《げた》は泥まみれです。

たちまち、その廊下に私達の足の文様が、土足で踏みあがったように、ひどい有様でこびりつくのですが、

「こりゃ、ひでえ。こりゃ、ひでえ」

太宰は振りかえって笑い棄てるだけで雑巾《ぞうきん》をかりて自分の足を拭《ぬぐ》おうとは致しません。

「いいよ、いいよ」

と伊馬氏も云うから私達はそのままです。

帰る時に気がついてみると、伊馬さんのお母さんがまたたんねんに廊下を拭《ふ》き直してくださっているばかりか、私達の下駄まで白く洗い上げて、ちゃんと乾かしてあるのです。

愉快でした。いや、嬉《うれ》しかったと申しましょう。その嬉しさをたしかめ直しでもするように、太宰も私も、おくめんもなく泥足をそのまま、

「そろそろ、また洗って貰《もら》おうか」

伊馬家に押しかけて行ったものです。

さて、太宰の初代さんが出来事を起こし、太宰の懊悩《おうのう》の日が続いた頃の事でしょう。

太宰と伊馬春部氏と私と、文学志望の大学生や、女子美術の生徒達を大勢集めて、石神《しゃくじ》

井《い》公園に遊びに行ったことがあります。

女子美術の女の子達は、いつのまにか、大学生らとボート乗りに行ってしまって、気がついてみると、太宰治と、伊馬氏と、私の三人だけが取り残され茶店の松の木の下で、大酒を喰《くら》っておりました。

この時の太宰の言草を忘れません。

「こりゃ、ひでえ。もう、男は女じゃ、ねえや。ワッ、ひでえ。意味をなさねえ。こうなったら、もう、オレ達は、髭《ひげ》でも生やすほかないよ。カイゼル髭だ。林銑十郎《はやしせんじゅうろう》のあの髭だよ、あんな髭でもピンと生やして、呟《つぶ》やく言葉は、男は、女じゃねえ」

昭和四十二年六月・伊馬春部作「桜桃の記」劇団「マールイ」上演パンフレット

友人としての太宰治

太宰治《だざいおさむ》は、大学の制服制帽を大変に愛好いたしました。

東大生としてのひそかな自負があったかも知れませんが、それよりも、太宰はその見せかけの服飾を、身を以《もっ》て愚弄《ぐろう》すると云ったふうな、バカバカしい可笑《おか》しさを存分に感じたいのだと云うふうに、振舞っていたのです。少なくとも、私には、そう思われました。

東大の仏文科に在籍はしていたものの、奇蹟《きせき》でも起こらない限り、卒業の見込みはまったく無かった頃でした。

例えば、私の家などに、その制服制帽でやってきます。大声で、

「檀君。そろそろ出掛けようか?」

「あら、太宰さん。学校?」

などと、妹が私より先に顔を出したりすると、

「なーんだ。寿美《すみ》ちゃん、居たのか? 寿美ちゃんがサボるくらいなら、オレ達もサボ

る」

「まあー、私は今から出かけるとこよ」

と女子美術の妹があわてるのを尻目《しりめ》にして、

「そう言えば、腹がへった。寿美ちゃん、何かない」

そのままドカドカと上がり込んでしまうと言った有様でした。

そこで太宰は食卓の前に坐《すわ》りこんで、妹が並べてくれる品々を眺めまわしながら、やれ、塗箸《ぬりばし》は赤くなくっちゃいけないだとか、やれ、シジミは汁だけを吸うのだとか、やれ、海苔《の　り》はこうやって、揉《も》んでゴハンの上にフワリと振りかけるのが一番だとか、何よりも味の素《もと》だとか、地上で信じていいものは味の素だけだとか……、とりとめない出まかせを口走った揚句、

「じゃ、檀君、出かけようか？　出かけるなら、早い程、いい」

と、まったく巧みな頃合を見はからって、家の中から滑り出してしまうのが常でありました。

おそらく、太宰自身、細君（初代《はつよ》さん）の家からぬけ出す時にも、おなじように、アテにならない期待（大学を卒業すると言う）と、淋《さび》し過ぎるような余韻を残しながら、身を揉むようにして、逃れ出して来たわけでしょう。

さて、私達は省線に乗り、東大を正門から入るには入りますが、三四《さんし》郎《ろう》池の脇で、一、

二本煙草をくゆらせるのが、関の山で、あとは脱兎《だっと》の如く、浅草《あさくさ》のノレンになり、玉ノ井《たまのい》の居酒屋になり、娼婦《しょうふ》の店と言うことになるのが、きまりでした。

そうして、つぶやく言葉は、

「万人に通じた女は、これはもう、処女だ」

私達の制服は、このようにして、むしろ娼婦の店に通う制服のようなものでありました。

太宰は、大変なオシャレであったと思います。

例えば、パンツは刺子《さしこ》のパンツ。お腹には、いつも侠客《きょうかく》でも巻くように長いサラシの布を巻きつけておりました。

制服でなかったら、久留米絣《くるめかすり》。その久留米絣の上に、冬分だったら、きまって、二重廻《にじゅうまわ》しを羽織っておりました。

帽子《ぼうし》は大抵ハンチングを、斜めにかぶっておりました。

太宰が大変なオシャレであったと言うことは、その場であり能《あた》う限りの工夫をこらすと言うことですが、一たん事が破れてしまうと、あとは破れかぶれ、もうどうでもいいと、大口をあけて笑い棄ててしまうところがありました。

笑うと口いっぱいに、金歯がきらめくのです。

この破れかぶれ、笑い棄ててしまう最後のところに、太宰治のユーモアがあり、土性骨が感じられ、太宰治の洒脱《しゃだつ》で、剽軽《ひょうきん》な、人となりの一面が、存分に感じられたものでした。

女々《めめ》しく思い惑っているのは、彼の申し開きの出来ないほどの一身上の破綻《はたん》に関する、むしろ対外的なやるせない表情であって、いっそ思い棄てた時に見せる彼の放胆な陽気さと、ウィットは今でも目に浮かぶほど、不敵な自由さに満ちておりました。

昭和四十二年五月・「太宰治の生涯」芸術座パンフレット

精魂傾け描く太宰像

伊馬春部著『桜桃の記』

ちょうど『桜桃の記』が上演されていたころ、私は九州から東北と、落ち着きなくうろつき回っていて、折角の伊馬春部《いまはるべ》さんの芝居を見そこなってしまった。あとで伊馬さんに大いにしかられたが（と言っても伊馬さんは怒るような人柄ではなく、いわばそっとたしなめられたあんばいであったが）、それでも、実のところ、芝居を見られなくてほっとしたようなところもある。伊馬さんが、精魂を傾け、友情の限りをつくして、太宰《だざい》像を描き出してくれればくれるほど、何となく、太宰の幽霊でも現れてきたような薄気味悪さだったろう。

やっぱり、日ごろから活字になじんでいる人間は、活字を見てようやく安堵《あんど》するもので、『桜桃の記』が、一本にまとめられたのを贈っていただいて、そこでホッとし、ゆっくり

と読み進みながら、色々のことを思い出してみたり、笑ってみたり、まるで、太宰と三人、
久しぶりに、どこかの街かどでパッタリ出会って、飲みはじめるようなおかしな気持にな
ったりした。
太宰治《おさむ》は、一身上のことは、何によらず、こっそりと伊馬春部氏に相談した。
私などに相談すれば、事態が鎮まるどころか、いよいよ一大事になり、酸鼻とでも呼ん
でみたい状態に陥る危険の方が大きいから、太宰はこのことをよく知っていて、何によら
ず、一身上の相談事は、伊馬春部氏に持ち込んだ。
伊馬さんは、そういうゴタゴタを面倒がらぬ性分であり、判断がまた温雅中正であり、
太宰は、ひそかに、伊馬さんを頼みにしていたものである。
巻末の思い出は、そのような伊馬さんと太宰治との交遊録であるが、ダメな太宰が、し
っかりものの伊馬さんをたよりにしている、その奇妙な交遊のありかたについては、伊馬
さんは黙して、語っていない。

昭和四十二年十一月二十四日・「朝日新聞」

出世作のころ

この赭土《あかつち》の／丘を走れば／木魂《こだま》の鳴る／いらだち／今日も絵具をとけど／赭土の／鬱林《うつりん》の／底あくまで遠く／アンドレ・ドラン／遂に／わがものならず

という私の年少の日のつたない詩がある。もう、つくった時期のハッキリとした状態はわからないが、ただ、私が青年の門出の日のころ、あらまし何を自分の心の目途《もくと》にしていたか、そのおぼろげな気分だけは、思い出せるような心地がする。

必ずしも、絵を描くというよりは、もどかしく、私なりに、自分の肉感の表出を模索していたといえそうだ。

昭和七年。東大の経済学部に入学したが、親父とのゆきがかりで経済学部などを選んだのだ。学校なぞまったく行かず、いわば異様な不穏学生として、東大の周辺のここかしこを、うろつき歩いていただろう。

その翌年の春、高校時代以来の友人坪井与《つぼいあたえ》（現東映専務）らと、どこかに家を借りようという話になり、二、三軒見てまわったあげく、上落合《かみおちあい》に学生の住居らしからぬ大きな家を見つけて、移り住んだ。家賃は四十五円で、毎月払うアテなどなかったが、たまたま、学年はじめであり、それぞれ一年分の授業料を持っていたから、これを敷き金にあてて、強行突入したわけである。

土地は二百五十坪余り。大きな柿の木が三本。金魚つきの泉水があり、部屋は六、七間あったか、私たちは満足して、祝杯をあげた。

愉快な話がある。家の管理をしていた人は、日銀関係の富裕な家族で、私たちは坪井の弟に小倉《こくら》の袴《はかま》をはかせて何となく書生風に仕立て上げ、一緒に乗り込んでいって、その奥さんと借家の交渉をはじめたが、まず先方から私の名前をきかれ、

「はい、ダンです」

と答えたところ、

「ああ、九州のダン様？」

「はい。九州のダンです」

私の答えには、微塵《みじん》の嘘もなかったが、先方の奥さんは、團伊玖磨《だんいくま》氏の父祖の團に誤認してくれたわけだ。私たちはそれにやすやすと便乗した。先日も團伊玖磨氏の読売文学賞祝賀会の席上で、この話をしながら、大笑したことである。

なにしろ、学生の借りている宏大《こうだい》な邸宅だ。ツテをたよって、ひっきりなしに同居志願

者がやってくる。留置場帰りの左翼学生から、家出娘等。私たちはそれらの送迎にいとまがなかったが、そのころ、しょっちゅう私たちの家に遊びにやって来る郷土の先輩で、庄《しよう》野義信《のよしのぶ》氏という福岡《ふくおか》の快男児がいた。二十四、五歳だというのにチョビ髭《ひげ》をはやし、バルザック流の小説を書いているとかで、ある日突然、一緒に雑誌をやらないかと、誘われた。私にも小説を書けというのである。

小説を書く？　私はとまどった。なるほど、画学生とも、文学青年ともつかず、一個の不吉で不穏な悶々《もんもん》の肉感をもてあましながら、その表出のハケ口をどこに求めるか、もどかしく、うろつき歩いていた私が、まさか、何らか安定したこの世の作品など書けるとは、自分で、信じられなかった。

たとえば、銃砲を背負って戦場にかけ出してゆくとか、または飢えた禿鷹《はげたか》のように砂漠に向かって走り出すとか、そのようなアテドのない飢渇《きかつ》の野望が、身心のなかに、いたたまれず、ひしめきさわいでいたことは事実だが、それを、一編の平穏無事な作品に変えうるとは、どうしても信じられなかった。

丁度、夏休みにさしかかった時期であり、私はそのまま、柳川《やながわ》の祖父の家に帰ったところ、庄野義信氏から、三日とあけずに、長文電報の原稿催促が、次々と舞い込んでくるのである。

あとにも、先にも、私は、あのくらいすさまじい原稿催促を受けたことがない。

するとと不思議なもので、自分の奇妙な、肉感の野望をおがみうちにたたき伏せてみたいような衝動がおこり、風のよく吹き通す立花《たちばな》伯邸の図書館の一室で、藁半紙《わらばんし》の上になぐり書きをした。四十何枚かを、一日、二日で脱稿しただろう。

原稿用紙の埋め方も何も知らぬ。だから、書き出しを一画下げたり、行をつないだりすることをまるっきり知らず、センテンスのかわるたびに、行を変える奇っ怪な作品である。

題名を「此家《この》の性格」と書いて、そのまま東京に送りやった。二十一歳の夏である。

＊

私の処女作「此家の性格」は、そのまま、「新人」という雑誌に掲載されて、市販されることになった。はじめは同人雑誌と聞いていたのに、手に取ってみると、堂々「文芸春秋」をしのぐような雑誌であり、おまけに、庄野義信氏の「死の書」という分厚い小説集が付録として添えられている大雑誌であった。

庄野義信という奇っ怪な情熱が、この雑誌を刊行したわけだけれども、その情熱が消えうせれば、たちまちにしてやむわけで、「新人」は一号だけで廃刊になる。

しかし、「此家の性格」は林房雄《はやしふさお》氏等の新聞の文芸時評によって思いがけない賞讃《しょうさん》と激励を受けた。

思いがけないということは、自分のあやしい肉感の表出が、かりにも人の共鳴を誘いうるということに対する奇妙な驚きであって、二十一歳に至るまで、自分の不吉な感傷は、自分の肉親をはじめとして、ことごとくの人々を、脅かし、傷つけてきたばかりだからである。

そのころ、私は「ワゴン」という中井《なかい》駅近い喫茶店に入りびたっていた。いや、「ワゴン」の看板がうすよごれていたから、自分の油絵の具を使って梯子《はしご》に登り、二、三日、その看板の塗り換えに没頭したこともある。

「ワゴン」には、十銭のウイスキー（いや電気ブラン？）があり、実は、私はその十銭のウイスキーに入りびたっていたわけだが、店のマダムは萩原朔太郎《はぎわらさくたろう》氏の前夫人であるとも聞いた。そのせいかどうか、

「檀さんは堀《ほり》さんによく似てらっしゃるわね」

とマダムに云われ、

「堀さんってだれですか？」

「堀辰雄《たつお》さん」

私は仰天した。かりにも、私の獰猛《どうもう》な青春の表情が、堀辰雄氏のように典雅で優婉《ゆうえん》な精神の表情に似るであろうか。私は黙して、ウイスキーを飲むばかりである。

ある夜のことだ。和服の着流しの青年が「ワゴン」にはいりこんできて、

「ここに、檀さんという人がおりませんか？」

「檀は、僕ですが」

とびっくりして答えると、先方は自分の名前を丁重に述べながら、私の席の前にすわり、さて、度肝を抜くように私の作品をほめてくれた。

生涯にあんなことって、滅多にあるもんではない。相手は古谷綱武《ふるやつなたけ》氏であった。その夜は古谷家で、徹夜の酒になり、まだ夜が明けきらぬというのに、早稲田《わせだ》の穴八幡《あなはちまん》のところまで連れてゆかれて、尾崎一雄《おざきかずお》氏の破《や》れ小屋をたたき、おそらく寝入りばなの尾崎一雄氏がのぞき出すと、古谷綱武氏は、

「これを読んでみて下さいよ！　これを」

と「新人」の私の小説を、その尾崎さんの手に渡す。

「じゃ、読むけど、ウチはかくれるところがないからね、あっちの応接間の方で待ってて下さいよ。あっちの応接間。穴八幡の、境内のベンチだけどね」

クスリと尾崎一雄氏の笑い声が立つのである。

その穴八幡のベンチの周囲には、朝の霧が流れていた。やがて、尾崎氏は仙人のような飄々《ひょうひょう》たる姿を現わして、私の作品の話になり、

「あなたは、滝井孝作《たきいこうさく》さんの作品読んだことある？」

滝井孝作氏の作品なら、私は高校の時以来繰り返し読んだ。何というか、肉体鍛冶《かじ》の果

てに文体を模索するとでも言った剛毅《ごうき》な芸風を、ひそかに自分の心になぞらえてみたこともある。

私がそのことを率直に申し述べると、

「じゃ、一度滝井さんに紹介しましょうよ」

尾崎一雄氏は、そんなことを言ってくれていた。

そこで、尾崎一雄氏も同道して、早稲田の一膳飯屋《いちぜんめしや》を二、三軒、朝の酒になったことを覚えている。

この日以来、私は、ほとんど毎日のように、古谷邸に入りびたった。古谷家は、兄妹《きょうだい》だけの家であり、いわば、自由放任の一家だから、私は随時家族同様に出入りした。さて、その古谷家には、太宰治《だざいおさむ》、木山捷平《きやましょうへい》、中村地平《なかむらちへい》、田畑修一郎《たばたしゅういちろう》、大岡昇平《おおおかしょうへい》、中原中也《なかはらちゅうや》、尾崎一雄、浅見淵《あさみふかし》、中谷孝雄《なかたにたかお》氏等、多数の無名あるいは有名の文学青年たちが去来していたから、私はたちまち文学風潮になれた。

それまでは孤立した、不良少年とも画学生ともつかぬ、やり場のない憤怒をもてあましている一個の殺伐な青年が、千差万別の文学的個性を目の前にして、自分のかけちがった不気味な魂を、どのようにして、作品に転化しうるのか、まるで大海に漂い出したような茫漠《ぼうばく》の焦慮にとらえられるのである。

＊

おなじく、昭和八年の晩秋に近いころであったろう。古谷綱武氏は、私を関口台町《せきぐちだい》の佐《さ》藤春夫《とうはるお》先生のところに連れていってくれた。蔦《つた》のからむ赤いベニガラの塀に囲われたこの「田園の憂鬱《ゆううつ》」の詩人の家の門をくぐるだけで、私の心臓は不用意に高鳴るほどであった。先生は、安楽椅子にあぐらをかいて、その安楽椅子を絶えず前後に揺すぶり動かしながら、おびただしい煙草の列を、灰吹きの中にならべてゆかれたが、生涯で、あれほどの深い感動を覚えたことはない。

考えてみれば、私が数え年二十二歳。先生がわずかに四十二歳の時であったわけだが、鬱然《うつぜん》たる大詩人の熟成感に、圧倒されるばかりであった。私はこの時に、はじめて自分も文学者になろうとハッキリと心に決めた。爾来《じらい》三十年間、私は佐藤春夫先生の絶えざる庇《ひ》護《ご》と激励の中に生き得たことは生涯の幸福である。

私と古谷綱武氏の交遊は次第に熱を帯びていって、結局、私たちだけの雑誌を出そうということになった。しかし、たった二人だけで、月刊の雑誌の編集は無理だから、とりあえず、季刊の雑誌を創刊することにして、その雑誌名を「鷭《ばん》」に決めた。

さて、小説をだれに頼むかということになり、古谷綱武氏は私に七、八人の新人作家の作品をならべて見せながら、このなかからだれか二、三人選んでみてくれないか、とそう言った。私はそれらの作品を持ち帰って、ていねいに読みすすんだが、「海豹《かいひょう》」という同人雑誌にのっていた太宰治の「思ひ出」と「魚服記」を一読して、その文体をささえとめているあやうく甘美な稟質《ひんしつ》を稀有《けう》のものだと感服した。

すぐに古谷家にあとがえって、

「この太宰治一人。この人の作品だけを毎号もらうことにしよう」

古谷綱武氏も即座に賛成してくれて、これが「鶺」のハッキリとした成立の由来である。まもなく、当の太宰治と古谷家で、はじめて出会ったが、おそらく昭和八年の十一月か、十二月……。

「歯が痛くっちゃ、やり切れないから、アスピリンを飲んでいたら、あれはヒドイもんだ。耳が聞こえなくなってきて、目は黄疸《おうたん》になるんだね。おかげで、四、五日寝込んだよ。古谷君も気をつけたがいいよ、アスピリンは……」などと、その太宰治が奇っ怪なことを言っていた。

「いったい、何錠、飲んだの？」

と古谷が訊《き》くと、

「ウ……ウン」と微苦笑になりながら、一瞬ためらって「ウン、一箱だ」

「一箱？　よく死ななかったよ。君は……」

古谷から言われ、太宰が含羞《がんしゅう》の面持ちで、二度三度、うなずきながら笑って見せたのを、今見ることのようにはっきりと覚えている。

私は古谷家の玄関先で、太宰治と別れた後も、何となくこの男の幻影がふり払えない心残りで、彼の書いた地図をたよりに、荻窪天沼《おぎくぼあまぬま》の家をたずねていった。二階二間の間借りである。

太宰は、私をその二階の部屋に招じ入れて、小さな、まっ四角のナマコの火鉢をまん中にしながら、一升の酒を飲み合ったが、私は咄嗟《とっさ》な衝動が押えきれず、

「君は天才ですよ。沢山書いてほしいな」

そう言った。太宰は瞬間、身もだえるふうで、それでも、ようやく、全身を投げ出すように、

「書く……」

うなずいた。これが、太宰治と私の決定的な交遊のはじまりである。太宰は「鶴」に「葉」と「猿面冠者《さるめんかじゃ》」を書いた。私は「退屈《たいくつ》な危惧《きぐ》」と「美しき魂の告白」を書いた。と同時に、私の生活と、太宰の生活が、きわどく折り重なるような、異様な交遊にまでつき進んでいった。

いってみれば、私たちは、私たちの悪徳を、その極限まで助長し合ったわけである。

私たちは、東大の制服制帽のまま、出かけてゆくところといったら、酒の店であり、女

の店であった。その女の店に、二日、三日と居続けして、自分の家に帰ることを忘れていた。

私一人だけなら、まだしもひとり身だから驚くにはあたらないが、太宰は初代《はつよ》さんというレッキとした女房を持っている。その女房を、ほったらかしのまま、転々と、娼家《しょうか》を泊まり歩いていたのだから、あきれてものが言えないだろう。太宰の国もとから来る月々九十円の送金は、三十円ずつ、三回に分けられて、井伏鱒二《いぶせますじ》氏のもとに送られていたようだが、私たちの遊蕩《ゆうとう》の費用は、もちろんのこと、それらの送金をケタ違いに、うわまわった。太宰は初代さんの衣類まで、こっそりと風呂敷《ふろしき》にくるんで、私の家に運び込み、その品々を私の質屋に入質《にゅうしち》したりした。

さて、意気上がって、新宿《しんじゅく》、浅草《あさくさ》、玉の井《たまのい》と、次第に足は隅田川《すみだがわ》を越えてゆくのである。

＊

私が坪井与らと借りていた上落合の家は、次第に持ちごらえが、むずかしくなった。もともと私たちに対する国元からの月々の仕送り全部を合わせても、百円に足りないのだから、毎月四十五円の家賃など、払えるわけがない。

その年（昭和八年）は、庭の三本の柿の大木に、柿の実が鈴なりになった。しばらくは、その柿の実で空腹を満たしたが、人間、柿の実だけで、生きのびることは、むずかしかろう。煮タキの大本のガスが、とめられてしまっているのである。

そこで、折りよく柿の実を買いにきた仲買い人に、一本五円ずつだったか、涙をのんで売り渡し、その十五円でガス代を払い、米を買い、酒をのんだ。

しかし、家そのものの持ちごらえがむずかしいのだから、愚図愚図してはおれぬ。幸い、知り合いの画家から、耳よりな話をきいた。一軒借りても十五円、二軒借りても十五円の、二軒つづきの長屋があるというのである。

よく話を聞いてみると、その長屋の一軒の家で、首つり心中があり、両方ともあいてしまったらしい。だから、一軒十五円で借りてくれれば、当座は心中の家の方を付録のつもりで使ってもらおうということのようであった。

もちろんのこと、私たちは大喜びで、その心中長屋に引っ越していった。しかし、家を二軒にしておくと、いつのまにか、その二軒に充満する家出人や留置所帰りが住みつくばかりか、これを食べさせないわけにゆかなくなってくる。いや、それよりも、一度大仕掛けのガサを食い、事実上、人間がガタべりになったから、家を一軒に圧縮してしまったわけである。

私が尾崎一雄氏の一家を誘ってタダの家におはいりなさいとすすめたのは、丁度この時であった。はっきりとした記憶がないが、おそらく昭和九年の早春のころであったろう。

私のつもりでは、従来通り一軒でも十五円、二軒でも十五円だと思い込んでいたからである。

私は尾崎一雄氏の一家を誘ったままフラリと我孫子《あびこ》の友人のところに遊びに出かけ、長いこと帰ってこなかった。帰ってみると、尾崎さんの一家が引っ越してきていて、大家と悶着《もんちゃく》をおこしているらしい。先方の言い分ではタダの家などあるわけがないというのである。しかし、私たちは事実二軒を十五円で借りていたではないかといくらいっても、ラチがあかなかった。

幸いなことに、坪井与が、

「じゃ、オレたちは大森《おおもり》に行こう」

と弟妹をひきつれてサッサと移転してくれたから、そこで、尾崎さんの一家と私との、風変わりな同居生活がはじまることになった。

二階は六畳で私の部屋。階下はたしか六畳と三畳で、尾崎さんの家。

愉快なことがある。いつだったか、金に困った時に、尾崎さんの奥さんから速記をしてもらって、私は出まかせの怪談を速成し、文芸春秋の「話」に持ち込んで、そこばくの金を得た。その金を尾崎さんの奥さんと折半したか、どうか、今は忘れたが、つまらぬ売文の性癖をたしかに私は持っている。

その癖、自分のほんとうの作品はまったくといってよいほど、書けなかった。得体の知れない妄念にかみつかれて、太宰治や、森敦《もりあつし》らと、わけもなく狂乱していただけである。折りから、尾崎一雄、外村繁《とのむらしげる》、中谷孝雄氏らとともに「世紀」に加わって、階下には、よく浅見淵氏や、丹羽《にわ》文雄《ふみお》氏、中島直人氏らの姿が見えていた。いや、「贅肉《ぜいにく》」だったか、文壇に登録される寸前の丹羽氏の二、三の草稿を、尾崎一雄氏から読ませてもらった記憶もある。

おそらく、その尾崎一雄氏か浅見淵氏の推輓《すいばん》によったのだろう、太宰は「彼は昔の彼ならず」を「世紀」（一九三四年十月号）に書き、私もまた両氏の好意から、「早稲田文学」に「帰心」を書くことになったりした。一枚二十銭であったか、二十五銭であったか、これがおそらく、私の小説というものの、最初の原稿料であったろう。

「鷭」は二号で続刊の見込みがたたなくなり、私は太宰治から誘われるままに、「青い花」の創刊に協力することになった。同人は今官一《こんかんいち》、中村地平、小山祐士《こやまゆうし》、伊馬鵜平《いまうへい》（春部《はるべ》）、木山捷平《きやましょうへい》、津村信夫《つむらのぶお》等、主として、井伏鱒二氏の周囲の諸兄であったが、私は、中原中也や森敦を誘って同人にしたりした。ただし、一号出るか出ないうちに、太宰治と私の身勝手で破壊的な狂態が昂進《こうしん》して、同人はバラバラの態《てい》になり、「青い花」の続刊は、とうてい見込みがなくなった。

しかし丁度そのころ、中谷孝雄、亀井勝一郎《かめいかついちろう》、芳賀檀《はがまゆみ》、保田与重郎《やすだよじゅうろう》氏等の「日本浪曼派《にほんろうまんは》」が創刊の運びになり、いっそのこと「青い花」と合流しようということになって、

「日本浪曼派」の三号からであったか「青い花」のほとんど全員が「浪曼派」に吸収されることになった。

たしか、堀《ほり》ノ内《うち》の桑畑の中に中谷孝雄氏の家があって、そこに鬱屈《うっくつ》してすわっている中谷孝雄と、屈曲するもののような保田与重郎の印象を忘れない。ひとおのおの、それぞれの狂気を持っているが、その肉感に裏づけされた得がたい精神の表情を見るのは、楽しいことだ。

＊

「日本浪曼派」の同人会は、淀野隆三《よどのりゅうぞう》氏の家や、亀井勝一郎氏の家や、芳賀檀氏の家を、まわり持ちにして集まった。しかし、その編集後記は、ほとんど毎回保田与重郎で、あの絶妙な後記はあとにも先にも、くらべるものがない。もちろんのこと、後記ばかりではなく「日本の橋」や「誰《た》が袖屏風《そでびょうぶ》」等、優婉の文章を、惜しげもなく、「コギト」や「浪曼派」に投入した。

太宰治は「逆行」を「浪曼派」に発表して、第一回の芥川《あくたがわ》賞候補になったが受賞に至らず、その悶々の苦痛は、折りからかさみはじめたパビナールやナルコポンの薬代と重複して、太宰にとってはぬきさしならない破局に感じられたろう。

私は、「浪曼派」にページの穴埋めふうの詩を時折り発表したほかには、「衰運」と「夕《ゆう》張胡亭塾《ばりこていじゅく》景観」の二編だけを、ようやくのことにして、書き上げただけである。

しかし、その「夕張胡亭塾景観」が第二回の芥川賞候補になり、結局、第二回は授賞作は無かったが、候補作家だけ「文芸春秋」に作品を依頼され、長編の構想を持っていた「花筐《はながたみ》」を急ぎ短編に書いて発表した。

だからその前年（昭和九年）「浪曼派」に「花筐序」と題して発表した作品と、この「花筐」は趣がまったく変わってしまっており、なぜ、もう一度奮起して長編に書きあらためなかったか、今考えてみると無念である。

「文芸春秋」の「花筐」の稿料は、一枚二円五十銭であったか、三円であったか、もう忘れたが、学生の分際でとにかく百五十円余りの現金を手に握り、一挙に蕩尽《とうじん》する愉快さは、終生のぬぐいがたい私の濫費《らんぴ》癖をかたちづくっただろう。

横光利《よこみつり》一《いち》氏の推輓もあって、「文学界」や「文芸」等から原稿の依頼を受けながらも、その原稿は一枚も書かず、ただその原稿からはいってくるに相違ない稿料の幻影だけで、転々と遊びくらしたのは、生来の怠惰《たいだ》もあったが、白分の惑乱する肉感を、どうしても、それなりのモダモダで表現出来なかった。人生の懊悩《おうのう》というより、表現の焦慮からである。

そのころ、私は太宰治の「晩年」の原稿全部を封筒にして預かっており、どこぞの出版社から上梓《じょうし》したいと思っていたところ、幸い山崎剛平《やまざきごうへい》氏の砂子屋書房に、尾崎一雄氏や浅見淵氏が関係していたから、両氏に無理に頼みこんで、処女小説叢書《そうしょ》の一冊に割り込ませてもらった。

「晩年」は昭和十年の初夏、無事に出版され、あんなにほっとしたことはない。

私は、太宰治の「晩年」の出版記念会をすませると、すぐに満州《まんしゅう》に旅立って、大連《だいれん》、旅《りょ》順《じゅん》、奉天《ほうてん》、新京《しんきょう》(今の長春《ちょうしゅん》)、ハルピン等を転々した。東京に帰ってきたのは、昭和十年の暮れである。そのまま本郷《ほんごう》の下宿に住み「紫苑《しおん》」といううきたないバーに入りびたって、たちまちのうちに自分の身を食いつめた。

ある時は横光利一氏の家にかけこんで、百円借りうけ、その金を「紫苑」に払うか、生活の資に回して作品に精進すればよさそうなものを、自動車を駆《か》って船橋《ふなばし》の太宰の家に出かけ、船橋の女の店に流連して、東京に帰りついた時には、また、元の木阿弥《もくあみ》のていたらくであった。

もちろんのこと宿代も何も払えず、身勝手に芳賀檀氏の屋敷にころげこんでいって、そのまま永逗留《ながとうりゅう》の居候に変わる。

芳賀氏の邸宅は二階に二十畳余りの広間があり、私はそこに蒲団《ふとん》を積み重ねて、端座《たんざ》しながら、一行も書けない作品を苦吟している気持ちであった。

空を鬣《たてがみ》が走っている
地はいきものの液汁を垂らす

と、そのころのむなしい詩稿の残欠の思い出がある。芳賀家には大きな冷蔵庫があり、その冷蔵庫の中に、パンだの、バタだの、果物だの、ソーセージだの、ハムだのがころげているから、それをつかみ出して、腹を満たすのはまあ結構だが、ウィスキーや酒の類《たぐい》も勝手につかみ出して飲んでいた。

「檀さんがお酒を飲むのは、ちっとも構わないけれども、ほかの人たちまで呼んできちゃいけませんよ」

芳賀氏にかたくいわれていたが、その禁を破り、ある日、高校以来の友人、水田三郎を呼びこんで、二階で大酒を飲んでいた。すると自動車の爆音が聞こえてくる。芳賀氏が帰ってきたに相違ない。そこで、

「窓から飛び降りろ！　窓から」

と水田を何度もどなったが、水田はちょっと窓から下をながめおろしてみただけで、一向に飛び降りなかった。案の定、芳賀氏はトントンと階上にあがってきて、

「ああ、やってますね」

とこともなげにいってくれたが、あの時は私は、まったく冷汗三斗《と》の思いであった。

＊

私の特技のなかに、居候《いそうろう》の名人であることをつけ加えておかねばならないと思うのだが、昭和十一年の夏ごろから昭和十二年の夏ごろまで、ほとんど一年の間、まったく思うままに芳賀家から太宰治の碧雲荘《へきうんそう》、碧雲荘から高橋幸雄のアパート、秋沢三郎《あきさわさぶろう》氏の邸宅等、転々と気随気ままに移り住んだ。「居候三杯目はそっと出し」のような殊勝な居候ならよいのだが、どこでも大酒をくらい、暖衣飽食して、勝手な熱をあげてまわっていたのだから、自分ながらあきれ返る。

しかし、よく考えてみると、芳賀家の二階で、私が居候をしていた丁度おなじ時期に、林房雄氏が、一家をあげて芳賀邸の離れ家にドカドカと移動してきたのだから、上には上があるものだ。一家をあげての居候である。といっても、炊事など、もちろん林一家は独立していたに相違なく、多分仕事のための気分転換であったのだろうが、

「仕事ならウチに来ませんか？」

「じゃ、行こう」

おそらく酒席の上の挨拶《あいさつ》を、そのままドサドサと実行に移したわけだろう。私も、この乱入一家の御馳走《ごちそう》になったけれども、よその家に迷いこんだような恭順のふうはどこにもなかった。

二階から放尿も自由自在。芳賀家の台所に出没して、飲みたい時に飲み、騒ぎたい時に騒ぐ、大模様な乱入ぶりであった。

私が芳賀家から離脱して、太宰治の碧雲荘に移ったのは、ある日彼のアパートをたずねてみると、

「ちょっと話があるんだ」

太宰は私を誘い出して、荻窪の線路東の蕎麦《そば》屋にはいり込み、五、六本の酒を一気にあおりつづけたあげく

「初代が事を起こしたんだ。その相手をだれだと思う？ Kだよ、K。ひどいもんだ。酸鼻だよ。これが、君だったらね。男らしく、決闘もなりたつ。Kではね。蛾の鱗粉《りんぷん》がベットリ、こっちの手にくっついてくる感じなんだ」

激昂《げっこう》して、太宰はそんなことを言いつづけた。

「それで、君はどうするの？」

「別れるさ。それ以外にないだろう」

初代さんは、もう碧雲荘にはいなかった。おそらく親戚《しんせき》の吉沢さんのところにでも身をかくしていたのだろう。私はそのまま、何となく太宰の碧雲荘に居すわってしまったのだが、太宰の中学時代の友人中村貞次郎氏が、時々、やってきた。中村氏は医局につとめており、ひどい喘息《ぜんそく》で、時折り、モヒの注射を自分でうっているのを私はそれとなく目撃した。だから、太宰のモヒは中村氏の影響があったかも知れぬと思い、先日、中村氏にあったついでに、

「太宰にモヒの注射を教えたのは、あなたではなかったの？」

とこっそりきいてみたところ、

「お互い、弱い人間だからね」

と中村氏はさびしく笑って答えたものだ。

おそらく、その前後のことであったろう。私はあやうく太宰の自殺のまきぞえを食いそうになったことがある。そのアパートは、多分天沼の一画にあったと思うのだが、太宰はかりに「麗人の家」と呼ぶだけで、相手の麗人が一体だれであるか、私にあわせもしないし、紹介もしなかった。ただその女性が、春の休暇ででもあったのか留守であり、太宰は女の部屋の鍵《かぎ》を持っていた。私たちは大酔して麗人のいない留守の部屋にはいりこんでいったわけだ。またしばらく飲んだ。やがて蒲団の中にころげこんで、

「檀君。ガス管をひらこうか？」

太宰が何となしにそう言った。

「蒲団にもぐり込んでいさえすれば、造作なく死ねる」

太宰は足元の方によろけ歩いていって、小さな調理台のガス管をひらいたらしい。そのまま、電灯を消して、

「煙草を吸うな」

蒲団の底の方にもぐり込んでいったようだ。戸外の風の声にまじって、カチャンカチャ

ンと鳴るガスの計量の音がすさまじかった。しばらく、私は畳を吸わぶるようにして、異様な孤独と戦ったが、猛然と起き上がった。ガスのネジをしめ、ガラス戸をあけ放って命からがら麗人の家を脱出した。

丁度、そのころ、赤塚書房というところから私の短編集を出そうという話がはじまり、私の作品は、この四年間に、わずか七編にも足りなかったが、題を「花筐」に決め、佐藤春夫先生のところに、表紙の彩色をお願いにまかり出た。太宰治が一緒についてきてくれるのである。

先生は寛大にうなずいて、

「一体、何の花を書こうかね？」

といわれると、太宰がそばから「先生。花だから蝶《ちょう》……」「ああ、蝶がいいね」

こうして、先生の華麗な蝶の絵を頂戴した。

「花筐」は昭和十二年の七月の十日ごろ出来上がり、二十四、五日にその出版記念会をやろうかと、太宰らが語り合ってくれていた矢先、私に召集令状が舞いこんだ。私はそのまま、九州の兵営に向かったが、実のところ、生涯であんなにホッとしたことはない。

＊

昭和十二年の七月から、昭和十五年の十二月まで、あしかけ四年の間、私は久留米の兵営にいた。もっとも勇敢な兵士の一人であったと堅く信じているが、階級の方は、ようやく伍長《ごちょう》勤務上等兵になるのが、精一杯であった。

時たま、深夜をねらって、馬糞《ばふん》棄場から脱柵《だっさく》したあげく大善寺《だいぜんじ》近い半農半密漁の農家に泊まったり、どことなく不穏の気配を、上官がうすうす察知していたのかもわからない。

十五年の暮れに除隊になると、そのまま、まっすぐ満州に旅立った。それが唯一の保身の道だと信じたからである。

新京（今の長春）では逸見猶吉《へんみゆうきち》のすすめに従って、しばらく彼の仕事を手伝ったが、会社づとめは、やっぱり私には不向きのようだから、二、三カ月でやめて、寛城子《かんじようし》のロシア人の家を転々した。しかし、逸見と朝から土民の居酒屋で飲み暮らしながら、詩を談じ合う愉快は、今でも忘れられない思い出だ。また彼からすすめられるままに、密山《みつざん》から綏芬《すいふん》河《が》や興凱湖《こうがいこ》の周辺、バルガ草原から満州里《まんしゅうり》、熱河《ねっか》から赤峰《せきほう》のあたりを、あてもなくうろつきまわったのは、今にして思えば、かけがえのない爽快《そうかい》な旅であった。

丁度おなじころ、別役《べつちやく》憲夫のすすめに従って、ヤブロニーのロシア家屋を一軒買い、蜜《みつ》蜂《ばち》飼いになることを決心して、一人の朝鮮の少女と、北満の密林地帯にはいりこもうとしていた矢先に、沙草峯《しゃそうほう》事件だったか、張鼓峯《ちょうこほう》事件だかが勃発《ぼっぱつ》し、北方移動禁止の布告が出た。私一人だけなら、まだしも、何とか北方の密林地帯にもぐり込めたかも知れないが、朝鮮の少女を同伴することは、もう無理であった。

私はそろそろ満州に嫌気がさして、南京の草野心平《くさのしんぺい》氏に長文の電報を打ち、揚子江《ようすこう》界隈に移り住もうと思ったが、その返電を待つひまもなく、ちょっと日本に帰ってみたところ、おふくろから、にわかに福岡で見合いをさせられた。私はその女性を見て、こんな穏和《おんわ》な日本娘が、どうしてよりにもよって、私と見合いなどするのかといぶかしかったから、あっちさえ来てくれれば、いつでももらうと返事して、もう一度満州にあとがえってみたら、婚約が決定したらしく、矢継ぎ早の電報である。

リツ子《こ》と結婚したのは、昭和十七年の五月であった。私は人吉《ひとよし》の宿で、女の裸身をかいま見たが、こんなにひ弱な人体が、私との殺伐な生活に耐え得るであろうか、しきりな不安にかられたものである。しかし、その甘くて、だるい、女の幻惑は、ようやくにして私をとらえ、私はリツ子を連れて上京し、石神井《しゃくじい》池畔《ちはん》に家を借りた。その昔、太宰治らと、この池の閑寂に遊んだ思い出があったからだ。

このころ、大井広介《おおいひろすけ》氏のすすめに従って、大政翼賛会につとめたり、南支調査会にはいったりしたが、勤めはどこでも、三ヵ月とつとまらない生まれつきのようで、結局、次々と仕事をやめ、久しく筆を絶っていた小説を再び書きはじめた。

大井広介氏はまた私を「現代文学」の同人に加え、久しく会わなかった坂口安吾《さかぐちあんご》氏らと「染太郎《そめたろう》」や、「さんとも」で、しばしば、大井君の御馳走になった。

しかし、日本は英米に宣戦を布告する。周囲の状況は急テンポに戦時下の影響を受けはじめて、十八年の八月には長男の太郎《たろう》が生まれたが、私自身いつ再召集されるかもわからないし、成り行きの不安はつのる一方であった。

たまたま、講談社の「現代」に書いた「天明」が、昭和十九年度の野間《のま》文芸奨励賞に決まったし、その講談社のすすめで、中支に従軍しないかという話がはじまり、私は二つ返事で承知をした。行く先が洛陽《らくよう》であり、洞庭湖《どうていこ》であったからだ。

昭和十九年の七月二日に、妻子を母の疎開先に預け、福岡から出発した。北京、南京に立ち寄り、南京から飛行機で漢口《かんこう》に抜けた。漢口で集合した従軍文化人は高見順《たかみじゅん》氏、伊藤《いとう》永之介《えいのすけ》氏、上田広《うえだひろし》氏、荻原賢次《おぎはらけんじ》氏等であった。

私は戦闘機隊に従軍を希望したから、洞庭湖に真近い白螺磯に移り、生まれてはじめて身近な爆撃を体験したりした。それよりも、同じ空勤宿舎に一緒に寝泊まりしている飛行将校たちが、次々と戦死してゆくのを見るのは、やりきれなかった。

私は当初の三カ月の従軍を一年に延期して、岳州《がくしゅう》から湘潭《しょうたん》、長沙《ちょうさ》、南岳《なんがく》、衡陽《こうよう》、桂林《けいりん》、柳州《りゅうしゅう》と奥地へ向かって深入りしていった。累々《るいるい》屍《しかばね》を分けるような旅である。しかし、茘浦《れいほ》から桂林のあたり、突兀《とっこつ》たる筍の山々が、朝日や夕日に七彩の色を帯びるのは、目ざましいほどに美しかった。

柳州の司令部でI参謀から、

「もう、ひきかえして下さいよ。日本があぶないばかりか、道中どこを切断されるかわかりませんよ」

と言われ、ようやく、帰路に向かうのである。帰路は、漢口から、京漢線ぞいに北京を目ざしたが、黄河《こうが》の黄土層の中に梨の花が白かった。福岡にたどりついたのは二十年の四月二十日であったろう。

*

釜山《プサン》から日本への帰還の船は、はじめは敦賀《つるが》に向かうということだったのに、思いがけなく、博多《はかた》湾の水路の中にはいりこんでいった。見おぼえのある志賀《しか》ノ島《しま》、残《のこ》ノ島《しま》影を見守りながら、遍歴した地域の広漠に身を食われつくしてしまったようなここちである。もどかしく妻子の面影をたぐりよせるのだが、幻のようにおぼつかなかった。

かえって、蒲団や、ナベをかかえて逃げまどう、中国婦女子の姿が、現実のものとして、繰り返し、私の眼中を去来するのである。

着いたのはまぎれもない博多港だ。

ためらわず、西《にし》公園に近いリツ子の実家にはいりこんでいってみると、リツ子の母がよろけ出してきた。

「リツ子は？　太郎はどこですか？」

「リツちゃんは帰ってきとりますが……」

と答えている。しかし、何となく母はオロオロとおびえる表情で、私はけげんでならなかったが、座敷のあたりから、弱々しいリツ子の咳払《せきばら》いと、興奮の声がもれ、襖《ふすま》をひきあけてみると病みほうけたリツ子の病臥《びょうが》の姿があった。

結核であった。太郎への感染をおそれて、太郎だけは、私のおふくろがひきとっているという。

「なーに、なおるさ」

と私はいったが、私の意志で左右出来ない、このひ弱な女の身心のありようを見守りながら、さびしい、空漠の感傷ばかりがつのっていった。

とりあえず、講談社と陸軍省への帰還報告だけは済ませねばならないから、病妻と太郎を、それぞれの場所に置いたまま、上京した。日本中がまったく荒廃の相を呈しており、汽車は至るところで二、三時間ずつストップする。沿道の町々が空襲に燃えつづけていた。その五、六日の上京の間に、福岡が全く炎上してしまっており、ねじれゆがんだ電柱や電線の廃虚の町をリツ子の家まで急いでいった。

まったく、奇蹟的《きせきてき》にリツ子の実家は燃え残っていたが、リツ子は二晩海べの砂の中に退避しており、着用していたモンペやドテラに、おびただしい焼夷弾《しょういだん》の油脂を浴びていた。

緊張と興奮から、もちろんのこと、発熱して、病状は悪化していた。

それから、まる一年。私は太郎を肩にしながら、リツ子の看病に明け暮れた。場所も福岡から、松崎《まつざき》の母の家に移り、その松崎で、長崎の原子爆発を見届けている。

「新型爆弾が投下されるかもしれません」

とラジオは警告しつづけていたが、私はそれが原子爆発だとはっきり知っていた。なぜなら、久留米の町で、飛行機から投下されたビラをひろっており、トルーマン大統領の原子爆弾投下予告を読んでいたからだ。丁度、佐賀の方向に、グルッと三ツ巴《どもえ》の火の渦が巻き、やがて、ゆっくりとキノコ雲が空に立ち昇った。まもなく日本の敗戦を知った。

私は、リツ子と太郎を連れて、再び糸島《いとしま》の小田《おだ》に転居した。海べの閑静と、食糧を追い求めての移動だが、敗戦後の未曾有《みぞう》の混乱の時期である。頑健な人間でも、次々と倒れるような悪状況のなかで、重症の結核患者が、もちこらえられるわけがない。ただいたずらに、私だけが、唐泊《からとまり》から小田界隈に至る糸島の人情と風物を熟知するに至っただけである。

押しなべて月の砕くる波のむた
乱るる愁い有りつつ憩う
と、私は残ノ浦波にもまれる月の光に憂悶《ゆうもん》の心を消した。このようにして、リツ子は昭和二十一年四月四日の未明、春雷の中に死んでいった。火葬場の沿道の山中に桜の花が白かった。

私は、太郎と骨壺《こつつぼ》をかかえながら、柳川から五、六キロばかり離れた山寺の庫裡《くり》の二階にかくれ住んで、夏から秋と、わずかに一冊手持ちした杜詩《とし》を読みくらした。

夜は月が飽くことなく明るく、見はるかす筑後《ちくご》平野に櫨《はぜ》の葉が赤くもみじしてゆくのである。時たま私をたずねてきてくれた人といったら真鍋呉夫《まなべくれお》君ぐらいのものであった。私は杜詩を訳して、真鍋呉夫君や大西巨人《おおにしきよじん》君らが編集している「午前」や「文化展望」に持ち込み、その詩稿料が三百円であったか、五百円であったか、週に一度ずつ、鰯《いわし》を買って、太郎と二人してむさぼり食った。朝夕筧《かけい》の水をかぶり、山上の薄《すすき》の穂波の吹きなびくさまをながめやりながら、王者をもしのぐほどの誇らしさを味わった。おそらく生涯で、もっとも充実した一時期であったろう。

その山寺の一室に、どこをどうめぐりまわったのか、三通の弔慰《ちょうい》と激励の手紙がたどりついた。佐藤春夫、川端康成《かわばたやすなり》、尾崎一雄三氏からの懇篤な書状である。ことさら、佐藤春夫先生の手紙は「君の北中南支縦断の旅の思い出から愛妻の死に及ぶ作品を描くならば、それは君の生涯の作品になるだろう」と、はっきり、書くべき目標を明示して「これこそ、君の書くべきものだ」と結んであった。

その手紙を握りしめながら、感奮興起した一瞬のことを忘れない。

＊

佐藤春夫先生のその懇篤な激励のお手紙は、おそらく佐久《さく》から出されたものに相違ないが、よくも、私の手もとにたどりついたものである。当時、私の居場所は、柳川の父親ですら知らなかったようなきわどい状態の時期であった。

「中国遍歴の思い出から、一転して愛妻の死に及べ」と先生の手紙を繰り返し読みながら、丘陵の上に立ち、キラキラとまばゆい有明海《ありあけかい》までの筑後平野を俯瞰《ふかん》していると、この二年の生活の悲喜が、巨大な中国の動乱を背景にして、私の目の中に明滅し、人間の生滅さえ、さながら、とりとめもない紙芝居のようにながめ渡された。

なるほど、作品の濃密な全貌《ぜんぼう》は、既に私の眼中にあり、私はただ、ペンを握り、文字を書けばよかったようなものだ。

しかし、その決定的な触発を与えられたのは、ほかならぬ佐藤春夫先生の手紙からであった。それにもかかわらず、私はその、先生のかけがえのない一通の手紙を、どこかへなくしてしまっている。もとより私の放漫な性情と、放浪のゆえであるが、これほど残念なことはない。

丁度同じころ、私は与《よ》田準一《だじゅんいち》氏のすすめに従い、その山裾《やますそ》の小さな一酒造家の娘と再婚した。いうところの戦争未亡人であったが、無造作にモンペを穿《うが》ち、自転車を片手にしながら私と太郎に話しかけてきたその一瞬の素朴さを、よしと信じたからだ。

吹雪の日に、山間のさびしい鉱泉へ急いだが、この二年余り、私の首飾りのあんばいに、絶えず肩車にのっていた太郎が、新妻の背に負ぶり換えられ、その緊張のためか、たちまち背中いっぱいに小便をもらしたのも、時にとって、新生活への思いがけない景物に思われた。

私はようやく身軽く、「終りの火」を脱稿して上京し、原稿を川端康成氏のもとに持参した。「終りの火」は「人間」に掲載され、これを転期と信じたから、私は石神井池畔の宿にはいって、はやくから依頼をうけていた八木《やぎ》岡英治《おかひではる》君の「作品」に「父子来迎」を書き、つづいて「改造」「文学界」「群像」「新潮」等、あとさきの構いなく、いうところの「リツ子」物を、短編の形で、分載しつづけた。

昭和二十二年から、二十三、四年に及ぶ交であったろう。まもなく「作品」は、私の中学時代の友人山内文三が経営することになったから、ほぼ千枚に達したこの「リツ子」物を、「リツ子・その愛」「リツ子・その死」の二冊本として、作品社から上梓《じょうし》した。

ただ一カ所、原子爆発を目撃した一瞬の感慨だけは、出来事の文明的な意義の大きさから、うまくまとまらず、今日に至るまで、「リツ子」の作品集の中に、書き入れることが出来ないままでいる。

そう言えば、石神井の宿にやってきたばかりのころ、私は絶えて久しぶりに、坂口安吾氏を安方《やすかた》町にたずねていった。すると安吾氏は、高級なウイスキーのたぐいを、卓上に林

立させて、痛快な大饗応《きようおう》をやってくれたばかりか、

「宿屋なんてよしなさいよ。オレのところにやってきて、オレの原稿紙で、ドサドサ作品を書くがいいや。原稿なら、どこでも持ち込む」

あんなにうれしかったことはない。このようにして、私はほとんど苦境と言う時期を知らないあんばいに、絶えず先輩友人の激励を受けつづけた。まったく恵まれた環境であったと言えるだろう。

丁度、石神井の宿に、九州から真鍋呉夫君がやってきていた時のことだ。私が徹夜で原稿を書いた朝方、フッと新聞を開いてみると、太宰治の入水《じゆすい》が報じられていた。

愕然《がくぜん》とした。すぐそのまま太宰の家にかけつけようかとも思ったが、今度ばかりは駄目だと言う気持ちがしきりである。入水の場所が近すぎる。死んだ太宰を迎えるのはやりきれない心地がして、とうとう行くのをよしにした。

ただその昔、太宰治と痛飲した石神井池畔のおなじ茶店にすわり込み、葦《あし》の茎を伝い流れるドシャ降りの雨を見守りながら、真鍋呉夫君と二人、カストリ焼酎《しようちゆう》をあおりつづけた。

丁度、おなじ縁台の上で、十何年か昔、太宰治が、大酔のあげく、

「男は女じゃねえや」

と言ったことがある。

「わあ、ひでえ。意味をなさねえ」

と言っていたが、おそらく初代さんの出来事の悲哀をそっと押しかくしての言葉であったろう。と同時に、同行の若い女子学生たちが、酒に酔いしれている太宰や私のそばを離れて、若い大学生たちとボートをこぎに行ってしまったことへの愉快な反撃でもあった。

「こうなったら、檀君。オレたちは立派になるほかはないね。髭《ひげ》でもピンとはやしてさカイゼル髭とか、林銑十郎《はやしせんじゅうろう》髭とか……そうだ。髭よりほかはねえ」

などと、あんな痛快なユーモアをまきちらしながらはしゃいでいたのに……その姿と声が、もう一度、ありあり、私の目と耳に、浮かび出してくる心地であった。

＊

私は、相変わらず石神井池畔の安宿を塒《ねぐら》にして、原稿を書きつづけたが、まもなく九州から女房が太郎を背負ってやってくる。弟妹らがやってくる。

一人だけの宿代なら、自分の気の向いた仕事で、何とかやりくり出来ないこともないけれども、家中そろって宿屋の飯を食っていたら、そのうち一家心中をはかるよりほかにないだろう。

そこで、どのような原稿であれ、それが原稿料に変わりうるものなら、書きなぐって、とにも角にも、一軒の家を手に入れることに決心した。だから、童話でも、少女小説でも、手当たり次第に書きつないで、昭和二十三年の十月だったか、小さな建て売り住宅を買い入れ、やっとのことで、その新居に引っ越した。

それでも、さすがに、新大阪新聞というところから「石川五右衛門《いしかわごえもん》」と主題をはっきり設定して、新聞小説の依頼を受けた時には、戸惑った。

「どうしよう?」

とたまりかねて坂口安吾氏に相談を持ちかけてみたところ、

「そりゃ、書くにきまってるさ。先様の言い分は、何を聞いてやったって、ちゃんと君のモノになりますよ。ならなくっちゃ、どだい、作家じゃありませんや」

これほど明確な覚悟と解答を与えられたことはない。私は勇躍、その五右衛門にとりかかると同時に、舞台が京都、大阪だから、麻の背広を着用に及んだまま、フラリと関西に出掛けていって、年の瀬近いころまで、東京に帰らなかった。原稿は大抵、大阪の「おでん屋」で書きつないだ。

すると、身辺はいつのまにか流行作家模様を呈しており、東京に帰りついてみたら、多くもない家具の類が、差し押え公売処分に付されていた。そこでまた、勇戦奮闘、大酒をあおって、原稿を女房に口述筆記させ、日に七十枚を書きとばしたこともある。

丁度その夜も、前日から、阿佐ガ谷《あさがや》の宿に女房を同伴して、徹夜で、原稿の口述をやっていたところ、夜ふけに文芸春秋社から電話がかかり、書きかけの「石川五右衛門」と

「長恨歌」に直木賞《なおき》の授賞が決定したという通報を受けた。

多少の感慨がないでもない。というのは、第一回芥川賞の選にもれた時の、太宰治の苦《く》悶《もん》と落胆がはげし過ぎたから、

「何も芥川賞なんて、もらうことないよ。ゆっくりと直木賞の方が、よっぽどいい」

出まかせの、その場の放言を言ったものだ。しかし、この時ばかりは、太宰はムッツリと黙りこんだまま、どうしても、なごまなかった。考えてみると、かさんでいたナルコポン中毒の薬価、郷里の兄さんに対する申し開き、おびただしい友人に対する借銭、それが、あの第一回の芥川賞によって一挙になぎ払えるばかりか、ほこらしい信愛に変えることが出来る。そのかけがえのない決定的な一瞬であると、太宰は狂おしかったのであろう。

私ははからずも、その時の自分の放言と、太宰の表情を思い起こしながら、丁度仕事も一段落ついたから宿をひきはらってタクシーを呼んだ。

宿の玄関を出てみると、思いもよらず、三十センチ余りの雪が降り積もっていた。運転手が何十年振りかの大雪だと言っている。その自動車は、ノロノロと雪原の中を、石神井に向かったが、丁度草野心平氏が仮住まいをしていた神社のあたりで溝の中に落ちこんだ。あいにく、心平氏は不在であり、心平氏の坊やが走り出してくれて、力を合わせ、車をひき出そうとしたが、駄目である。

そこで、仕方なく、私と女房は吹雪の雪原の中を、家に向かって歩きはじめた。多く見

積もってもせいぜい二キロ。遠い道ではないのである。

しかし、吹きつける雪と、白一色の積雪のために、道も畑も、見え分からなかった。私は女房と腕を組んで、一歩一歩、前進するのだが、近道と思って、畑の中の小道をとったのが悪かった。たよりの電信柱がなくなっては、もう、にっちもさっちもゆかず、停電のためか、家の明かりもなく、見覚えのある家は消えうせ、徹夜のためか、睡気《ねむけ》ばかりが襲いよってきて、あやうく遭難しそうになった。

東京で、しかも自分の家のすぐそばで、直木賞が決定した日に、遭難したなどと、笑い話にもならぬと思ったが、白魔の魔力を、あの時ほど、そらおそろしく思い知ったことはない。

ようやく石神井池らしいものにたどりついて、助かったのだが、私も女房も、家に帰りついた時には、眉毛《まゆげ》も、睫毛《まつげ》も凍りついて、雪達磨《ゆきだるま》のようであった。

授賞式はその翌年の春、熱海《あたみ》の旅館で行なわれた。式後、林芙美子《はやしふみこ》さんが、

「直木賞の、二次会をやってあげましょう」

といってくれて、石川達三《いしかわたつぞう》氏らを誘い、奥湯河原《おくゆがわら》の「かまた」で、もう一日、花見の宴《うたげ》を、やっていただいたのはうれしかった。

昭和四十三年三月八日～二十三日・「読売新聞」夕刊

太宰治の人と作品

太宰治《だざいおさむ》は一九〇九年の六月十九日に、青森県北津軽郡金木《きたつがるかなぎ》に生まれました。家は代々「山源《やまげん》」と呼ぶ大きな金貸し地主で、父の津島《つしま》源右衛門は代議士になったり、貴族院議員になったり、母のたねは病気がちのようで、太宰治はこの二人の間に、第十番目の子供として生まれました。

本名は津島修治《しゅうじ》です。

太宰治の生家は、今では「斜陽館《しゃようかん》」と呼ぶ宿屋になって残っておりまして、太宰自身の言葉をかりますと、「父は、ひどく大きい家を建てた。風情も何も無い。ただ大きいのである。間数が三十ちかくもあるだろう。それも十畳二十畳という部屋が多い。おそろしく頑丈なつくりの家ではあるが、しかし何の趣もない」と語っている通り、分限者を誇示するためのバカデカイ家であります。周囲に高さ四メートルあまりの赤煉瓦《れんが》をめぐらしていて、その赤い大きな屋根は、遠くの村々から、ハッキリ「山源」の家だとわかるほどです。

太宰治の生涯の出来事は、好むと好まないとにかかわらず、この大きな家に左右されたと言えるでしょう。この家に生を受けたという誇り。しかしこの家のために、荷負うさまざまの無用な虚飾と虚偽。

長男以外の子供達のことを、津軽では俗に「オジカス」とか「ヤツメカス」とか呼んで邪魔者あつかいにする慣《ならわし》だそうですから、いくら大きな家に生まれたといっても、十番目の子供の太宰治は、早くから、何となく、自分自身を家のノケモノに見立てていたって、別段何の不思議でもありえますまい。本当にかわいがられていたとかいなかったとかいうこととは関係なしに、自分をノケモノのように思いこむ……、ひとつの文学的な擬態を早くから持っていたと考えてみてもよいのです。

どこでも、末っ子に近い子供達は、えてして、その家に反逆すると同時に、また、甘えこびる性情を持ちやすいものですが、太宰治も、その例外ではないようです。いや、太宰治こそ、おそらく、その「オジカス」「ヤツメカス」の疎外感や愛憎を、人生万般のことにまで持ちこんで、彼自身の文学にまで昇華させていったものだと信じます。

金木尋常小学校では、神童と呼ばれたほどの悧発《りはつ》な少年で、六年間全甲、いつも首席を通しております。そのまま中学校に進学すればよさそうなものを、一年間、明治高等小学校の高等科にぐずついたのは、両親達の考えから、学力の補充をさせてやるつもりであったそうです。

というのは、兄さん二人が、小学校では全甲、級長であったのに、中学校に入るに及んで、どちらも学力低下、二年生のころ、中途退学するというような有様でしたから、津島修治の全甲、級長も、何となく、親としては心配になったのでしょう。津島家は、文字通り金木のボスであり、学校の先生達の相当な手加減を割引しなければならず、その親達は子供のほんとうの能力が掴《つか》みとれなかったものでしょう。しかし、これは感じやすい太宰治の心に、おそらく、最初の、大きな汚点となって、しみついただろうと思います。

この最初の挫折感《ざせつかん》が、必ずしも、太宰治の文学をつくったなどと大それたことを言おうとは思いませんが、その緒口になりやすい心の状況をつくった最初の出来事ではなかったろうかと、私は想像するのです。高等小学校に転校と同時に、修身が乙になり、操行も乙になったのは、金木小学校のような庇護《ひご》がなくなったというより、太宰の挫折感が招いた狂躁《きょうそう》に思えるからです。

この頃の太宰治については、相馬正一《そうましょういち》君が、事こまかに調べて書いた『若き日の太宰治』という書物を、参照されるのが一番よいと思います。

さて、太宰治は高等小学校一年間の補充教育を終わると、折悪く、その父源右衛門の死と葬儀というドサクサにとりまかれながらも、首尾よく、青森中学校に入学します。中学校では、主として、その誇りのために、よく勉強したらしく、『思ひ出』に自分で書いている通り「三年生になってからは、いつもクラスの首席であった」らしい。そうして、

「私は秀才といふぬきさしならぬ名誉のために、どうしても、中学四年から高等学校へはいって見せなければならなかったのである」（『思ひ出』）と回顧している通り、中学四年の時に、弘前《ひろさき》高等学校に合格しております。当時の中学は五年制であり、選ばれた秀才ばかりが、四年から、官立の高等学校に進学してゆきました。

高等学校のはじめの頃は、成績もクラス第六席になったこともあるらしいのですが、だんだんと学業を放棄する傾向が強くなり、弘前高校を卒業の頃は、ほとんど、ビリに近かったようです。

と言うのは、自分の青春に翻弄《ほんろう》されやすい心身両面の過敏な感受性をもてあましながら、ようやく文学に身を喰《く》われて、ある時は芸者の町に遊んだり、ある時は通人気取りの義太《ぎだ》夫《ゆう》に打ち込んでみたり、かと思うと、自分の家そのものを告発するような時代思潮の小説を書いてみたり、おそらく安定することも、客観化することもできない、不安な自分自身を、もてあましていたでしょう。

津島家には、圭治という彫刻家の兄さんがいて、早くから「青んぼ」などという兄弟の雑誌をつくっておりますし、中学の三、四年の頃には、太宰自身、身近な友人を呼び集めて「星座」とか「蜃気楼」とか、小さな同人雑誌をつくったりしております。

高等学校に入ってからは、同人雑誌や校友会誌などに、かなりの数の作品を発表してもおりますが、やっぱり太宰治の肉感が、ようやく、それなりの表現を見つけ出すのには、ほとんど狂気に近いような、四、五年の彷徨《ほうこう》を必要としたようです。

太宰治は一九三〇年の四月、二十二歳で東大の仏文科に入学いたします。けれども、太宰は、もともと弘前高等学校の文科甲類で、文科甲類というのは、英語が第一外国語であり、独逸《ドイツ》語が第二外国語のわけですから、わざわざ仏文科を選んだとすれば、よほどの苦難を覚悟しなければ、納得のゆくような勉学にはならなかったはずだと思います。ひょっとしたら、第一志望に英文科を希望しておきながら、人員超過のため、第二志望の仏文科に回されたのかもしれません。

このことは、太宰治を、作家以外のなにものをも選びとれないように追いつめた、かなり現実的な要因だと、私は思います。太宰治その人はもともと、作家以外のどのような道を選ぶことも出来ない天稟《てんぴん》の芸術家でありますが、しかし、仏文科に入ったということは、現実の環境として、ほかに逃れる術《すべ》のない、虎口《ここう》の道に入ったと、私は言ってみたいのです。

フランス語の知識がまったくなくて、どうして、彼が仏文科で秀才になり得ますか。「オール・オア・ナッシング」は、太宰治が常住抱きしめていた悲しい祈りであります。

彼は東大仏文科に入学と同時に、あらゆる現世の市民社会から放逐されたと信じたろうと思います。

実は、彼の生活自身が、もうとっくの昔、市民生活を放棄しているのでありまして、高等学校の時からすでに小山初代《おやまはつよ》と呼ぶ芸者の愛人を持ち、共産党の非合法運動に関係を持ち、もっともらしい学校の勉強をことごとく放棄していたのでありますが、しかし、東大の仏文科に入るに及んで（または回されるに及んで）もう安穏な市民社会に復帰できないことを、現実の環境から、いやというほど、自覚したと思います。作家になる以外に、残された道はない……。今日からはちょっと考えにくいことですが、当時の仏文科に在籍するということは、普通の意味の就職を放棄したということと、ほとんど同意義であったからです。

もちろんのこと、もう学校には、共産党の非合法（活動）のため以外には顔を出したことはほとんどないようで、勉強など、手についていたろうとは思われません。この頃の追憶からだろうと思いますが、私が太宰と二人で、図書館の噴水のあたりを歩いておりましたところ、「この屋上からビラをまいたことがあるんだ。星……。チラチラチラチラ。いいもんだよ」当の太宰がその屋上を眺めながらそんなことを言っていたのを思い出します。

さて、その年の六月に、兄弟の中で一番気質的に心の通っていたと思われる三兄圭治が、結核で死去いたします。つづいて、秋には愛人小山初代が家出上京してきて、太宰治は、その愛人との結婚を代償に、長兄から分家離籍をされております。

これらの出来事は、太宰治をほとんど運命的な足どりで、追いつめてゆくように、感じられたでしょう。

昭和五年の十一月十九日に分家離籍された、おなじ月の二十九日に、銀座《ぎんざ》のカフェー「ホリウッド」の女給田部《たなべ》シメ子と江《こ》ノ島《しま》の海で心中を行なっております。この時は、相手の女だけが死に、太宰治は蘇生《そせい》して、自殺幇助《ほうじょ》罪に問われるわけですが、この出来事が、また新たに太宰治に加えた破廉恥《はれんち》な感慨は、終生拭《ぬぐ》いがたい重苦しい負い目に思われたに相違ありません。

分家離籍になった後も、郷里の長兄から、月々百二十円ずつの仕送りを受けていたと相馬正一君の調査は語っておりますが、私が太宰治と知り合った頃は、月額九十円を、三回にわけて、三十円ずつ、井伏鱒二《いぶせますじ》氏の手を経て受け取っていたことがハッキリしておりますから、ひょっとしたら、東大卒業が絶望になった昭和九、十年の頃から、仕送りの金額のスロー・ダウンが行なわれていたのかもしれません。その月額百二十円か、九十円かを生活の基礎として、まがりなりにも、小山初代との結婚生活に馴《な》れていったようです。

そうして、太宰治が、その収拾することも、客観化することも、できにくいような、彼自身の異常な肉感を、ためらいがちに表現に移しはじめるのは、昭和七年、二十四歳の夏頃からのようで、これが『思ひ出』であり、自分の気質の由来というか、精神の形成というかを、もちろんのこと、現在の自分と照応させながら、誇り高くたんねんに描き出しています。性に目ざめる頃の端初の初い初いしさを、抑制した筆致で線描して、ほとんど切ないほどの余情を残すところ、太宰治の処女作と呼ぶにふさわしい作品でありましょう。

＊

この『思ひ出』は翌年（昭和八年）同人雑誌「海豹《かいひょう》」の四、六、七月号に発表され、実はそれより早く、三月号には『魚服記』が発表されておりまして、そのどちらが先に書かれたかははっきりとわかりませんが、太宰の作品に接するその手はじめに、この『思ひ出』を読むのが、太宰治の人となりと、心の来歴を知る上に、一番よいでしょう。『魚服記』は短い作品です。津軽の風土の中に、一人の少女を点出して、それを童話のように見事にしめくくっていく、太宰のなみなみならぬ手腕が感じられます。

この二つの作品は、今も書いた通り、「海豹」という同人雑誌に発表したものであり、太宰はようやくこの頃から太宰治という筆名を使うようになりました。

私が、太宰治の作品をはじめて読んだのも、この「海豹」であり、ほかならぬ『思ひ出』と『魚服記』でありました。その読後の感動と余情が、私の心の中に美しい澪《みお》を曳《ひ》くようで、まもなく、この太宰治に会った時には、私はためらわず、

「君は天才です。たくさん書いてほしいね。」

と言いますと、さすがの太宰も一瞬身もだえるようで、やがて二、三度うなずきながら、

「よし。書く……」

とふるえながら答えておりました。

この時以来、私と太宰治の異様な交遊が始まりましたが、「青い花」とか、「鷭《ばん》」とか、「日本浪曼派《にほんろうまんは》」とか、(太宰と共通の)同人雑誌をやってゆくうちに、ようやく書きたまってきた太宰の未発表や、すでに発表した作品全部を、大封筒に入れて、私が預かりましたが、これが『晩年』と呼ぶ太宰治の最初の小説集になりました。

しかし、私達の交遊は、熱狂的であればある程、お互いの悪徳を助長し合うような結果におち入り、私も破滅に瀕しましたが、太宰治はまた鎌倉《かまくら》で自殺未遂に終わったりしています。いや、私達二人で、酔ってガス管の口を開いたこともあります。

殊更、太宰治は初代夫人と別れなくてはならないような出来事が起こったり、パビナール中毒が昂《こう》じたり、まったくのところ、破滅寸前でありました。

その太宰が、辛《かろ》うじて、逃げのびていったところが、御坂峠《みさかとうげ》の天下《てんか》茶屋であり、その時の蘇生の記録が、ほかならぬ『富嶽《ふがく》百景』であります。いきいきとした素朴な蘇生の感情がみなぎっており、まわりの風物と美しく照応しながら、時にユーモアさえ溢《あふ》れ出して、稀《まれ》に見るような傑作をなしております。

私は太宰治の最後の作品『桜桃』を、鬼神も及ばぬほどの名作だと思いますが、『桜桃』は陰火の燃えゆらめいている作品であり、『富嶽百景』は、素朴な生によみがえった明るい、透明な作品です。

『走れメロス』は、西欧の著名な説話に取材して、太宰治らしい心境をふんだんに盛り込んだ作品であり、『カチカチ山』は日本の説話に、太宰の感興を、さまざまに盛り込んでみた作品であります。

太宰は、こういう作品が、大層得意であり、もとの説話をガラリと近代風に変えてゆくのです。

『女人訓戒』は感想です。しかし、この感想は、すさまじいほど、女性の心理に肉迫していて、太宰治が絶えず、物を見るリアルな目をとぎすましていたことがわかります。そのリアルな目に映る出来事を、文章に移す際に、またなんと思い切った奔放な発想を駆使してゆくかということも、わかるはずです。

『親友交歓』の中に滑稽《こっけい》に描き出されている出来事も、そのリアルな目と、それを活写する太宰治の奔放な文章によることを見逃してはなりません。

昭和四十三年六月・「走れメロス」解説（新学社刊）

太宰治・人と文学

太宰治《だざいおさむ》は明治四十二年（一九〇九年）六月十九日の夕暮、青森県北津軽《きたつがる》郡金木《かなぎ》村大字《おおあざ》金木に、父津島《つしま》源右衛門、母たねの第十子として、誕生した。男の方だけを数えれば、六男ということになる。

本名は津島修治《しゅうじ》。

自分の誕生の季節のゆかりとして、「紫露草《むらさきつゆくさ》」や「桜桃」をひそかに愛し、どの本であったか自分の作品集の表紙に、「紫露草」を描かせたことがあるし、最後の作品が「桜桃」であったことを考え併せても、決して、偶然ではない。己れの誕生の日に寄せるひそかな憧憬と装飾だ。

家は《やまげん》と呼ぶ津軽でも屈指の大地主だが、祖父惣助の代に急速に富裕になった金貸地主であり、父源右衛門は、代議士になったり、貴族院議員になったりした。

母たねは病身がちで、「母に対しても私は親しめなかった」などと太宰自身書いているが、初代《はつよ》さんと結婚後まで、当のその母のたね女から、見事につけ込まれた津軽の漬物を毎年欠かさず送って貰《もら》っており、それを私達に大層自慢にしていたものだ。坂口安吾《さかぐちあんご》がその母を語る奇っ怪な文章と軌を一にしている。つまり、良家の不良末弟らが、えてしてその肉親にすねて見せる一面と、甘え媚《こ》びる一面を、太宰も、人一倍強く持っていた。

太宰の生家は、今でも「斜陽館《しやようかん》」と呼ぶ宿屋に変わって現存しているが、「この父は、ひどく大きい家を建てた。風情も何もない、ただ大きいのである」と太宰自身が語っている通りの家で、その赤い大きな屋根は、かなり離れた近村からも、ハッキリそれと、望見出来るほどだ。

小学校の六年間は、首席で、全甲で、通している。そのまま中学に進学すれば、よさそうなものを、何の為か、一年間、高等小学校に残って、しばらく足踏みをしたようだ。

これを白分では虚弱のせいだと語っているが、相馬正一《そうましよういち》君の研究によると、津島家が、金木小学校に対して持っている威圧力から、かえって太宰自身の学力の真価があやぶまれ、一年間補充教育を受けることになったのが真相のようだ。

何《いず》れにせよ、この一年間の挫折感《ざせつかん》、停滞感は、人一倍見栄坊《みえぼう》の太宰治に、シェストフ風の地下室を作らせたかも知れないし、或《あるい》は太宰の作家としての濃厚な気分の一部を形成したかもわからない。

中学は青森中学に入り、中学四年から弘前《ひろさき》高等学校に入学する。自分が秀才でなければならず、その秀才の証明の為には、是が非でも、中学四年から高校に入学しなければならなかったようだ。

しかし、そろそろこの頃から、太宰治の自分自身で抑制も統御も出来ないようなあやしい肉感と心熱の動揺ははげしくなり、学業は半分放棄の状態になって、或時《あるとき》はプロレタリア文学気取りの作品執筆になったり、かと思うと、粋人気取り、義太夫《ぎだゆう》を習ったり、花柳界に入りびたったりした。

お蔭《かげ》で後年、酔った揚句なぞ、太宰がこの義太夫を呻《うな》りはじめて、私を悩ましたことも再々あるが、口をゆがめ、金歯をひらめかせ、語り出す義太夫は、どうひいき目に見ても、余りほめられたものではなかった。それを自分でもよく知っていて、余程のことがない限り、人前では語り出さなかったものである。

しかし、この義太夫の情緒と伝統は、太宰の文学の中に、たくみに活用されていて、その綾《あや》の一筋になっているから、落語と同時に、太宰の文学形成の上に、忘れてはならないことだろう。

さて、高等学生の身分でありながら、芸者屋には入りびたる、義太夫は呻る、プロレタリア小説には没頭するでは、学業の方も、金銭の側も、破綻《はたん》を来さない方が不思議だろう。

案の定、第一回のカルモチン自殺未遂事件をおこして、太宰は周囲への慙愧《ざんき》の情を、破れかぶれの恰好《かっこう》で投げ出すのだが、しかしひそかに太宰流の韜晦《とうかい》と活路も用意されていたものと考えてみてもよさそうだ。

昭和五年三月、東大仏文科に進学する。

太宰治は弘前高校の文科甲類で、第一外国語は英語、第二外国語はドイツ語の筈《はず》であり、フランス語は、もし、太宰が知っていたとしたら自習以外にはなかったろうから、例えば第一志望に英文科を申し込んで、人員超過、第二志望の仏文科に廻《まわ》されたのではなかったろうか、と私は一度推定してみたことがある。そういう例が、私の身のまわりにはあったからだ。

しかし、私の友人坪井与《つぼいあたえ》の話によると、昭和五、六年の頃は、辰野隆《たつのゆたか》氏が、頑強に第一志望以外の者は認めなかったという説だから、太宰はやっぱり、仏文科を第一志望に選択したものだろう。高等学校でフランス語の基礎教育を受けておらず、尚且《なおか》つ、仏文科を第一志望にしたというのであってみれば、本人の言う通り、辰野隆氏への敬愛と同時に、もう太宰治は小説家以外のなにものにもならぬというはっきりとしたあきらめを持っていたわけだ。

今日では想像も出来ないことかも知れないが、当時仏文科に入学するということは、就職を放棄したということであり、殊更、高校時代の基礎のフランス語をやっていない太宰治は、仏文学を、まともに専攻する意志も能力もなかった筈であり、ただ仏文科に在籍して、郷里からの送金を受けるたよりとし、かたがた、辰野隆氏とか、小林秀雄《こばやしひでお》氏とか、仏文科にまつわる人々の気風をなつかしみながら、あとは小説を書く以外にはなかったろう。

太宰治が東大に、勉強のため、通学したような一時期があったか、どうか、私はくわしくは知らぬ。しかし、おそらく無かったものと、想像する。と云うのは、入学まもなく、シンパとして、左翼運動にひきずり込まれており、学校に出かけたとすれば、その運動のためぐらいのものであったろうし、その年の秋には、青森の芸妓《げいぎ》小山《おやま》初代が太宰を追うて出奔してきたり、その為に太宰は郷里の兄から除籍されたり、かと思うと、偶然一、二度通ったことのある銀座《ぎんざ》のカフエーの一女給（有夫の）と江《え》の島《しま》で心中事件を起こしたり、その相手の女だけが死んで自殺幇助《ほうじょ》罪に問われるなどと云う、多事多端の日がつづく。

おそらく、この四つの出来事は連環した因果関係を持ちながら太宰によって追いつめられていったに相違ないが、それにしても、その相手の女を殺してしまったという心の負目は、終生拭《ぬぐ》いがたい苦盃《くはい》となって尾を曳《ひ》いた。

ようやく、太宰は、自分の文学というものにおぼろな目を開くのであり、その背後に、この心中未遂の幻影が、氷山の根のように、陰微に横たわって揺れていただろう。太宰の気質の文体が、一体何を荷《にな》うべきか、辛《かろ》うじて、模索の中から、一本の綱を手操り取った時期である。そうして、その一本の綱を手操り取った時に、いつかはその綱を断ちきらねばならない重い宿命を背負った、と言えるかも知れぬ。

筆名も、はじめて太宰治を名乗り、ためらいがちにではあるが、「思ひ出」「魚服記」

「列車」等の三作が、昭和八年に、前後しながら、書きつがれる。

私が太宰治を知ったのは、丁度この時期であった。その背丈は、私とほぼ寸分違いなかったから、一メートル七三、四。しかし、その体重は、おそらく、五〇キロにも足りなかったろう。

心持猫背の、その痩身《そうしん》が歩み過ぎる後ろ姿には、やるせない憂悶《ゆうもん》があった。けれども酒は豪酒であり、酔えば、屈託なくおどけ、いや、津軽土着の、野太い諧謔《かいぎゃく》があった。棟方志功《むなかたしこう》氏などとも、まったく共通な、津軽人の剽軽《ひょうきん》である。剽軽と言って言い足りないとしたら、剽重とでも呼べそうな、土俗の快活である。

太宰がメソメソと泣いてばかり居たとでも思い込まれたら残念だから、言っておくが、太宰は野性的で、野暮で、逞《たく》ましい一面をたしかに持っていた。

まるで、全身を泥まみれにして笑い興じるような、底の抜けた、野太い、快活である。

天沼《あまぬま》に太宰と私がよく出かけてゆく鰻《うなぎ》の一杯呑屋《いっぱいのみや》があった。鰻といっても、鰻の頭だけをあぶって焼いて喰《く》わせてくれる立呑《たちの》みの屋台店であったが、或夜、私がガツンと鰻の針を嚙《か》みあてたところ、太宰はころげるように笑い興じて、

「アハハ……、鰻の針を嚙み当てるなんてね。願ったって、おいそれと、出来やしないぜ。これこそが人生の、余徳だよ。人生の余徳……」

いつまでも笑いやまなかったから、まるで昨日のことのようにその太宰の笑い声を覚え

ている。

また、いつだったか、ピノチオで私の為に催された会があり、尾崎一雄《おざきかずお》さんのところは、わざわざ奥さんまで顔を見せて下さって、その奥さんが、何となくうわずり気味に、お辞儀をされたとたん、ゴツンとおでこの辺りを、テーブルにぶっつけられたことがある。

すかさず太宰が、私の肩を叩《たた》いて、

「嬉《うれ》しいことだぜ。檀君。ほめられていいこった。机が割れるほどの、ねえ……」

その言葉がまことに時宜を得ていたのと、真情が溢《あふ》れていたので、今でもハッキリと私の記憶の中にある。太宰のこのような諧謔は、間髪を入れず、飛び出して、まわりに愉快な波紋をひろげてゆくのがならわしであった。

しかし、太宰が文学上の（或は人生上の）正覚を得たのは、もし、私見に間違いがないとすれば、初代さんの姦通《かんつう》事件の後であろうと思っている。

その時、太宰は私を呼びよせて、荻窪《おぎくぼ》の行きつけの蕎麦《そば》屋の中に入り込み、矢継早に、五、六杯のコップ酒をあおったが、

「檀君。初代が事を起こしたんだ。男とね。その相手を誰だと思う？　Kだよ、K。酸鼻だよ。もし相手が君なら、決闘もなり立つ。相手がKでは、ベットリ鱗粉《りんぷん》が、まつわりついた感じだろう。地獄だ。ひどいよ。酸鼻だよ」

まるで吼《ほ》えるように、その「酸鼻」をくりかえしながら、飲みつづけた。彼の苦痛があ

りあり手に取れるほどの、獰猛《どうもう》な苦悶《くもん》の表情で、私は太宰があの時ほど、男らしく感じられたことはない。

今まで多夥《たか》をくくり、ひそかに安堵《あんど》し、甘え、或は軽侮していた同伴者の女性の格別に哀れな出来事を知って、彼の全人格が震撼《しんかん》されるほどの痛撃を浴びたに相違ない。

私は、この出来事からしばらく後の、太宰の、見違える程、獰猛で、快活で、正確な、生の表情を知っている。

「檀君。男は女じゃねえや」

と、或日、石神井《しゃくじい》公園の茶店の縁台の上で、酒を飲みながら、太宰が云った。云いながら、大笑になり、

「ワッ？　ひでえ。意味をなさねえ」

実は、私達は、女子美術の女の子ら大勢を引き連れて出かけたわけだが、女の子らは、酒を飲む太宰や私達の傍《そば》を避けて、東大の制服制帽を身につけた若い私の友人達と、ボートを漕ぎに行ってしまった。

「こうなったら、檀君、もうオレ達は立派になるだけさ。カイゼル髭《ひげ》でも、ピンと立てて……。いいもんだよ。男は女じゃねえや」

こう言って、呵々《かか》大笑したものだ。

おそらく、太宰は、自分の苦痛をかくして、蘇生《そせい》の心意気を、愉快に語ったものに相違

ない。

だから、たどたどしいが、「姥捨《うばすて》」は太宰の、正覚を得た、転機の作品だと、私一人信じている。やがて、矢継早に、「富嶽《ふがく》百景」等の快活な、蘇生の記念塔を見るだろう。

昭和四十三年六月・「人間失格・桜桃」角川文庫

「恍惚と不安」序文

太宰治《だざいおさむ》が、その師佐藤春夫《さとうはるお》先生に宛てて書いた夥《おびただ》しい書簡の群れが、このたび佐藤家の一隅から発見されて、あらまし三十年振りに、日の目を見ることになった。

これらの書簡類は、おおむね昭和十一年に書かれており、私もまた手に取って、さまざまの感慨をもよおす者である。

と云うのは、これらの書簡類が書かれた時期（主として船橋《ふなばし》時代）に、私は絶えず太宰治の身近にいたばかりでなく、この手紙類を受取られた佐藤家の反応の模様をも、それとなく感じ取り得る立場に居たからだ。おそらく、これらの書簡類の何通かは、私自身が当の太宰治の家で、饗応《きょうおう》の酒を飲んで酔寝していた時間などに、こっそりと書き綴《つづ》られたものであるに違いない。

そう思って考え直してみると、遅い目醒《めざ》めの朝毎に、何通もの手紙を握りしめながら、「ムチ」と称するステッキをつきつき、白日の中によろけ出してゆく、太宰治の異様な後ろ姿が眺められたものだ。

もちろんその大半は、借銭の手紙であったろう。或《あるい》はその借銭の、言訳の手紙であったろう。兄姉《きょうだい》、縁者、親戚《しんせき》、先輩、友人等……、そのことごとくを借りつくしてしまって、自分でも狂おしかったろう。

例えば、「姥捨《うばすて》」の中に、「借銭、それも、義理のわるい借銭、これをどうする。汚名、半気ちがひとしての汚名、これをどうする。病苦、人がそれを信じて呉れない皮肉な病苦、これをどうする。さうして肉親」と哀切に表現しているこのリフレインは、形容でも誇張でもなく、彼の心の中に繰り返し襲いよっていた現実の痛苦であった。

その破局を招くのは、いつも彼自身の弱い、痛みやすい、虚栄の、抱えきれないほどの、芸術的昂奮《こうふん》であるが、しかし、その破局がもたらす痛苦は、いつも、充分に過ぎるほど、現実的なものであった。

あの頃、もうそろそろ、パビナールから、ナルコポンの中毒に変っており、かくしてはいたが、裸になれば刺子《さしこ》のパンツの下の太腿《ふともも》のあたり、注射の針のあとがゴマ点を撒《ま》いたようで、厠《かわや》の中には不用意に散らした薬品のアンプルが数限りなかった。

「ムチ」と呼んでいたステッキをついて、よろけ出してゆく行先は、薬屋であるか、医院であるかにきまっていたが、その両方とも、薬価のツケはたしか当時の金にしても、既に五、六百円を越えていただろう。

風のよく吹き通す、医院の待合室の中で、医師の帰ってくるのを待ちながら、風に吹きちらばる新聞の群れを、しっかりと両手に押えこんでいたむなしい太宰の表情を、今でも、ハッキリと覚えている。

第一回 芥川《あくたがわ》賞。

この虚名は、太宰治にとって、死活の重大事のように思えたろう。その虚名に附随するさまざまの効果は、太宰治の「……これをどうする」の一切の現実的痛苦を、薙《な》ぎはらうに足りるものと、固く妄想したに相違ない。

現実の借銭を払えるということももちろんあったに違いないが、「義理のわるさ」「半きちがひとしての汚名」「肉親の不信」これらを、一挙にしてほこらしい友愛の情に変え得ると切なく妄想したに相違ない。

佐藤春夫先生への哀訴、嘆願のことごとくの書簡類は、あらましこの時期に書きつがれたものだ。

太宰治が、ようやくこの狂乱から抜け出して、その本来の芸術的リアリティに目醒めるのは、私見が間違いでなかったら、初代《はつよ》さんの姦通《かんつう》事件の後である。

初代さんの出来事があった直後の太宰治の、獰猛《どうもう》で、正確な、蘇生《そせい》の表情を、忘れない。自分達の哀れな生存の茶番を、巨大な生命の奔流の中にひるがえすような、闊達《かったつ》な開眼の笑い声を忘れない。

これは初代さんが悪女であったとか、初代さんから脱け出した自由さのせいだという意味では決してない。

今まで安堵《あんど》し、甘ったれ、タカをくっていた一人の配偶者の、格別に哀れな出来事の手引によって自他ともに淋《さび》しく正確に、出来事を直視するだけの勇猛心を得たということである。地獄極楽を眼《ま》のあたり正視する勇気を得たということである。

だから、私は「姥捨」を、たどたどしいながら、太宰治の、真の転機の作品だと信じている。

昭和四十一年十二月・「恍惚と不安」奥野健男編（養神書院刊）

第二部　坂口安吾

坂口安吾論

坂口安吾《さかぐちあんご》という孤独な魂について語ることは大層にむずかしい。

安吾自身は、手を変え、品を変え、彼自身の魂の表情についてさまざまの解明をこころみようとするが、彼の表現は一種名状しがたいデフォルメに頼らないと片時も安住しないばかりか、やれ奉仕の精神だの、やれ戯作者《げさくしゃ》だの、と言いながら、異様に高踏の精神で貫ぬかれているから、彼自身の生粋《きっすい》の魂に触れることは容易な業《わざ》ではない。

安吾その人の来歴もまた風変りで、政治家であり、また卓抜な漢詩人でもある坂口五峯《ごほう》をその父に持ち、少なくともその父の代までは新潟屈指の大地主であったが、父の死と同時に没落、学校は中学だけを落第したり、転校したりしながら辛《かろ》うじて卒業した。

その後はしばらく小学校の代用教員などをやっていたらしく、この時代のあらましの状況は「風と光と二十の私と」の中に、面白く語られている。しかし、いつの頃からともなく、暗鬱《あんうつ》な冥想《めいそう》にかられることが多くなり、そこから解脱《げだつ》の心境を得たく、場合によっては出家遁世《とんせい》を遂げるつもりで、思い切って、東洋大学印度《インド》哲学科に入る。さて、今までの落第坊主が、打って変わったように一日十八時間机に向かうことになり、パーリ語、サンスクリット語などに熱中して、強度の神経衰弱に罹《かか》る。これもまた「勉強記」という、やや粉飾された作品の中におろおかしく書かれており、そのうち、この死語に熱中する興味を失ったらしく、今度はアテネ・フランセに通いつめるようになって、フランス語に没頭し、フランスの文芸作品に直接接触することになる。と、同時に、今迄《いままで》断続的に短歌などを試作していた安吾が、ようやく文学者たらんことを意識的に志すようになった。

これが、「木枯《こがらし》の酒倉から」を発表するに至るまでの坂口安吾の大あらましの来歴だが、安吾その人は、一見はなはだ磊落《らいらく》放胆に見えながら、その実、きわめて暗鬱厭人《えんじん》の人柄でもあった。その放胆は、即ち傷つきやすい安吾の尖鋭《せんえい》な精神が装った人間に対する優しい最後の友愛の手でもあったろう。

初期の作品を見るならば、晦渋《かいじゅう》で沈鬱《ちんうつ》な安吾の青春と、その青春が当然模索も定着もなしえないような、やりきれぬ憤怒に満ちている。

安吾自身が、「暗い青春」という作品の中で、この時代を回顧しているから、読者は、直接、作品によって安吾の青年の時期を知るがよい。

さて、二十六才。安吾は「風博士」や「黒谷村《くろたに》」等によって華々しく文壇に登録される。旁々《かたがた》矢田津世子《やだつせこ》との優柔不断な恋愛がはじまるのだが、安吾自身の言葉を信じるなら、五年にたった一度の接吻《せっぷん》を交わしただけで、懊悩動顚《おうのうどうてん》、その矢田津世子と袂別《べいべつ》して、京都に旅立ち、爾来《じらい》、身につけるものはドテラユカタだけという安吾流の暗いアテなしの放浪がはじまり、京都から取手《とりで》、取手から小田原《おだわら》、と移り住むことになる。

しかし、安吾の、この暗澹《あんたん》無為の放浪時代がなかったならば、自分自身をさながら長大な時空の中に戯画化出来るほどの安吾らしい豊饒《ほうじょう》な孤独を身につけることはむずかしかったろう。「孤独閑談」や「古都」は安吾の信念更生の物語で、ここに於《おい》て、安吾ははじめて市井の狂躁《きょうそう》と、己の孤独を、自在空の中に漂蕩《ひょうとう》させ得るほどの活眼を開くのである。

云っておくが、坂口安吾ほど快活で、闊達《かったつ》で、ワケ知りで、人間通で、思いやりの深い人柄は、ザラにあるものではない。

彼と会っていると、その自在な活眼によって取捨按配《あんばい》される話の愉快さと放胆さに頤《おとがい》をはずし、誰でも彼と同等の自由人になったような錯覚を、やすやすと与えられたものだ。

しかし、その寛闊《かんかつ》な魂は、また時によると、たちまち、暗鬱で、閉鎖的で、横暴で、独断的で、残忍な時化《しけ》模様に転移する。

この素早い変貌《へんぼう》こそ、安吾の文芸の振幅をささえた根源の力であるだろう。

安吾の文芸は、さながらこの凪《なぎ》模様と時化模様の、異様な交替の中から産み出されたと信じてもよいほどだ。

例えば安吾を彩る彼の仮構人生は、実はその時化模様のところに予感され構築されて、今度はその凪模様の中に、さまざまおもしろ可笑《おか》しく、実験されるといったあんばいであった。或《ある》いはまた、その凪模様の時間の中に予感され構築されて、今度はその陰惨な反応を時化模様の中に実験するとでもいった気味合があった。

わかりにくいなら、こうだ。彼は自分の精神の凪模様の頂点に立った日に、さまざま滑稽《こっけい》で、愉快で、浮足立った、バカバカしく、有頂点な信条をデッチ上げる。「私は女がタスキをかけるのは好きではない。ハタキをかける姿などは、そんなものを見るぐらいなら、ロクロ首の見世物女を見に行く方がまだましだと思っている。部屋のゴミが一寸の厚さにつもっても、女がそれを掃くよりは、ゴミの中に坐っていて欲しいと私は思う」（いずこへ）

そうしてその信条を、さながら天譴《てんけん》のように、阿修羅《あしゅら》の時化模様の中にまで持ちこんでゆくのである。

或は、阿修羅の時化模様の中で、心の一隅にふと浮んだ報復の人生観を、そのまま凪模様の中まで持ちこして、抱腹絶倒の自由人形成の信念に変える。引用のタスキ談義はこの間の安吾の心的操作を面白く語っているだろう。

報復はいつも他者に向かって為されない。自分の怯懦《きょうだ》を笑う報復という形に移行するから、彼の自由人という想定は、必ず巨大な自己犠牲を伴うのである。

繰り返すなら、こうだ。

安吾の暗鬱で、閉鎖的な時間の、まっただ中に、彼のその苦痛の根源であるAという出来事が起こったとする。当然のこととして、そのAに対して、報復と復仇《ふっきゅう》の気持が湧く、するとそのAを排除撲滅することを金輪際しない。必ずそのAを自分の心身の一部に滑稽に包含《ほうがん》させ得るような仮構人生を構築してそのAを自分の仮構人生の中に抱腹絶倒の形で遊ばせるというふうに進行するのである。

その苦痛を丸呑《まるの》みにして、上首尾に出来上がった安吾人生に肯《うなず》きながら、陽気に、快活に、笑うのが、凪模様の日の安吾の常であった。誇りであった。

はじめから、苦痛は排除されていないのである。苦痛の根源は尚《なお》一層の鼓舞と激励を与えられて、安吾の中にノサバリ跋扈《ばっこ》する特権とデフォルメがほどこされる。

これが、安吾人生だ。

安吾その人にとって、耐えがたい苦痛であればある程、その苦痛は、安吾人生にとって不可欠の自己拡大のたよりになるのだから、その苦痛を抱腹絶倒の茶番として、安吾人生の中に住みつかせねばならないのである。常住坐臥《じょうじゅうざが》…。

戦いは、もちろんのこと、安吾の心中で、必ず上々首尾の大勝に終るのだが、自分の怯懦を倒して、苦痛の全貌《ぜんぼう》を鵜呑《うの》みにするという…、いや抱腹絶倒の茶番に変えるという…、この安吾必勝の信念ほどバカバカしい精神主義がほかにあろうか。そして、彼はそのバカバカしい精神主義を誇りにした。

いつだったか、列車の中で、安吾はカタマメをサカナにウイスキーを呑《の》みながら、「檀君。カタ豆を噛《か》じって、ウイスキーを飲み、列車にほどよく揺ぶられる。コナレがいいや。これが、オレの胃の腑《ふ》には、一番合う」

と笑っていたが、安吾人生の進行の大あらましを語っているようにすら思われたものだ。

「部屋のゴミが一寸の厚さにつもっても、女がそれを掃くよりは、ゴミの中に坐っていて欲しいと私は思う」

とは、安吾が自分の苦痛を鵜呑みにしながら、そこに純粋培養の女を設定して、己の自由人としての覚悟を鼓舞したわけである。

安吾その人が、自分自身の人生観をフィクションの上で拡充していって、その拡充していった世界の果てで、その女に憧憬の心を寄せる…。事実の憧憬であろうと、仮構の憧憬であろうと、自《おのず》から別のことだ。

自由人としての女を安吾流に仮構して、その仮構された女性に己を対比して、自分の自由人としての存分の自覚を深めようと考えるのである。

だから安吾の、この自由人としての女という観念は昂進《こうしん》して、女は娼婦《しょうふ》でなければならない。

「私はマノン・レスコオのような娼婦が好きだ。天性の娼婦が好きだ。彼女には家庭とか貞操とかいう観念がない。それを守ることが美徳であり、それを破ることが罪悪だという

観念がないのである。マノンの欲するのは豪奢《ごうしゃ》な陽気な日毎日毎で、陰鬱な毎日に堪えられないだけなのである」（欲望について）

　また、

「真実の娼婦は自分の陶酔を犠牲にしているに相違ない。彼女等はその道の技術家だ。天性の技術家だ。だから天才を要するのだ。それは我々の仕事にも似ている。真実の価値あるものを生むためには、必ず自己犠牲が必要なのだ。…すぐれた娼婦は芸術家の宿命と同じこと、常に自ら満たされてはいけない。又、満たし得る由《よし》もない。己れは常に犠牲著にすぎないものだ」（いずこへ）

　等々、安吾の仮構人生が希求するところの女のありようは、一寸のゴミが積ってもハタキやチリハキを持ってはならず、快楽の時間すら、自分の陶酔を犠牲にする真実の娼婦でなければならないのである。

　安吾のこの自由人としての仮構の女性の幻影はおもしろいが、安吾自身が実際に行った恋愛は、はなはだプラトニックな、少女的な優柔不断な恋愛であったようだ。

「戯作者文学論」や「二十七歳」などの中に繰り返し語っているから、安吾は二十七才の日に矢田津世子を知り、

「その日、帰宅した私は、喜びのために、もはや、まったく、一睡もできなかった。私はその苦痛に驚いた。ねむらぬ夜が白々と明けてくる。その夜明けが、私の目には、狂気の

ように映り、私の頭は割れ裂けそうで、そして夜明けが割れ裂けそうであった」（二十七歳）

とまるで少年のような純情の昂奮《こうふん》を見せ、その矢田津世子とWとの情事を知ってからも、五年の間、躊躇《ちゅうちょ》逡巡《しゅんじゅん》、

「私が三十一のとき、ともかく私達は、たった一度、接吻ということをした。あなたは死んだ人と同様であった。私も、あなたを抱きしめる力など全くなかった。ただ遠くから、死んだような頬を当てあったようなものだ。毎日毎日、会わない時間、別れたあとが、悶えて死にそうな苦しさだったのに、私はあなたと接吻したのは、あなたと恋してから五年目だったのだ。その晩私はあなたに絶縁の手紙を書いた。私はあなたの肉体を考えるのが怖ろしい、あなたに肉体がなければよいと思われて仕方がない、私の肉体も忘れて欲しい。そしてもう、私はあなたに二度と会いたくない。誰とでも結婚して下さい。私はあなたに疲れた。私は私の中で別のあなたを育てるから。返事も下さるな、さよなら」（戯作者文学論）

といううことになる。

これが真実ならば…、いや、繰り返し安吾が書いていることだから、真実に相違ないし、この訣別を転機に、安吾はいわば野ざらしの放浪に向かうわけだが、ひょっとしたらその苦痛を鵜呑みにした果てに、安吾の仮構人生の、例の女性像や、娼婦論がふくれ上がって

いったのかもわからない。

安吾の文章の中で、私が一番愛好するのは「牧野《まきの》さんの死」であって、「牧野さんの死」は安吾の気質的な、稟質《ひんしつ》がにじみ透っているような文章だ。牧野信一《しんいち》という、無意識に設計しすぎた人生が実に精緻《せいち》に語られているのだが、安吾もまた彼の人生を絶えず設計しつづけていた。出来る限り壮大に…。

そうして、ひょっとしたら、矢田津世子の事件も、無意識のうちに設計した彼の文芸上の一構成ではなかったのか。

五年目に一度の接吻。懊悩動顛。それを「吹雪物語」という小説に転化しようとして、その悪夢にまる九年の間うなされたと語っている。また「女体」という作品も、矢田津世子の幻を眼中に見据えながら、書きつづけたとも書いている。

私は安吾の書いたままを素直に信じるとしても、なぜ矢田事件に限り、誇大な繰り言を述べたてるのであろう。つまりはその根本に文芸的な野望があって、矢田事件を誇大に生育させてみたかったのであろう。安吾（安吾に限らない。総《すべ》ての芸術家）において、事実が先行する前に、無意識の文芸的な仮構人生が先行するのである。

その女が絶えずWと情交を持っていることを前提にしながら、五年間のプラトニックな思慕相愛…。そして現実的な再会、接吻、懊悩動顚、袂別、とこの単純きわまる男女の出来事を、夢幻風に、しかも抱腹絶倒の警抜な茶番に、肉化してみたい奇術的欲求が、無意識のうちに先行していたのではないか。もちろんのこと、人生派風の恋愛小説としてではなく、神と争うほどの、単純壮大な人間男女のドラマとして…。

いささか、その野望が大き過ぎた為に、作品はみな失敗に終り、矢田津世子の事件に対する直接の繰り言ばかりが、何度となく不可解な文字に変わっていった。

つまりはその根本に文芸的な野望があって、この事件の事実を、無意識のうちに、増幅させていたに相違なく、安吾の芸術的な禀質が、出来事の意味を絶えず拡大していたわけで、安吾その人は、この事件にほんとうに懊悩動顛していたかもわからない。いや、懊悩動顛しただろう。

安吾の孤独が、まぎれなく澄み透る時の文体は美しい。その孤独は、まるでもう天上大風の中に吹き上がっているようで、市井の雑踏も、狂躁も、ただ人間の生滅の遠鳴りとして、遥《はる》かに悲しく鳴り過ぎるのである。

昭和四十二年十一月・「坂口安吾全集」（冬樹社）

安方町

大抵の人は、どこに住み変っても、その人なりの趣味と云うか、嗜好《しこう》と云うか、はっきりしていて、その人の心の丈を、実に明瞭《めいりょう》に語るものだが、安吾《あんご》の住むところは、いつも空々漠々、唯今《ただいま》ここに迷いこんでいるだけだと云うふうな殺伐《さつばつ》の感傷をいやでも相手に与えるような暮らしざまであった。

例えば「古都」の中で安吾自身が、実に巧みに語っている弁当屋の二階、取手《とりで》の病院の一室、小田原《おだわら》の寓居《ぐうきょ》、伊東《いとう》の間借り、続いて伊東の借家、安方町《やすかた》の姉さんの家の二階、桐《きり》生《ゆう》の書上邸《かきあげやしき》等。

広かったり、狭かったり、まったくの行きあたりばったり、ただ、実用の器具をほしいままに買って散らばしているだけのことであった。

その殺伐の、空々漠々、がおそらく安吾さんのもっとも個性的な暮らしざまであったに相違ない。

例えば太宰治《だざいおさむ》なら、壁の隅っこに、小さな複製がかかっているから、

「あれは何？」

と訊《き》くと、

「レンブラントの自画像。やってるね、唇を真赤に塗ってさ……」

などと答えたものだ。また時に、小さなエッチングの複製のようなものが壁に貼られてあるから、

「あれは？」

と訊くと、

「レールモントフ・コーカサスの断崖《だんがい》だ。馬を見ろよ、馬。漂泊のレールモントフ」

などと自分の傷心を語るようにして、答えたものだ。

が、安吾さんとなるとガラリと状態が変わる。思いがけない大きな絵がかかっていると思って、

「あれは、何？」

「尾崎一雄《おざきかずお》の妹さんの絵でね」

とそれっきり、ポツンと言葉はとぎれて、その絵が、そこにまぎれて、かかっているだけの不気味な物体の因果関係だけに変ってしまうのである。

おそらく、あの精神が、「白痴」を生みだしたのであり、安方町から矢口《やぐち》ノ渡《わた》しあたり

に抜ける、ゴミゴミした殺伐の町の姿は、さながら安吾の精神の投影のように、さまざまの作品に転化されている。

安吾のお父さんの坂口仁一郎の墓を一見したことがあるが、小さい松の小丘の中に、ただノッペラ棒の四角の石が建立されているだけであった。戒名もなければ、本名もない。おそらく故人の遺志で建立されたものに違いないが、まだしもそこには松籟《しょうらい》があり、見晴らしの岡である。

安吾は、その父の清冽《せいれつ》の遺志を逆転させて、殺伐、空々漠々の暮らしざまを、生涯の信条としたのだろう。

前後を通じて住むことの一番長かった安方町の家の周辺には、町工場があり、ゴミ溜《た》めがあり、ガラスの破れた小学校があり、ドブ泥の小川があり、「白痴」の中に投影されている錯乱の、異常な人間の因果関係が、そのまま物体の因果関係のように、不気味に思われてくることがあるだろう。

例えば、その「白痴」のなかに、

「ねむくなったと女が云い、私疲れたのとか、足が痛いのとか、目も痛いのとかの呟《つぶや》きのうち三つに一つぐらいは私ねむりたいの、と云った。ねむるがいいさ、と伊沢は女を蒲団にくるんでやり、煙草に火をつけた。何本目かの煙草を吸っているうちに、遠く彼方に解除の警報がなり数人の巡査が麦畑の中を歩いて解除を知らせていた。彼等の声は一様につぶれ、人間の声のようではなかった。蒲田署管内の者は矢口国民学校が焼け残されたから集れ、とふれている。人々が畑の畝《うね》から起き上がり、国道へ下りた。国道は再び人の波だった。伊沢は動かなかった」

昭和四十年四月二十三日・「東京新聞」夕刊

安吾・川中島決戦録

亀井勝一郎《かめいかついちろう》は坂口安吾《さかぐちあんご》が死んだ直後に、「坂口にせよ、太宰《だざい》（治《おさむ》）にせよ、田中《たなか》（英光《ひでみつ》）にせよ、揃《そろ》いも揃った愚弟ばかりだね。彼等の兄貴を見て御覧、みんな堂々たる賢兄ばかりだよ。まるで愚弟賢兄型の見本のようなもんだ」と云っていたそうである。事実、そんなものかも知れない。

愚弟が文章をつくるのか、文学が愚弟をつくるのか、そこのケジメのところはシカとわからないが、文学という因果な荒行は、よくよく愚弟向きに出来上がっているらしい。

修身治国家は賢者の側のものである。賢者は破れにくく、愚者は破れやすい。文学というものは、もともとが愚者のおろかな抵抗だ。愚者の……人生に対する……必敗の抵抗だ。文学は揃いも揃った愚弟どもの、はかない、傷つきやすい、痴夢の話であるが、それにもかかわらず我々を生産しつづける、この無心で酷薄で巨大な神の溜息《ためいき》のかすかな響きぐらいは伝えるかも知れぬ。

賢者の負うているものは人倫の社会である。愚者が負うているものは、ほかならぬ己の愚行だ。己の愚行に、さながら神の栄光と地獄の業火を見る。

巷談師《こうだんし》坂口安吾はその最後の愚人であった。天晴《あっぱ》れの愚人であった。一片の私心がない。八方を破りつくしていた。一点の汚点がない。壮烈に、自在に、ドエライ己の孤独を形成し、忽《たちま》ちまた己のドエライ孤独を解体散華させていた。

その愚行の数々を、謙虚な愚人が書きとどめておいたならば、とりとめもない人類興亡の中に、特筆すべき雄偉な「使徒伝」の一つが出来上がっていたかもわからない。いや、殆《ほとん》ど神話に近い。ただ筆者の成心の故に、安吾の愚行を汚すだろう。

安吾はつねづね、

「日本で一番の常識人はオレだ。その次が吉田茂《よしだしげる》。その次が古橋広之進《ふるはしひろのしん》。ただオレも一年に三度だけは鬱《うっ》気がおこるからな、その時はなるべくオレとつき合うな……」

と云っていた。安吾の云うその鬱気は、おそらく生来のモノであったろう。ただ時々の飲酒や、アドルムや、ヒロポンで誇張されていることはあった。

「桐生《きりゅう》はカミナリがひどくってね。オレは自動車で逃げ廻《まわ》るよ」

とも云っていた。カミナリは事実嫌いだったかも知れぬ。が雷雨をついて、自動車で八方を疾駆すること……。こいつは安吾の鬱気が呼ぶ、どうにもならない天職であった。

雷に限らぬ。火事があれば、どんな火事でも駆け出していった。どんな深夜でも寝巻一つでつっ走ったものだ。

颱風《たいふう》も好きであった。全身ズブ濡《ぬ》れになって伊東《いとう》の防波堤に逆巻き上がる怒濤《どとう》の波の行方を眺めにゆく。

伊東の競輪事件の直後で、安吾が私の家に逃げて来ている時であったが、何のイキサツからであったか、ライスカレーを百人前注文しろと云い出した。幸いに石神井《しゃくじい》のちっぽけな料理屋には百人前などというライスカレーの用意もなければ、皿もない。それでも二十皿ぐらいはとり寄せたろうか。

「三千代《みちよ》。百人前と云ったら百人前だ」

怒号している安吾の声を、今でも耳に聞くような心地がする。

が、一たんその鬱気が去って、上機嫌の時の巷談師と喋《しゃべ》り合う時ほど、人生の愉快事はほかにないと云っていいくらいのものだ。

「君、酒は汽車に乗ってる時に飲むに限るよ。動揺があるからね。胃の腑《ふ》が丁度いいあんばいにゆすぶられるらしいや。こなれがよくなるね。オレみたいに胃の弱い男でも、汽車にさえ乗れば、カタマメでウイスキーを飲んだって平気だね」

安吾はどういうわけか、絶えず胃の腑、胃の腑と云っていた。人生万般のことが胃の腑

に通じているらしく、

「半生の借金のタタリが、何となく胃の腑に来ちゃってね」

自分の胃袋を指しながらニガく笑って見せたものである。その癖、大酒をくらった後で洋生菓子を殆ど菓子折一箱平げてしまっているのを目撃したこともある。

安吾の死を聞いた日に、井伏鱒二《いぶせますじ》氏が、

「どうも胃に自信のある者が例外なくいけないね。太宰でも坂口君でも、二人とも胃が弱そうなことを云ってながら、胃だけは頗《すこぶ》る頑健だったんだ。自信があったんだね。自信があるときっと目茶になる」

と云っていた。そんなものかもわからない。

なるほど絶えず胃が悪そうな事を云ってはいたが、あの壮烈な飲みっぷりだったら、大抵の者は一日で胃の腑に穴があくだろう。

「オレの体は人間並じゃないらしいや。バケモノ並らしいや」

とも云っていた。自信である。それでもやっぱり気にはなると見えて、酒の合間合間に、きまって掌《てのひら》一杯の薬品をあおっていた。曰《いわ》くビタドール。曰くサクロフィール。曰くネストン。これらはまあ、いくら掌一杯あおっても大したさしつかえはなかろうが、曰くテラマイシン。曰くバンサイン。これらを文字通り掌一ぱい、酒の肴《さかな》のように呑《の》むのである。

さて安吾常用の酒の種類だが、はじめは焼酎《しょうちゅう》、次にビール割りのウイスキーに転じ、日本酒に三転し、ジンの一本槍《いっぽんやり》に変り、最後はまた水割りのウイスキーに戻ると云った有様だ。

黙って変えるだけならよろしいが、焼酎なら焼酎を飲みはじめると、生まれついた時から焼酎を飲んでいたような口ブリで、

「君は家で何を飲んでいる？　何、ビール？　バッカだね、君は。胃が悪いなら焼酎に限るよ。量が少なくて早く酔いが廻る奴が、胃にいいにきまっている」

無理矢理に相手を改宗させねばやまぬ。お蔭《かげ》で私なぞもワザワザ焼酎に変えて胃の腑の亀裂を増大し、さて安吾の家に出向いていってみると、相手はいつのまにか日本酒に変り、生れついた時から日本酒を飲んでいたような口吻《こうふん》になって、罵倒《ばとう》されるのはきまって私の側である。

が、その日本酒も一、二ヵ月。

やがてドライジンに早変りして、

「酒は檀君、一タン蒸溜《じょうりゅう》した奴が人間の体には一番いいらしいや。オレはモトモト酒の味なんぞ全然好きじゃないんだ。酔えばいいんだよ」

煙草もまた随分と変えた。舶来の刻みから、ピースに転じ、ピースから洋モクに変り、洋モクから富士《ふじ》に変る。その都度百万言の奇っ怪な常用の辯《ことば》を聞かされたものだ。

金銭は木ッ端ミジン。その流用の次第を税務署からいくら訊《き》かれても「右から左、右か

ら左、それ以外には答えられませんや」と云っていたが、全くその通りであった。ブッ倒れた時に、借家の界隈に二十万円の借金があった以外、一体、何が残ったろう。

書籍でさえ最後の一冊に至る迄《まで》公売しつくされていたのである。

清貧などは安吾の最も嫌いなものの一つであったろう。絶えまのない豪華な貧窮であった。流行作家にのしあがった後ばかりのことではない。冬はドテラ、夏は白ガスリたった一枚、そのフトコロにタオルを一本ねぢ込んで、ここかしこ飄々《ひょうひょう》と彷徨《ほうこう》してまわっていた昔から、清貧とは似ても似つかぬ、天晴れの豪貧（?）であった。

大観堂《たいかんどう》あたりから、印税の前金をふんだくって、浅草《あさくさ》界隈で飲み廻り、一度は何処の劇場であったか、二階から階下の観覧席に飛び降りたこともある。

しかし服飾は好きであった。ハンターが着るような皮のジャンパーを買い込んで甚だ得意であり、

「冬、オーバーなんか着こんでいる奴の気が知れんよ。バッカだね……」

自分のオーバーは人にくれてしまって、その皮ジャンパーでしばらくはのし歩いたものだ。但《ただ》しこれも一瞬のことで、後は人に呉《く》れたのか、質に入れてしまったのか、絶えてその皮ジャンパーを見たことがない。

かと思うと、アンゴガウンと云うガウン類似のものを発明し（?）暫《しばら》くは着用に及ぶ。

そのうちまた、アンゴ服と称する制服を制定してこれがまた甚だ得意であった。何のことはない。西洋大工風の作業着の腹のあたりに、日本大工風のドンブリと称するデッカイポケットを一つつけただけのものだ。これを着用した安吾の姿は、そのまま巨大なカンガルーに見えた。

「君、ポケットはでかい奴を一つだけにするがいいや。一つだけ。洋服のようにああポケットをつけていると何処へ入れたか、皆目わからなくなる」

本人は大マジメなのか茶目なのか、しばらくはそのアンゴ制服で闊歩《かっぽ》する。しかし、繰り返すように、これまた一瞬のことである。

いつのまにか日頃罵倒していたオーバーを買い、背広を着こみ（但しネクタイだけは金輪際つけた例がなかったが）蓬髪《ほうはつ》をふり乱して歩くのである。

たった一つ、アンゴアロハと称するアロハ類似のシャツだけは毎夏着用に及び、終始変らず愛用したもののようである。

つまり安吾が制定したもので、夏の服飾だけはほぼ安定したが、冬の部はまだ成功を収めるに至らなかったわけだろう。

一昨年の夏のことである。私は安吾と二人、上杉謙信《うえすぎけんしん》の春日山城《かすがやま》から川中島《かわなかじま》をうろつきまわって、松本《まつもと》に十日余り滞留した。

実は文芸春秋新社の発案で、安吾が謙信、私が信玄《しんげん》のつもりになり、現地踏査をやった訳である。

いやはや、大変な旅であった。折からの炎暑のせいでもあったろう。安吾の鬱気が爆発して全く酸鼻と言いたい程の荒れ模様を呈し、殆ど収拾がつかなかった。

私は都合前後三回、安吾の鬱病《うつびょう》のおつき合いをしたが、この時ばかりは、場所が旅先でもあったし、事情を知っているものが私だけという心細い有様であった上に、折悪しく私は新聞小説を書いていて、どう処理してよいかホトホト弱りぬいた。

それでもはじめのうちは文芸春秋のI君がついてくれていた。その上に安吾自身の状況も格別悪くはなさそうに見えた。

殊に、佐渡《さど》が見え、安吾自慢の日本海が真下であったから、春日山城の界隈は至極上機嫌であった。

今でも五智《ごち》の海の愉快さを忘れられない。日本海から吹上げる風が、汀《なぎさ》の断崖《だんがい》の上にある殺風景な宿の二階の大広間を滑り抜けて、海の眺望の角度と言い、広がりと言い、ドンとうちひらけたようで、私もこの海がなつかしかったが、安吾は私をふりかえっては、絶えず北叟笑《ほくそえ》んでいた。

「檀さんは日本海ははじめてですか？」

という新聞社の質問に、

「いいや、一度安吾さんから新潟の海に案内して貰《もら》ったことがありますよ」

と答えていると、安吾が割りこむように、

「いいや、あの時は弱ったよ。檀君がワザワザ興亜《こうあ》奉公日《ほうこうび》を選んだようにしてやってくるだろう。何処へ行ったって酒を出してくれるところなんかありませんや。全く無理をしたよ」

十年昔の話なのである。なるほど、大きな造り酒屋か何かに安吾が入りこみ、その門のそとで随分待たせられたような記憶がある。多分そこの酒がとどけられたものだろう。海浜の茶屋でシタタカに飲んだ。

あの時の日本海の落日のスサマジさと、小魚の刺身の淡泊なうまさと、その場所と時間とをわざわざ選び取ってくれたような安吾の饗応《きょうおう》を忘れない。

「あの時、御馳走《ごちそう》になった刺身はサヨリだったか知ら？」

「キスだよ」

「うまかったな。それに落日がよかったな」

「泳ごうか？」

と安吾が浮きたつようになり、フンドシ一貫、二人共跣足《せんそく》になり宿の断崖をかけ降りていった。五智の汀は砂利と砂が燃えるように灼《や》けていて、海に入り込む迄が大変であった。足裏がヤケドをするかと思える程熱く、進むに進めず、今更退《ひ》くに退けぬ。

「アッ、アッ」

と、それでもやっとの事で海の中に飛びこんだ。

ブカンと仰向けに浮んだ安吾の巨体。そのギョロギョロとした眼。日本海の波動。天の広さ。今でも私の眼の中にやきつくほどだ。

泳ぎ終って、例の大広間に帰り、奇っ怪なウイスキーを飲んだ。見たことも聞いたこともない土産のウイスキーで、その肴がまた、異様な小貝の塩煮であった。云ってみれば海のタニシのようなものである。

が、うまかった。安吾も私も満悦した。何度もお代りをしてそれでも足らず、大皿一杯の貝を運ばせた。

相変らず、海風はその殺伐な大広間を吹きぬけており、その波の音と落日の中にさながら解放されるようにして、裸で飲み合うほどの人生の快事は外にない。

日本海が見えていた限り、安吾の機嫌は申し分ないように思われた。

しかし、善光寺平《ぜんこうじだいら》に入った頃から、少し雲行きがあやしくなってきた。それに川中島から姥捨《おばすて》に抜ける道中が、格別に暑かった。

「やあ、暑い。信州《しんしゅう》が涼しいなどと、全然の嘘ッパチですよ」

まるで安吾の顔一面が滝の汗を、しぼり出しているように見える。この旅行で気がついたが、脳天の髪が目立って薄くなり、白髪が急激にふえていた。そのゴマ塩の蓬髪をふり乱して喘《あえ》ぐのである。

それでも松代《まつしろ》の大本営跡を踏査したり、象山《しょうざん》の家を訪ねたり、意気だけは衰えない。ようやく、全部の行程が終って、浅間《あさま》温泉のH旅館にたどりついた時には吻《ほっ》とした。私が行きつけの宿であり、いくらか文士には馴《な》れている。

安吾も先《ま》ずは落着いたように見えた。

「芸者を呼ぼう」

と云うことになり、気晴らしに五、六人の芸者を呼んだ。が、何がさて安吾も私も芸があるわけのものでなし、安吾はウイスキーの角瓶を取りよせて、自分でコップについでガブガブ飲むだけのことである。

その芸者の中に一人伝法肌の女がいた。ザックバランで、機敏なところがあり、それに馬鹿に威勢がいい。声はしゃがれていたが、いい体であった。

事ある時に、しぶとい頼もしさをでも発揮しそうに感じられた。新潟の近傍《きんぼう》の生まれだと云っている。

「笑わせなさんな。お前さんのような女が新潟に居りますか。いれば、何処《どこ》からか流れついた漁師の娘だろう……」

「冗談じゃないよ。これで、レッキとした百姓の娘なんだから。俵一俵かつげるのよ」

「あ、そうか、そうか」

安吾が愉快そうに笑う。果してその女を安吾が気に入っていたかどうか、後から考えれば、何となく自分でも鬱病の発作を起しそうで、その時の介添人に臨時に雇い入れたつもりであったかもわからない。

安吾は女には淡泊であった（と思う）。ただ旅先で見境いなく女を側にするのは、面倒なことを一切合切相手にまかせきりにしてしまうのである。先ずは財布だ。買い物だ。支払いだ。これらを全部一任する、臨時秘書である。

「檀君は少女趣味だから、この子がいいんじゃないか」

なるほどこれはまたメソメソとした少女趣味の女を一人私にあてがって、呵々大笑《かかたいしよう》しながら、自分の部屋に去る。

一日、二日。安吾は芸者を居つづけさせたまま永逗留《ながとうりゆう》に移り、一向に引上げる模様はない。一緒に飲んだり遊んだりする時に、私の方だけ女がいないのも不自然だから、私もまた女を居つづけさせた。

安吾は、そのジャジャ馬のような女を自家薬籠《やくろう》中の召使いに変えて、肩を揉《も》ませる、足を揉ませる、揚句の果ては、

「いや、こいつが病気でね。治してやっておかないと、いつオレがやられるかわかりゃしない」

「病気なんかないと云ってるのに……」

全員くり出して市中の病院で注射をやる始末だ。

「アハハ。浅間の芸者の病気迄治療してやって、何処かから表彰されやしないかね」

「バッカラシイ」

と女はベロを出して云っていた。

がその女は見かけによらず甲斐甲斐《かいがい》しかった。一度は打擲《ちょうちゃく》されたと云って、手や頬に黒血をよせて泣いてきたが、

「怖いわね。でも、偉い人だわ」

安吾の呼ぶ声を聞くと、また鞠躬如《きっきゅうじょ》として走り出してゆくのである。そろそろ鬱病の発作が起りかけていたわけだが、私は女にまかせきりで、一向に気づかなかった。

三日目であったろう。文芸春秋のI君が帰ると云っている。私も新聞の連載がドンヅマリになってきて、そろそろ引揚げの時期だと思ったから、

「宿を引払いましょうよ」

「ああ」

と女に全身を揉ませながら肯《うなず》いてだけはいるけれども、何となく安吾の気配があやしかった。

まもなく女が私の部屋にやってきて、

「あっちの先生は、今日は帰らないそうですよ」

しかし、I君はもともと社用の出張だ。是が非でも今日帰らねばならぬのだから、出来ることなら、この機会に、全部引きとりたかった。

支払いを済ます。私は自分の身の周りの物などを鞄《かばん》に入れて、もし安吾が駄目でも、自分は今日引揚げるつもりになっていた。

折から、俄雨《にわかあめ》のようだ。女が走りこんでくる。

「先生が大変よ。ウイスキーをガブ飲みして、跣足《はだし》で雨の中に走り出していったわ。とめたけど、もう追いつかないの」

「アドルムは飲まなかった？」

「昨日は夜通し眠らないのよ。何だか、今先も矢鱈《やたら》に薬を飲んでいたわ」

私はI君に、後から自動車で迎えに来てくれるように頼み、女に道を聞いて、自分だけ先ず追ってみた。

山添いの田圃《たんぼ》道である。その雨の一本道の果ての方を、よろめき、倒れ、また起き上がって、歩いてゆく人影は安吾のようだ。特徴のあるアロハの色が見える。

私は一散に追いついて、

「どうしました？」

答えない。安吾はゴロリと道端の草に倒れこむだけである。その肩をかかえて、起そうとしてみたが、とうてい私一人の手に負えない。

安吾はズブ濡れだ。眼鏡が真白に雨のシブキで曇っている。が、幸いともう俄雨はやんでいた。私も草の中に坐《すわ》り、シッカリと安吾の腕を握っている。I君の自動車がやってきた。二人で抱えて自動車に乗せる。ようやく宿まで連れ帰った。

女は心得たものだ。その安吾のアロハを脱ぎ、ズボンを脱いで、布団の中で安吾の足をさすっている。

「眠ったようね……」

「眠っていねえぞ」

びっくりするような大声が湧くのである。私は部屋をはずして、私だけ居残ることに決めた。心細かったがI君だけ帰って貰うより外にない。

奥さんに電報したところで、心配するだけのことである。それに出産寸前だと聞いていた。

誰か友人をとも思ったが、生憎《あいにく》適当な心当りは全くなかった。第一、騒ぎを大きくするのは不愉快だ。

女も二人居ることだし、何とかなるだろうとそう思った。

翌《あく》る朝になってみると、案外に上機嫌のようだ。何のこともない。女をつかまえて大ハシャギで、

「やあ、君は帰らない方がいいよ。昼の間にチャンと原稿を書きなさい。それを速達で送り出して、後は遊ぶさ。新聞という奴は、いい習慣が出来る……」

何のこともなさそうだが、しかし、思い立つことが少しばかり度はずれてきた。真暗くなってきてから、急に上高地《かみこうち》に行こうと云い出すのである。自動車を呼び、安吾と私の芸者をそれぞれ乗せ、松本でウイスキーを買い、魔法瓶を買い、果物を買って、酒をあおりながら夜の道を疾駆する。

お蔭で私は上高地への渓谷の夜景をたんのうした訳であるが、ヘッドライトの中に断崖の滝がくねり落ちていて、丁度稲妻のように凄惨《せいさん》に見渡された。

ようやくにして辿《たど》りつき、一軒一軒、宿を捜して廻ったけれど、折から夏のシーズンだ。芸者連れの四人が割りこめるようなところはないに決っている。

そこの木蔭《こかげ》、ここの池畔《ちはん》に、ゾロゾロ山は若者達のアベック歩きばかりである。

「見ろ。オレのお蔭で一生に一度、アベックの仲間入りが出来たろう。有難く思いなさいよ」

安吾はそう云って、ぎごちなく女の手を握って歩いていた。宿に帰りついたのが午前二時だ。

その翌る日の夕暮れも、今度は、思い立って鈴蘭《すずらん》小屋である。この時は、うまく日没迄にたどりつけた。オカミが打ってくれた手打のソバと、主人が焼いてくれた岩魚《いわな》の味のことだけを覚えている。

闇に向かって疾風迅雷の機動性を発揮するのは結構だが、安吾の金も、私の金も、天から降って湧いて来るわけのものじゃない。二人共、今日も五万。明日も五万と前借電報の連打である。

ただどうも、そろそろ引揚げようという言葉を発するのが鬼門のようだ。何となく安吾の顔が狂乱の相を帯びる。

そうかと云って、このまま居つづけたら自殺以外に解決の法はないだろう。ひょっとしたらそのつもりではないか？　私の疑念が湧くのである。

何の為の自殺？　仕事の行きづまりか？　近く生まれる赤ん坊に対する疑惑？

いやいや、そんな筈《はず》はない。が、ひょっとしたら子供の出産に対する漠然とした不安が昂《こう》じているものかもわからない。

私は最後の十万を受けとった時に、如何《いか》なることがあっても、安吾を連れ帰ることに決心した。しかし、面と向かって云い出せないのである。

刻々、状態の悪化はわかっていた。その上に、宿の番頭が、先約があったからと云って安吾の部屋を換えさせたことがある。

お種さんという女中がいた。私は六年ぐらい前から知っているが、行き届いた、質朴な女中であった。あの宿では、一番好もしい女中さんであり、安吾自身も、しきりにそう云っていた。

そのお種さんに、安吾が林檎《りんご》を投げつけたのである。

「呼んでも来ないからだ」

と安吾は真青になって、もう一つの林檎を握りしめてどなっている。この時には、私も腹が立った。いくら鬱病の発作だからと思ってみても、安吾のその虚《うつ》ろな巨軀《きょく》が憎らしかった。

私は安吾に組みついた。安吾は全くの無抵抗であったから、二人とも倒れただけである。

その翌る日であったから、数えて幾日目になったろう。十二、三日目ぐらいではなかったか――。

松本市の内輪の招待があって、安吾と私と二人共出かけることになっていた。

しかし安吾はもうウイスキーとアドルムに酔いしれて殆ど正体が無いのである。

「行きましょうか?」

「行かない」

と答えている。私も連れ出さぬ方がいいとそう思った。あとを二人の芸者に頼み、兎《と》に角、私だけあやまりに行ってくるつもりで自動車に乗る。

簡単に事情を説明すると、先方は快く承知してくれたので、私は座敷にも上がらず、そのまますぐに折かえした。

宿の前に見慣れないジープが一台とまっている。ただごとでない気配がある。あわてて玄関に入ってみると、当の安吾が、その玄関の板の間で、二人の私服から組み敷かれていた。

どうしたのだと女に聞くと、先生が暴れ出して、鏡台を二階から投げ落としたのだと云っている。

「鏡台は弁償すればいいじゃないか。お前達が警察を呼んだのか？」と聞くと、

「いや、番頭さんでしょう」

私は今度はその私服の二人の警官に、弁明するだけは弁明してみたが、相手は意地になっている。

どうやら、この警官の一人にも錫《すず》の煙草入を投げつけたらしい。

「これがまともに当ったらどうなります？」

と変形した錫器《しゃくき》を手にとって、私の目前に振ってみせた。安吾は一言も云わなかった。

「兎に角、今晩だけは保護の意味で預ります」

私と女は警察のジープに同乗していったが、どうしたのか安吾の女はついて来なかった。

警官は甚だ好意的である。長々と事情を聞いて、処置に迷うふうに見えたけれども、安吾がかえって、

「やあ、一晩、とめて貰いましょう」

そう云って、自分からヅカヅカと留置場の扉の方へ歩いていった。私はこの機会と思ったから、

「明日帰りましょう」

「いや、もうしばらくいる」

乱闘で醒《さ》めたのか、意識ははっきりしているようだ。私は、女に寿司《すし》を買って来させ、さし入れした後で、宿を変えることに決めた。

ふとS旅館を思い出したからだ。半素人の旅館である。私は一度だけ行ったことがあるが、太宰治や坂口安吾の愛読者だという、しっかりした娘さんがいた。

話もよくわかり、恰幅《かっぷく》も堂々としていて、安吾の鬱《うつ》を凌《しの》ぐのには丁度いいだろう。

電話をかけて見ると承知である。

翌朝早く、安吾の荷物、私の荷物、全部自動車に積んで、女を二人乗せ、留置場に迎えに行った。但し女達には迎えたら、すぐその足で帰れと申し渡しておいた。安吾は甚だ元気であった。

「やあ、久しぶりによく眠れたよ」

その安吾を自動車に乗せて、

「宿を換えますよ。あなたのファンの美人がいるとこだ。もう、この女達は帰しますよ」

安吾は黙って肯いた。私はこの時だと思ったから、もう一度安吾に桐生へ帰ることをす

すめたが、

「いや、オレはもうしばらく残る」

この方は肯かなかった。

S旅館は気に入ったように見えた。大柄のその令嬢が接待に出て、ウイスキーを飲みはじめた時に、桐生からの電話があり、安吾はノシノシと電話口に立っていた。おそらく前の宿からここの電話を聞きだして、掛け直したものだろう。

安吾はまたノシノシと微笑を含んで戻ってきた。

「いや、今朝がたね、息子が生まれたそうだ。赤ん坊は親父がブタ箱に入ったことをチャーンと知ってやがる。それで、親父がブタ箱から出たところを見はからって、オギャーと生まれてきたらしいや」

安吾のあのホッと一息ついたような……辺りを見廻《みまわ》してみるような……淋しい、しかし毅然《きぜん》とした微笑を忘れることが出来ぬ。

昭和三十年四月号・「文芸春秋」

坂口安吾の死

二月十七日。

その朝は、私はまだ眠っていた。眠っているところを女中に起こされたが、坂口《さかぐち》さんのところから電話だと云っている。

時計を見るとまだ七時前である。こんな時間に電話だと云うと、例の鬱病《うつびょう》の発作だなと、私はタカを括《くく》った。浴衣のまま電話口に立っていった。馬鹿に寒い。

電話の相手はW君の声だ。

「今朝、坂口さんが倒れましてね。それで長畑さんのところに連絡していただきたいんですが……。至急桐生迄《きりゆうまで》行って貰《もら》いたいんです。え……、倒れた原因ですか？　脳溢血《のういっけつ》らしいです……」

終りの方は聞きとりにくかった。そのまま電話は切れる。寒さも寒かったが、私は浴衣一枚で、何となく顫《ふる》えがとまらないのである。

たしかに脳溢血と聞こえたような気がしたけれども、電話が切れてしまうと、次第に私は疑わしくなってきた。特に東京の長畑医師を呼ぼうと云うのはどう云うわけだろう。やっぱり鬱病の発作ではないか。或《あるい》は自殺？

かりに脳溢血で倒れたとしても、今から東京の長畑医師を呼ぼうと云うくらいだから、さし迫った事態ではないな。私はそう、楽観して見たかった。

が、そのように自分で思い込もうとしてみても、私の眼の中には、ウイスキーをグイグイあおっている安吾の、あの、シタタカな酩酊《めいてい》の姿が浮かんでくる。頭脳の血管が破裂をして、その血液が安吾の頭脳の中いっぱいに氾濫《はんらん》している幻覚が、しつっこく湧いていった。

私は長畑医師の現住所を知らないから、大井《おおい》広介《ひろすけ》のところに電話をした。

「え？　脳溢血？　それで何で長畑さんを呼ぶんですか？　桐生に医師は居らんのですか？」

大井広介もやっぱり疑わしそうな口ブリだ。しかし、長畑医師の現住所は事細かに教えてくれたから、即座に至急電報を打ち、念の為に妹を走らせようと用意をととのえさせているうちに、追いつぎに桐生から電話がかかってきた。

「先生は唯今《ただいま》、なくなりました。六時半に倒れて意識不明になり、七時四十五分にとうとう駄目になりました。みんなどうしていいか手がつきませんから、出来たらなるべく早く来ていただけませんか……」

オロオロ声である。時計を見ると八時である。私は相変らず浴衣のままだ。

何の思考力もなくなった。ただ、巨大な、安吾の体軀《たいく》が、ブッ倒れる幻覚だけがつきまとう。私もオロオロと、誰彼となく、思いつくままに、安吾死去の電話をかけつづけるだけだ。そのまま布団の中にもぐりこんだ。

＊

最後に坂口安吾《あんご》に会ったのは、昨年の七月のことである。

S新聞のA氏と一緒に出かける約束になっていて、私が愚図ついたために、かえってA氏の方が出かけられなくなった。急な話ではないが、新聞連載の予約のこともあるのである。

私は印度《インド》行のことが決定的に駄目なので、クサクサしていた折であったから、A氏の次の機会を待たないで一人で出かけていった。

車中も暑かったが、桐生は尚更《なおさら》暑かった。

安吾は丁度昼寝の最中で、素ッ裸、フンドシ一貫、敷布団だけ敷いて、大きな体をつきあたりの部屋一杯にひろげている。

安吾の家はいつだって誰だって無礼講だから、私は座敷に回って、自分もまた素ッ裸になり、奥さんが運んでくれたウイスキーを氷水で割ってチビチビ飲んでいると、

「やあ――」

裸のままノッシノッシと入ってきた。

「印度行が駄目になりましたよ」

「いやー、あんなところへ行くもんじゃないよ。俺はとめようと思っていたところだよ。日本で沢山さ――。それよりゴルフでもはじめなさい」

そう云って、グググーとウイスキーをあおる。

体は至極元気そうに見えた。

その前の年に、二人で十四、五日、信州《しんしゅう》に出かけていったことがあるが、散々な旅行であった。アドルムを大量にあおり、泥酔酩酊して、深夜突然上高地《かみこうち》に自動車をブッ飛ばす。鈴蘭《すずらん》小屋にブッ飛ばす。

揚句の果ては警察沙汰《ざた》に迄なって、ブタ箱にぶちこまれたことがある。

そのブタ箱から、ようやく解放された朝、桐生から宿に、男子誕生の電話があった。

「ウチの息子は、親父がブタ箱に入ったことをチャンと知ってやがら。丁度俺が、出てくるところで、生まれるなんてね……」

安吾はそう云ったが、あの朝の静かな表情を忘れない。果てしのない苦闘と狂乱のさな

かに、ホッと一息ついたような落着きであった。山巓《さんてん》に立って、おもむろに前と後を指顧するような均衡のある微笑であった。

私はあの時のことを思い出したから、

「去年生まれた赤ん坊は？」

「アハハ」

とさすがにブタ箱の朝がよみがえってくるふうで、

「喰《く》うんでね……。俺に似たバケモノらしいや」

「名前は何てつけました？」

「綱男《つなお》だよ。あんまり突飛なのはいけないよ」

あの折、安吾は熊襲《くまそ》と命名すると云っていた。私は筑摩《ちくま》の留置場から出た朝の子供だから千久馬としたらどうだろうと云ったことがある。千久馬の千は三千代さんの「千」であり、馬は安吾の本名が炳五《へいご》であり、この炳五は丙午《ひのえうま》に音を合わせたものだと聞いていたから、午の「馬」を取って、それを久で結える趣向のつもりであった。

それをサッパリと綱男にしたのも面白い。鬼の腕を取る渡辺綱《わたなべのつな》をでも念頭にしたものか――。そう思ったが聞いては見なかった。

やがてその綱男君が現れた。

誕生十ヵ月だと云っている。が、まるまると太り、なるほどバケモノみたいに思われた。

普通の十ヵ月の子供の倍ぐらいはありそうだ。

「俺は息子の喰いっぷりを見てから、なるほどと気がついたよ。俺の体も人間並じゃないらしいや。バケモノなみらしいや」

そういって安吾はグイグイと酒をあおる。その酒量のシタタカな昂進《こうしん》には驚いた。見ているまにウイスキーを空にする。

その昔、私は安吾と私の酒の量を六分四分ぐらいに思っていた。が、そんな段ではなさそうだ。桁違《けたちが》いなのである。

それから三日間。私達は芸者屋に居つづけして、起きては飲み、飲んでは寝たが、私がいつ眼ざめても、安吾はやっぱりウイスキーを片手にしてグイグイとあおっていた。

異常な飲みっぷりだ。酒に酔うというような生易しいものではない。泥酔酩酊の状態を、際限もなく持続しなければ気が済まぬふうである。

おそらく、アドルム中毒を、アルコールで代替駆逐したい考えに相違ない。

「アドルムは？」

「いや、もう全然やっていない」

と答えていた。しかしウイスキーだってこう矢鱈《やたら》にあおってよいものか、私にはしきりに不安に思われた。

その三日目の朝である。私が飲み疲れて、吐きつづけた揚句、グッタリと倒れていると、安吾は芸者を呼んで私の体を一々指しながら揉《も》ませ、相変らずウイスキーを自分の手から放さない。

この時に、私はハッキリと安吾の酒量を目撃したが、朝から正午迄に、一人で完全にサントリーの角瓶一本をあけていた。

「驚いた……。そんなに飲んでいいのかしら？」

「やっぱりどうも、俺の体は人間並じゃないらしいや。バケモノなみらしいや。檀君。俺と同じだけ酒をつき合っちゃいけないよ」

例のあやしい言葉をつぶやきながら、最後の一滴をほしあげると、今度は掌《てのひら》一杯、サクロフィール、パンビタン、バンサインを肴《さかな》のようにあおり、

「君もこいつを飲んだがいいや」

私の掌一杯、薬の山を盛りあげる。

全くの話、私は命からがら、桐生から逃げ帰ったようなものである。

私は安吾の瓶中のウイスキーのへり加減を眺めやった時に、何とはない危険は予感した。それにもかかわらず、バケモノ並の、例の言葉の暗示にかかり、安吾の巨軀が要求する自然の酒だと驚異の念ばかりが、心に残った。

間もなく私は奥秩父《おくちちぶ》に出かけ、その奥秩父で石に搏《う》たれて入院したり、全快後九州旅行をしたりして、そのまま桐生には行かずじまいになった。

ただ一度、九州へ出かける前であったか、九州から帰りついた後であったか、或《ある》出版社から桐生行の同行を求められて、坂口家に電話したことがある。

珍しく本人が電話に直接出て、

「いやー、東京で会おうよ。二、三日うちに君の家に回る。ケガの全快祝いもやろうじゃないか――」

相変らずバケモノ並の元気そうな声であった。

心待ちにしていたが、三日経っても現れない。十日経っても現れない。とうとうそのまま、安吾の姿を、永久に見失ったわけである。

＊

安吾死去の報《し》らせを聞いて、桐生に出かける道すがら、放送のことで、井伏《いぶせ》さんと同車した。寒かった。井伏さんは興奮の面持で、少しくせっかちなふるえ声で、

「坂口君が死んだというのをね、朝の七時にS君から聞いたんだけど、何だか、ドタリと音がしたね」

その井伏さんのドタリには感じがあった。さながら安吾の巨軀が崩れ落ちるような響きがあった。

いや、バケモノ並のその巨大な奮闘が……。

＊

桐生には夜ついた。

川端《かわばた》さんの世話で手に入れたコリー種の愛犬のラモーが、玄関のところに、こっち向きに立っていた。

もうみんな通夜の酒を飲んでいた。B社の鈴木氏が酔い泣きのように見えた。その鈴木氏が私の手をひっぱって、

「見なさいよ。見なさいよ。いい死に顔だから」

白布をかけた遺骸《いがい》の側に私を連れてゆく。丁度、昨年、安吾が素ッ裸で昼寝をしていた同じ場所だ。全く、同じ向きに眠っている。

その白布を鈴木氏が指でつまみあげ、

「ね、機嫌のいい時の顔だろう。ホラ、何か、一言云いだす時の顔だろう」

事実その通りであった。

いや、言うならば、ブタ箱から解放されて、宿にたどりつき、綱男君の誕生の電話を聞いた時の顔である。

ホッと一息ついたような表情で、盃《さかずき》を手に、静かにボソボソと語っていた時の顔である。

この人生で、安吾は一体何物を信じたか？

実はこの一瞬の死を信じて、あの夥《おびただ》しい苦闘を試みたと思われる程に、安らかな、満ち足りた、誇らかな、死に顔に見えた。

今朝は五時近くに起き出したそうである。

起き出して、自分でストーブに火を入れ、石炭を入れて、焚《た》きつけ終ると、そのストーブに当りながら、しばらく新聞を読んでいたそうである。

まもなく六時半になり、奥さんと綱男君を寝室に迎えに行き、さて、起こすのがためわれたのか、その布団をかけ直してやったそうだ。

安吾が倒れたのはこの時だ。はじめ、

「頭が痛くなった」

と云い、それから、

「三千代」

「三千代」

と連呼しつづけながら、次第に声は薄れていったらしい。そのまま意識不明に陥《おちい》って、やがて、一時間半後には死んでいる。

私はS社の菅原君が撮影しているコンタックスをかり、私の手でも一枚だけ、写しておきたいと、そのファインダーを覗《のぞ》きながら、安吾の死に顔に焦点を合わせているうちに、ドッと悲泣の心が湧き立ってきて、忽《たちま》ちファインダーのレンズは見透せなくなった。

昭和三十年四月号・「群像」

「わが人生観」解説

故坂口安吾《さかぐちあんご》の感想や評論を手頃な一冊の本に纏《まと》めてくれという依頼を蒙《こうむ》ったのは随分早いことである。私は軽々しく引受けたまま、いざ実行の段になって、何となく愚図ついた。どうにもその重苦しさを払いのけることが出来ないのである。

故人の著書を再刻するならば、故人が生前に集めた姿をかりるのが一番よい。それがいかに乱雑に、無造作に編まれたものであるにせよ、それなりの安定と均衡が感じられて、動かしがたいものに思われる。

例えば「堕落論」例えば「不良少年とキリスト」また例えば「安吾巷談《こうだん》」等々。が、筑摩書房の意向は、これらの遺著の数々から、編者が適当に取捨按配《あんばい》して、安吾エッセイの手引或《ある》いは入門の書とでもいったものを編んでみたい様子である。つまりなるべく手広く、またなるべく精髄をという、甚だ慾《よく》の深い話である。

どれが精髄などというものがあるものか。安吾の全貌《ぜんぼう》はおのずから安吾の書き散らしたすべての断箇のうちにあって、それを片っぱしから読んでみるに限るのである。どれを拾いどれを捨てるということになると、かえって編者の恣《ほしいまま》の浅慮短見が加わって安吾の思考の規模を掣肘《せいちゅう》することになるだろう。

当の坂口安吾が生きておれば、事は極めて簡単だ。かりに私がその選定を依嘱され、これこれを選んだからと見せるならば、「ああ、そうか、そうか」と気安く肯《うなず》いてくれる以外にはない人だ。

だから私は気が重い。

しかしあらゆる人間の思考の流布というものが、このようにして伝播《でんぱ》し消滅するに相違ないこと……その軽薄さ、そのあわただしさ、そのはかなさを……坂口安吾という異常な魂ほど明確に知ろうと奮起していたものはなかったろう。

おそらく彼の全部のエッセイが繰り返し語る言葉は、「人生五十何ものにもまぎれるな。己の人体の本分を能率的に識別して、直截《ちょくせつ》にその本分をつけ」とこれだけの主題が絶えず語られていたように私は思う。

坂口安吾という不思議な精神が形成されていった状態について私はくわしく知らない。読者はなるべく多く、安吾の遺作全部に目を通して、直接に安吾の魂を摑《つか》みとるがいいだろう。

ただもし、私の想像が間違っていなければ、ここに飛び切り純潔な眼と、裏切られることを知らない飛び切り人なつっこい人格をその初めに考えてみたい。

その純潔に過ぎる眼と、裏切られることを知らぬ精神が……人間の弱所ばかりを集積し、按配し、統制した家という手垢《てあか》から手垢へ受け渡されたような息苦しい棲息《せいそく》の場に絶望した時に……さながら道楽息子の面貌《めんぼう》をよそおうて、その巨大な家の因襲から脱走した。或《あ》る時は記録更新にとりつかれているスポーツマニヤであり、或る時はパーリ語、サンスクリット語、フランス語にとりつかれている言語マニヤであり、或る時は囲碁にとりつかれた囲碁マニヤであり、或る時は文芸の極限を彷徨《ほうこう》する文学青年であった、等々、しかしながら、それらを生活として楽しむことを知らぬ。あく迄《まで》も徹底的な求道者の激越さを以《もっ》てやる。

布団一重ね、ドテラ一枚、タオル一本、さて、飄々《ひょうひょう》と彷徨する場末の町で、徐々に安吾流の人生というものが観念的な形成を見ただろう。女房という鬼を形成するな。物品という便益家という魔性の支配力にとりつかれるな。女房という鬼を形成するな。物品という便益の器具は、その純粋な用途だけを享受して、かりにもその属性のあやしい支配力に屈服するな……。

このようにして巨大な家からの脱走の果てに、ようやく安吾は、純粋蕪雑《ぶざつ》な人体の効用、簡明、能率的な精神の保持、……つまりは安吾流の人生を設定するに至ったろう。

これらの人生観が肉体と精神の両面からいかに安吾流に能率的に按配されているにせよ、

結局はフィクションだ。安吾流の壮大な架構人生にほかならない。

が、安吾という純潔な、求道的な人柄は一旦《いったん》樹立した安吾流の人生を、……それが理論上の破綻《はたん》を示さない限り……激越徹底的にやる処迄やる。かりにもグウタラな自己弁護を以て終らない。施すに俗な道を知らぬのである。

だから安吾の死を、私は今でも壮烈な戦死であったと思っている。まことに、血煙り立っていた。

さてここに収録したエッセイは、都合十一篇の数にのぼっている。その発表年代は別々であり、その長短もさまざまだ。これを以て安吾のエッセイの代表作だとするならば、その取捨選択に関して色々と異議もあるだろう。

が、少なくとも、これだけのエッセイを精密に読んで貰《もら》うならば故人の思考の大よその目安は知れる筈《はず》だ。

繰り返すように、作品の選定は理想通りにはいっていない。編者の理解の浅薄さにもよるだろうが、またやむを得ない外部的な条件にもよった。

例えば「安吾新日本地理」の中からは、むしろその最後の「富山の薬と越後《えちご》の毒消し」を選ぶべきだと繰り返し思ったけれども、これは中央公論社発行の「狂人遺書」の内容と重複する。なるべく他書との重複をさけたいというたてまえがあるのである。

またなるべく、一傾向の作品を集めずに、多くの傾向からその代表作を取った。だから

「堕落論」「不良少年とキリスト」「安吾新日本地理」「わが人生観」「狂人遺書」「安吾巷談《こうだん》」等雑多な種類に及んでいる。

この他に初期の緻密《ちみつ》なエッセイをも洩《も》らすべきではなかったろうが、言うならば少しく文学的に過ぎるだろう。また、「安吾日本歴史」という大きな計画が、故人の胸中に絶えずひそんでいて、せめて「光明《こうみょう》皇后」か「天草四郎《あまくさしろう》」をでも抜きとって加えてみたいと思ったが、さまざまの事情から、ここに集めることは難しかった。

さて十一篇を取り纏《まと》めて、「わが人生観」と銘打った。編者の勝手な命名ではなく、「新潮」に連載された故人の一連のエッセイが「わが人生観」と名づけられており、しばらくその標題をかりたまでである。しかしながら、「わが人生観」という標題で書き綴《つづ》られたエッセイを主体として編集したものではなくて、故人の大あらましの代表的感想を集め、ここに「わが人生観」と銘打ってみたまでだ。

このうち、「日本文化私観」は戦時中、「現代文学」と言う同人雑誌に掲載されたものである。ブルノー・タウトの同名の評論に題をかり、平明簡潔に、安吾自身のあらゆる思考の手引か解説をでもしているように見える。このエッセイが戦時中に書かれたことを知るならば、安吾の精神がいつも正しく保持されて、かりにもふらつかなかったことがわかるだろう。

「堕落論」はその同じ安吾の思考が、爆弾の洗礼を浴びて異様な光を放っている。

「教祖の文学」と「不良少年とキリスト」は奇抜な作家論である。「教祖の文学」は小林《こばやし》秀雄《ひでお》氏。「不良少年とキリスト」は太宰治《だざいおさむ》。これらの作家を語りながら、自分の抱懐する人生観、文芸観を語りつくして、絶妙の文章をなしているだろう。

「麻薬・自殺・宗教」は「安吾巷談」の第一回の作品だ。折から鬱病《うつびょう》の発作の直後であり、自分の体験を語りながら、巧みに世態人情を描いている。

「生れなかった子供」は「新潮」に連載された「わが人生観」の白眉《はくび》である。安吾の憂鬱《ゆううつ》な思考の極限で書き綴られたような淋《さび》しい、はてしのない虚無の文体だ。

「孤独と好色」は同じ「わが人生観」として書きつがれたものであるが、下山《しもやま》総裁の死亡を自分の体験から類推しながら、自殺だと断定する。

「秋田犬訪問記」は「安吾新日本地理」の中のひとつ。

「砂をかむ」は絶筆である。尾崎士郎《おざきしろう》、尾崎一雄《おざきかずお》氏の編集になる「風報」という小さな雑誌に寄稿された僅《わず》かに三、四枚に足りぬ作品だが、何となく死の影が忍び寄って言々哀切を極めているだろう。読者は「生れなかった子供」と照応させながら静かに味読するがいい。

昭和三十年五月・「わが人生観」（筑摩書房刊）解説

「坂口安吾選集」(創元社版)解説

第一巻

昭和二十八年の夏であったか、私は坂口安吾《さかぐちあんご》と越後《えちご》から信州《しんしゅう》と、十四、五日の間、一緒にうろつき回ったことがある。

今から想えば大変な旅であった。真夜中に思い立って、自動車をブッ飛ばして上高地《かみこうち》に出かける。かと思うと鈴蘭《すずらん》小屋に強行する。宿は転々。飲酒銘酊《めいてい》して、ブタ箱にブチ込まれる。

いやはや、散々の旅であった。丁度その留置場から出てきたところで、安吾は自分の子どもの誕生を電話で聞き知った。

「やあ、やあ。とうとう生まれちゃったよ。親父がブタ箱から出てきたところを、生まれる子はチャーンと知ってやがる」

あの時の安吾のさびしげな、しかしほっと一息ついたような、微笑の表情を忘れない。いやいや、素朴な、正確な覚者の表情を忘れない。

いうところの乱心のさなかであったわけだが、安吾の乱心は自己喪失ではなくて、自己創出の異常な苦闘のあらわれであった。

一々意識して、おびきよせたモノである。

安定したすべての気質の解体。道義、人情の解体。これらは、いつも過激なまでの生活万般の解体にまで及んでいた。

その果てに、安吾流の人生、安吾流の文芸を未聞の規模に創出する熱願に燃えていた。その臂力《ひりょく》の雄偉さ。その思考の規模の斬新さ。まことに前人未踏のものであり、私にはいつも鬼神のワザに思われたものである。

私の生涯の出来事で、この人との邂逅《かいこう》ほど、重大なことはほかにない。おびただしい精神の贈与を、乱雑に、また惜しげもなくドカドカとバラまき与える人であった。

その果ての、あの激烈な孤独の表情を忘れられるものではない。

おそらく彼のエッセイが繰り返し語る言葉は、「人生五十何ものにもまぎれるな。己の人体の本分を能率的に識別して、直截《ちょくせつ》にその本分をつけ」とこれだけの主題が絶えず語られていたように思う。

坂口安吾という不思議な精神が形成されていった状態について私はくわしく知らない。ただもし、私の想像が間違っていなければ、ここに飛び切り純潔な眼と、裏切られることを知らない飛び切り人なつっこい人格をその初めに考えてみたい。

その純潔に過ぎる眼と、裏切られることを知らぬ精神が……人間の弱所ばかりを集積し、按配《あんばい》し、統制した家という手垢《てあか》から手垢へ受け渡されたような息苦しい棲息《せいそく》の場に絶望した時に……さながら道楽息子の面貌《めんぼう》をよそおうて、その巨大な家の因襲から脱走した。

或《あ》る時は記録更新にとりつかれているスポーツマニヤであり、或る時はパーリ語サンスクリット語フランス語にとりつかれている言語マニヤであり、或る時は囲碁マニヤであり、或る時は文芸の極限を彷徨《ほうこう》する文学青年であった。等々。しかしながら、それらを生活として楽しむことを知らぬ。あく迄《まで》も徹底的な求道者の激越さを以《もっ》てやる。

布団一重ね、ドテラ一枚、タオル一本、さて、飄々《ひょうひょう》と彷徨する場末の町で、徐々に安吾流の人生というものが観念的な形成を見ただろう。

家という魔性の支配力にとりつかれるな。女房という鬼を形成するな。物品という便益の器具は、その純粋な用途だけを享受して、かりにもその属性のあやしい支配力に屈服するな…。

このようにして巨大な家からの脱走の果てに、ようやく安吾は、純粋蕪雑《ぶざつ》な人体の効用、簡明能率的な精神の保持、……つまりは安吾流の人生を設定するに至ったろう。

これらの人生観が肉体と精神の両面からいかに安吾流に能率的に按配されているにせよ、結局はフィクションだ。安吾流の壮大な仮構人生にほかならない。

が、安吾という純潔な、求道的な人柄は一旦《いったん》樹立した安吾流の人生を、……それが理論上の破綻《はたん》を示さない限り……激烈徹底的にやる処までやる。かりにもグウタラな自己弁護を以て終らない。施すに俗な道を知らぬのである。

だから安吾の死を私は今でも壮烈な戦死であったと思っている。まことに、血煙り立っていた。

「教祖の文学」と「不良少年とキリスト」「大阪の反逆」は奇抜な作家論である。「教祖の文学」は小林秀雄《こばやしひでお》氏。「不良少年とキリスト」は太宰治《だざいおさむ》。「大阪の反逆」は織田作之助《おださくのすけ》氏。これらの作家を語りながら、自分の抱懐する人生観、文芸観を語りつくして、絶妙の文章をなしているだろう。

又、小林秀雄氏の左の一文も安吾その人を活写して目覚しいばかりである。

「……清水トンネルを出るまで呑みつゞけたが、彼は、国境に近い石打ちといふ駅に下りた。彼はヨーカン色のモーニングに、裾の切れた縞《しま》ズボン、茶色の靴をはき、それに何をしこたま詰めこんだか、大きな茶色のトランクを下げてゐた。人影もない山間の小駅の、砂利の敷かれたフォームに下り立ったのは彼一人であった。晩秋であった。この『風博士』の如き異様の人物の背景は、全山の紅葉であった。紅葉といふ言葉もいかゞなものか。雄大な雑木の山々は、坂口君のトランク色のすさまじい火災を起してゐる様であった。木枯が来て、これが一斉に舞ひ上ったら、と私は思った。頭を無造作に分けた彼の顔は、河童《かっぱ》の様であった。彼は、長い事手を振って私を見送ってゐた。……」

「FARCEについて」は「青い馬」（昭和七年三月）五月号に発表されている。安吾二十五歳の当時である。

「日本文化私観」は戦時中、「現代文学」と云う同人雑誌に掲載されたものである。ブルノー・タウトの同名の評論に題をかり、平明簡潔に、安吾自身のあらゆる思考の手引きか解説をでもしているように見える。このエッセイが戦時中に書かれたことを知るならば、安吾の精神がいつも正しく保持されて、かりにもふらつかなかったことがわかるだろう。

「堕落論」はその同じ安吾の思考が、爆弾の洗礼を浴びて異様な光を放っている。

「私は風景の中で安息したいとは思わない。又、安息し得ない人間である。私はただ人間を愛す。徹頭徹尾、愛す」

これは「デカダン文学論」のなかの言葉であるが、切迫して、しかも、暢達《ちょうたつ》した文面の底には沈痛な祈りに似たものが秘められている。跳梁《ちょうりょう》する暗闇の悪魔も微塵《みじん》も抱擁する表情である。そして、人には問わない、厳しい男性の表情である。

「生れなかった子供」は新潮に連載された「わが人生観」の白眉《はくび》である。安吾の憂鬱《ゆううつ》な思考の極限で書き綴《つづ》られたような淋《さび》しい、はてしない虚無の文体だ。

「孤独と好色」は同じ「わが人生観」として書きつがれたものであるが、下山《しもやま》総裁の死亡を自分の体験から類推しながら、自殺だと断定する。

「砂をかむ」は絶筆である。尾崎士郎《おざきしろう》、尾崎一雄《おざきかずお》両氏の編集になる「風報」という小さな雑誌に寄稿された僅《わず》かに三、四枚に足りぬ作品だが、何となく死の影が忍び寄って言々哀切を極めているだろう。「生れなかった子供」と照応しながら静かに味読すべきである。

ここから読者は自由自在に、安吾さんの奈落《ならく》も現実も彼岸もみるがいいのだろう。


第一巻収録作品の発表年月は次のようである。

「教祖の文学」新潮・昭和二十一年六月号、「デカダン文学論」新潮・二十一年十月号、「戯作者文学論」近代文学・二十二年一月号、「大阪の反逆」改造・二十二年四月号、「通俗と変貌」未詳・「俗物性と作家」未詳、「不良少年とキリスト」新潮・二十二年七月号、「文学の一形式」未詳、「文学のふるさと」現代文学・十六年五月号、「牧野さんの死について」作品・十一年五月号、「枯淡の風格を排す」作品・十年五月号、「FARCEについて」

青い馬・七年五月号、「喪神」新潮・二十八年四月号、「俗物」新潮・二十八年六月号、「菜食文学」新潮・二十八年七月号、「推理小説論」新潮・二十五年四月号、「戦後文章論」新潮・二十六年九月号。

「日本文化私観」現代文学・十七年三月号、「青春論」文学界・十七年七月号、「堕落論」新潮・二十一年四月号、「欲望について」人間・二十一年九月号、「悪妻論」未詳、「恋愛論」未詳、「戦争論」未詳、「敬語論」未詳、「三合五勺に関する愛国的考察」女性改造・二十二年二月号、「詐欺の性格」未詳、「生れなかった子供」新潮・二十五年六月号、「俗悪の発見」未詳、「私の役割」未詳、「孤独と好色」新潮・二十五年六月号、「芥川賞殺人犯人」新潮・二十五年十二月号、「フシギな女」新潮・二十六年四月号、「チッポケな斧」新潮・二十六年七月号、「孤立殺人事件」新潮・二十六年八月号、「歴史探偵方法論」新潮・二十六年十月号、「光を覆うものなし」新潮・二十六年十一月号、「風流」新潮・二十六年十二月号、「砂をかむ」風報・三十年三月号。

第二巻

安吾新日本地理は安吾巷談の続篇とでも云った恰好《かっこう》で昭和二十六年三月号から十二月号迄の文芸春秋に連載されたものである。その後また中央公論の求めに従って、昭和三十年の二月から再開され、安吾の死は、ほかならぬその「安吾新日本地理」の取材の為に高知まで飛行機で飛び帰りついて酒をくらい一睡したその翌日の早朝に彼に襲いかかったものである。

おそらく、事情さえ許すならば日本全土を探訪して、特異な活眼による昭和の記念すべき一大日本図会を完成していただろう。

一読すれば明瞭《めいりょう》な筈《はず》だが、この斬新な紀行文は、今日迄の如何《いか》なる紀行文の類型にもとらわれない。安吾の想念は自由奔放に人情を拉致《らち》し、風俗を活写し、史譚《したん》を点綴《てんてい》し、風物を抒情《じょじょう》しまことに痛快極りのない快文章である。

安吾は絶えず、サービス精神、サービス精神と口走っていたし、この人間に精通した大人の大文学は、ただしくサービス精神の限りを尽してみせているが、必ずしも理解に容易であるとは思えない。

その根本にある安吾の活眼が、異常に孤独で高踏の境地に開眼しているからだ。

私は通読してみて、安吾の「新日本地理」が描こうとしているものは、とめどない悠遠な人間の足取り…地上に生まれ、地上に亡びてゆく、このひしめく雑多な日本人の跫音《きょうおん》…にジッと聴き耳を立てている安吾の淋しい、暖い、精一杯の愛情を読み取るような気がするのである。

例えば時期の関係からとうとう探訪を見合わせてしまっている志摩《しま》の海女《あま》だとか、また越後《えちご》の毒消し売りだとか、これらの目立たない雑草のような生態の探訪になってくると、同情というか、共感というか、その語る言葉の中には、悠遠な人間の足ドリを、さながら広大な空間と時間の中に放置して、ジッと聴き入るようなやさしく謙虚な安吾の眼ザシが見えてくるような気がするのである。

風俗を俗悪な興味を以て追うようなことが全くない。あわれな、過ぎやすい人情や衣裳《いしよう》を、必ず広大な天地に還付して、そこから生まれるさまざまの哄笑《こうしよう》に、何万年かの淋しい響きを帯びさせる意気込みででもあるようだ。

その大根は安吾の孤独な、人間に精通した、やさしい慈眼によってささえられている。安吾は文学の後輩から道を聞かれる時にきまってチエホフを読めといっていた。けだし現れ方は全く違っているにもかかわらず、人間のとめどなく淋しい生滅の根源にジッと耳を澄ませて聞いているような、温い絶望した眼ザシ……この一点で、安吾はチエホフと血の通った身近な肉親ででもあったろう。

と同時に、祖国愛というその時々の便乗者は為政者などと桁違《けたちが》いの、純正な祖国愛を持っていた。その文芸と人生観によって濾過《ろか》された堂々たる日本魂を持っていた。せめて安吾級の文士が日本に百人いたならば、日本人が独得の活眼を開いて、世界文明史のまん中に堂々と闊歩《かつぽ》出来たかもわからない。

読者は安吾の「新日本地理」から何を汲《く》み取ってもらっても結構だし、全篇闊達《かつたつ》な安吾の精気にみちあふれているが、私は「長崎チャンポン」と「富山の薬と越後の毒消し」が格別に好きだ。

「長崎チャンポン」はその昔キリシタン文献を蒐《あつ》めに行ってその時に垣間見《かいまみ》た浦上天主堂《うらかみてんしゅどう》界隈の印象と、原子爆弾の洗礼を受けた後の浦上天主堂界隈と、この二つが安吾の心の中で、美しく響き合い、加うるに金鍔次兵衛《きんつばじへえ》の史譚を挿入して、おそらく昭和紀行文学の白眉であろう。

安吾はその中で、「悲しみは、すでにつぐなわれているよ。そして、この丘の上の空は誰の空でもなくて、実に明るい空だなア。浦上は、もう明るいし、もう暗くならないのだな」

この安吾のつぶやきが、やり切れないほど盛り沢山な人間の悲しみを心にしまいながら、そっと呟《つぶや》きに出るあたり、無類の響きを持っている。絶望でもなく、憤怒でもなく、人間を見とどけた果ての、人間に寄せる哀歌である。

文学というものは、こういうかけがえのない呟きをそっと出せる働きなのである。

「富山の薬と越後の毒消し」は、まるで安吾が自分の死期を自覚したかと思われるほど幽遠哀切な文章だ。われわれ泡沫《ほうまつ》のような人生が生みだされているその根源の母胎を探訪にゆく巡礼の旅のようなきびしい哀調に満ちている。我々の帰ってゆくべきところ……この泡沫の人生が再び根源の母胎に還《かえ》りつく……そのとめどのない生滅の大地の響きをソッと語り聞かせてでもいるようだ。

さて「安吾新日本地理」の至るところに語り出されるさまざまの歴史の談義だが、安吾はそれを自分でも探偵眼だと云って、史眼だなどとは云っていない。何ものにもとらわれることのない文学者の奔放な観察と想像の方が土着の神話のありかたを説き明かす時には、しっかりとした頼りになるか、わからない。

猿田彦《さるたひこ》の話など何度読んでも愉快である。

けだし安吾は、この「安吾新日本地理」のあとに、日本の古代から自由な探偵眼による「安吾日本歴史」とでも呼ぶべき構想があって、実は日本各地の巡歴はその下検分ぐらいの気味合いであったろう。

「安吾史譚」は「オール読物」に連載されたものである。

安吾の歴史モノのなかでは決して本格的なものではないが、安吾の人柄を回顧するには、一等なつかしい読物だ。

例えば「直江山城守《なおえやましろのかみ》」や「勝夢酔《かつむすい》」などを読むと、坂口安吾という人間があらかたどのような人間の生きザマを愛しようとしていたかがわかるだろう。

その「直江山城守」のなかで、安吾は「しかし、本当に天分ある人間は、道をたのしむことを知っており、本来の処世に於《お》ては無策のものである。秀吉にしても、家康にしても、信長が急死して天下の順が自分にまわりそうになるまでは、自分の天下、というようなことは考えないのだ。秀吉は信長の一の家来で満足したのであろうし、家康は格別の盟友で満足していたであろう。本当に天分ある人は、本来そういうものである」と云っている。

これは卓見などというものではなく、安吾の人格が腹の底で諒知《りょうち》していた爽快《そうかい》な信念だ。安吾その人が、道をたのしむことを知って、本来の処世に於ては全くの無策であった。己の生命のありようのむなしさを心魂に徹して知っている者は、純一蕪雑、光風霽月《こうふうせいげつ》、策を施するなどというバカげた事に執心する筈がない。実にもう嬉々《きき》として、必滅の心身を存分に働かせながら、亡びに至るまでのことだ。

安吾はあらゆる生活と思考に西欧の実質主義をザックバランに持ち込みながら、その根本に於て、淋しい東洋の哲人の俤《おもかげ》があった。だから安吾の根本にこの「道をたのしむ」という思想のあることを忘れてはならぬ。究極に於て、安吾は最も激烈な求道者であり、その生涯はまぎれなく己を知り人間のなりわいを知ろうと奮闘した誠実な魂の求道の歴史であったと云える。

第三巻

この作品集は坂口安吾の初期の作品から、少なくともその中期末に亘《わた》る、長年月の代表作を収録したものである。だからその作品の趣きは、例えば「風博士」「竹藪《たけやぶ》の家」「紫《むらさき》大納言」「孤独閑談」「波子《なみこ》」等、どれを取ってみても形式内容ともに、いちいち、見ちがえるような夥《おびただ》しい変化を示しているだろう。

坂口安吾という人は、一見はなはだ磊落《らいらく》放胆に見えながら、その実、きわめて暗鬱厭人《あんうつえんじん》の人柄でもあった。その放胆は、即ち傷つきやすい安吾の尖鋭《せんえい》な精神が装った人間に対する優しい最後の友愛の手でもあったろう。

初期の作品を見るならば、晦渋《かいじゅう》で沈鬱《ちんうつ》な安吾の暗い青春と、その暗い青春が当然模索も定着もなしえないような、やりきれぬ憤怒に満ちている筈だ。

いや、そのやり場のない憤怒はやがて「白痴」に見るような巨大な人間是認と寛容を示すに至るのである……。

では、安吾の晦渋な青春が、どのように己の精神と肉体の表情を模索したか……。

「木枯《こがらし》の酒倉にて」は先《ま》ず、安吾の生存する発端の旅情がさながら、煮えたぎるルツボのように、単純に、また象徴的に語られていて、安吾の洩らす呻吟《しんぎん》の声が、丁度原人の呻吟の声のように、太く、一本に、聞こえてくる。

安吾は、霊肉の両面に於て、なみはずれて鋭敏で激越な膂力を持ち合わせていたから、その両面から奔騰《ほんとう》する彼の殺伐な青春は、おそらく語りにくかったに相違ない。

「風博士」や「竹藪の家」のように奇ッ怪で真率な表現上の突撃がしきりに繰り返された。

「黒谷村《くろたにむら》」は彼が描き得た初期の最も整斉とした作品の一つに数えられるかも知れぬ。安吾はポーやボードレールに縦につながろうとする旺勢《おうせい》な西欧の知性を持ち合わせていたが、同時にまた、おそらく井伏鱒二《いぶせますじ》氏や太宰治と比肩出来る得がたい漂蕩《ひょうとう》の作家でもあった。

この三人の横につながる相似を数えても意味があることかどうか、分らないけれども、例えば「孤独閑談」や「古都」を読んでみ給え、傑出した日本の近代文芸に見る、みずみずしい一つの水脈が、この三氏の思いがけない姻戚《いんせき》の文芸によって支えられていると、ふっとそんな気持がすることがある。

さて、安吾はその類《たぐ》い稀《まれ》な純潔をおしつめていって、彼の孤独を決定的なものにした。と同時に、彼の生存の二つの面、つまり霊と肉を、何物にもとらえられることのないあるがままの素朴さで、受けとめようとする熱願に燃えたかに見える。

正覚を得たかったのである。その安吾流の求道の放浪は、例えばこんなふうに語られる。

「この弁当屋で僕はまる一年余暮した。その一年間、東京を着て出たままのドテラとその下着の二枚の浴衣だけで通したと云えば、不思議であろうか、微塵も誇張ではないのである。夏になればドテラをぬぎ、春は浴衣なしで、ドテラをじかに着ている。多少の寒暑は何を着ても同じものだ。そうして時々は酒をのみに出かけもしたし、祇園《ぎおん》のお茶屋へも行った」（古都）

この何物をも投げ出しつくしたような凪《なぎ》模様の美しい文体を見るがいい。彼はドテラ一枚と下着の浴衣二枚だけを持参して光の射さない京都の弁当屋でまる一年の間、暗鬱で無学なドン底の生活を送る。

「東京を捨てたとき胸に燃していた僕の光は、もうなかった。否、この袋小路の弁当屋へ初めて住むことになった時でも、まだ僕の胸には光るものは燃えていた筈だったのだ。隣りの二階は女給の宿で赤い着物がブラ下り、その下は窓の毀《こわ》れた物置きで、その一隅に糸くり車のブンブン廻る工場があった。裏手は古物商の裏庭で、ガラクタが積み重なり、四六時中拡声器のラジオが鳴りつづけ、夫婦喧嘩の声が絶えない。それでも北側の窓からは、青々と比叡の山々が見えるのだ。だが、僕には、もう、一筋の光も射してこない暗い一室があるだけだった。机の上の原稿用紙に埃《ほこり》がたまり、空虚な体を運んできて、冷たい寝床へもぐりこむ」(古都)

しかし、この無為徒労の京都の陰鬱な一年間の生活は、おそらく安吾の文学に決定的な正覚を与えたことを私は信じている。

何故なら、彼の晦渋な文体は、この京都への旅を境として、瓜模様の、自在で清明なリアリティを見つけ出すからである。

「木枯の酒倉」も面白く、「風博士」も面白い。「黒谷村」「竹藪の家」それぞれに、その時その時の重厚な苦渋がにじみつくして、後の「白痴」への展開を約束しているが、尚且《なおか》つ私は「孤独閑談」「古都」に現れた安吾のスガスガしい瓜模様の文体を愛するものである。

文体ではない。安吾はようやく何ものにもまぎれない自在さで、己を語り得る正覚を得たのである。

いってみれば鼻唄《はなうた》まじりで、市井万般の生活と狂躁《きょうそう》を語りながら、その生活と狂躁を、さながら長大な時間の中に漂蕩させ得る程の、充溢《じゅういつ》する孤独を得た。

自分さえ、巨大な時空の中に戯画化出来るほどの豊饒《ほうじょう》な孤独である。

安吾は、己の純潔の故に、身心から発生する万般の俗な派生物、従属物を果敢に投擲《とうてき》しはじめてゆく。

その判定はとらわれることのない虚空の心からであり、その果敢さはゴータマかクリスト程の壮烈さであった。

そうして、その大本の安吾人生が確立したのは、暗鬱無為と自称していた京都の一年の、放浪生活の揚句からではなかったろうか。

安吾の仮構人生に関しては、ほかの解説でくりかえし述べた。安吾は、求道者の潔癖さをもって、是々非々、己の身心のまわりに群りよってくる従属物をかなぐり捨てていくのである。

その身心の肉の面に於ては、決定的な能率主義を以て按配する。「処女は要るか？　要らない」「ハタキや箒《ほうき》を持つ女房という鬼になるな」「一寸のごみの中に坐《すわ》っている娼婦《しょうふ》になれ」等々。

その身心の霊の面に於ては、今度は乃木《のぎ》大将そこのけの徹底的な精神主義者であった。私はかりそめに安吾を歪曲《わいきよく》して云っているのではない。私自身安吾の口から、マックアーサーに対する礼讃《らいさん》の言葉を聞いている。

安吾ほどの虚空の男には、その時々の時務の弁は無いのだから、本質的な親近と共感を覚えているものに相違ない。

繰り返しのべた事であるけれども、安吾は西欧の文明から殆《ほと》んど肉体に染みつく程の影響を蒙《こうむ》りながら、また日本の鋭敏な詩的発想と跳躍を、そのすさまじさに於て、甚だ愛好していたようだ。

旅先の宿などで、よく伊勢《いせ》物語や謡曲の一節を、自分流につくりかえて凄婉《せいえん》に物語っていたのを覚えている。

「紫大納言」はそういう詩的跳躍の作品であるだろう。

私は安吾を通読してみて、結局に於て、安吾の本質が雄渾《ゆうこん》な詩人であることを痛感した。例えば「波子」を読んでみても、作品の出来の良し悪しは知らないが、まるでリルケの清澄な作品をでも読み終ったような後味が感じられる。

第三巻収録作品の発表年代は次のようである。

「木枯の酒倉から」言葉二号・昭和六年一月

「ふるさとに寄せる讃歌」青い馬創刊号・昭和六年五月
「風博士」青い馬二号・昭和六年六月
「黒谷村」青い馬三号・昭和六年七月
「海の霧」文芸春秋・昭和六年九月号
「竹藪の家」文科（連載）・昭和七年
「蟬」文芸春秋・昭和七年二月号
「小さな部屋」文芸春秋・昭和八年二月号
「姦淫に寄す」行動・昭和九年五月号
「淫者山に乗り込む」作品・昭和十年一月号
「逃げたい心」文芸春秋・昭和十年八月号
「閑山」文体・昭和十三年十二月号
「紫大納言」文体・昭和十四年二月号
「木々の精、谷の精」文芸・昭和十四年三月号
「勉強記」文体・昭和十四年五月号
「盗まれた手紙の話」昭和十四年頃
「孤独閑談」昭和十六年頃
「古都」現代文学・昭和十七年一月号

「波子」現代文学・昭和十六年九月号
「真珠」文芸・昭和十七年六月号

第四巻

「坂口さんはエッセイストですね。小説よりエッセイの方がずっと面白い」

などと、時に人から云われると、いつもムキになって、

「そんなバッカバッカしいことがありますか」

怒って答えていたのを二、三度見かけたことがある。

安吾の願っている根本の文芸が、その奉仕の精神にもかかわらず、はなはだ独自であるからのことで、例えば「桜の森の満開の下」などという傑作でさえ、或る雑誌で没書になっている。かけ出しの作家の作品ならまだしものことだ。既に「白痴」を書き「堕落論」を書いたブームの時代にさしかかっており、また、没書にした当の編集長は気骨のある見識の広いジャーナリストで知られている人であったことを思う時に、安吾の文芸の容易ならぬ孤独を考えないわけにはゆかぬ。

しかし、誰が何と云おうと、坂口安吾という異常な魂が喘《あえ》ぎつつ探し求めた文芸の精髄はこの第四巻に結実されているといっても過言ではない。

ここには安吾という無限の自由を享受しようと奮闘した孤独な人格の精神形成の秘密が、最も気質的に、また最も芸術的に表現されているのを見るだろう。

「安吾巷談《こうだん》」のなかでも、「堕落論」のなかでも安吾の仮構人生、つまりフィクションの世界の出来事は愉快に語られているけれど、その安吾の仮構人生、乃至《ないし》、フィクションを、安吾が自分の観念のなかに打ち建てたその自由人としての気質の醸成されてゆく経過は彼の小説のなかに悉《ことごと》く、又、緻密《ちみつ》に物語られているように、私には思われる。

例えてみると「いずこへ」という作品のなかにこんなことが書かれてある。

「私は女がタスキをかけるのは好きではない。ハタキをかける姿などは、そんなものを見るぐらいなら、ロクロ首の見世物女を見に行く方がまだましだと思っている。部屋のゴミが一寸の厚さにつもっても、女がそれを掃くよりは、ゴミの中に坐っていて欲しいと私は思う」

これほど斬新《ざんしん》に己の仮構人生の壮烈さを物語ったものはほかにないだろう。何となれば「部屋のゴミが一寸の厚さにつもっても、女がそれを掃くよりは、ゴミの中に坐っていて欲しいと私は思う」。

こういう女を安吾は自分の仮構人生のなかに設定して、己の自由人としての覚悟を鼓舞した訳である。安吾その人が自分自身の人生観をフィクションの上で拡充していって、その拡充していった世界の中で、女という者は襷《たすき》などかけて、女房という鬼になってはいけない……一寸のゴミのなかに坐っている女の方がいい……ということを安吾流の人生観の上に設定して、そういう女に憧憬の心を寄せる……。事実の憧憬であろうと、仮構の憧憬であろうと、自《おのずか》ら別の事だ。自由人としての女を安吾流に仮構して、その仮構された女性に己を対比して、自分の自由人としての自覚を深めようと考えたのである。

然《しか》しながら、安吾その人の本質は、甚だ思い遣《や》りの深い、潔癖な人であるから、この一寸のゴミの中に坐って掃きも何もしない女という仮構の理想と、自分自身の気質的な人間としての理想と何時も喰《く》い違ってゆくわけで、安吾の苦しい戦闘は、いつも己が選び取る仮構人生の壮烈さと、自分自身の本質的な人間性との間におこるはげしい相剋《そうこく》と摩擦とであったと考えられる。

安吾は同じく「いずこへ」という作品のなかで、

「私が鍋釜食器類を持たないのは夜逃げの便利のためではない。こればかりは私の生来の悲願であって——どうも、いけない、私は生れついてのオッチョコチョイで、何かというとむやみに大袈裟なことを云いたがるので、もっともこうして自分をあやしながら私は生きつづけてきたのだ」

ということを書いているが、鍋、釜、食器類を部屋のなかに置かない、女を置かない、なおさら、鍋、釜、食器類をもってくる女を自分の家の中に連れ込まない……これが安吾の繰り返し選び取ろうとした仮構人生の悲願である。その仮構人生の悲願は「——どうも、いけない、私は生れついてのオッチョコチョイで」鍋釜食器類が入り出すと際限もなくその鍋釜食器類を身の周りに並べたがり、人生を楽しみたがり、女を寄せたがる……いや、安吾その人というよりは、人間のつらい歴史として見立てながら、そういう己から乃至は人生から、すばやく離脱したいという安吾の悲願が「自分をあやしながら生きつづける」というフィクションの誕生を物語るわけだろう。

「いずこへ」という作品自体は格別勝《すぐ》れているとも思えないけれども、安吾の気質と、そこから仮構人生に壮烈に飛躍してゆく状況が克明に、又、最も独創的に物語られている点で見逃しがたい作品であると私は思うのである。だからその作品のなかで、

「『僕は釜だの鍋だの皿だの茶碗だの、そういうものと一緒にいるのが嫌いなんだ』と、私は品物がふえるたびに抗議したが」

という女に対する抗議は、同時に自分に対する厳しい戒律になっており、自分の道の上での覚悟であり、安吾の仮構人生上の壮烈な悲願であって、その悲願の形づくられてゆく経過、ならびにフィクションと実人生の相剋してゆく哀しみが、まことにユニークな形で語り続けられているのである。

おなじく、その「いずこへ」の中で、

「真実の娼婦は自分の陶酔を犠牲にしているに相違ない。彼女等はその道の技術家だ。天性の技術家だ。だから天才を要するのだ。それは我々の仕事にも似ている。真実の価

値あるものを生むためには、必ず自己犠牲が必要なのだ。人のために捧げられた奉仕の魂が必要だ」

ということをも語っている。

この場合の娼婦は巷《ちまた》の娼婦をいっているのではなくて、安吾の最も愛好するところのマ、ノンとか、自由な女達とかいうほどの意味合であって、そういう勝れた娼婦達……安吾が夢想のなかで描いている最も素晴らしい女性達……は、必ず自分の陶酔を犠牲にしても彼女らの真価を発揮するということを繰り返し述べている。安吾の仮構人生が希求するところの女の在り様は、一寸のゴミが積ってもハタキやチリハキを持つことをしないで、一寸のゴミの中に坐っていて娼婦的ではあるが、その戯《たわむ》れの際ですら尚かつ自分の陶酔を犠牲にする。真実の娼婦はそこまでいっていなければならないものだ。それが天才であり、芸術家というものだと異常な己の仮構人生の悲願の成立をこの作品のなかに存分に語っているのである。

さて、「いずこへ」の最後のあたりに、

「私はそのころ最も悪魔に就いて考えた。悪魔は全てを欲する。然し、常に充ち足りることがない。その退屈は生命の最後の崖だと私は思う。然し、悪魔はそこから自己犠牲に回帰する手段に就いて知らない。悪魔はただニヒリストであるだけで、それ以上の何者でもない。私はその悪魔の無限に退屈に自虐的な大きな魅力を覚えながら、同時に呪わずにはいられなかった。私は単なる悪魔であってはいけない。私は人間でなければならないのだ」

この一節の告白ほど安吾の美しさを表白している言葉はないだろう。

安吾は自分自身でも自在に存分にふるまい、又、女にも自在に存分にふるまわせることを心掛けながら、安吾流の傍若無人の仮構人生を樹立しようとしたが、尚且つ、悪魔に身を売る様なこと、……悪魔の満ち足りる事の無い無限の退屈、という事に対しては、呪わずには居られない。自分は単なる悪魔であってはいけない。自分は人間でなければならない。こう云う無類に美しい言葉を描き残しているわけである。従って、安吾は最も愛着の深い、又、最も思い遣りの深い、潔癖な自分の本質的な気質の故に、旅立つ今様西行《さいぎょう》風に、自分の新しい仮構人生に対する壮烈な悲願を抱いて、次第に求道者の姿を帯びて来る。その求道者の姿を帯びて来る時に、「己の欲するものを捧げる事によって、真実の持続に至る事、己を失うことによって己を見出《みいだ》す……」と聖僧のような人生観、信念を吐露《とろ》しながら、その人生観を悉く自分の実践によって、裏付けてみたいという気構えを持つに至った。従って安吾地理や安吾巷談は、多く、その仮構、人生の重畳《ちょうじょう》した悲願の上に愉快な一場のファルスを描いてみせたものであって、彼の小説はその根柢《こんてい》にある自分の気質の由来を忠実に物語ったものであるということができるかも知れぬ。彼の気質の最も代表的な作品は、「桜の森の満開の下」並びに、「夜長姫《よながひめ》と耳男《みみお》」であったのではないか。

私は坂口安吾と昭和十六年の夏に、越後河口の安吾の姉の家に一泊し、その縁先で、雨の降る日に、一日中飲み続けた事があったが、「安吾さんは、世界の童話の中で何が一番好きだね？」

と私が訊《き》くと、安吾は即座に、

「赤頭巾《あかずきん》だよ、赤頭巾。狼にぱくぱく食われてしまう赤頭巾。凄《すご》みがあるじゃないか」

と云って居た。又、伊勢物語の一節であったと思うが、男が女をおぶって逃げて、白玉の露の中を走りながら、野中の一軒家にたどりつき、はげしい雷雨の中で、女を押入の中に隠し、自分は外で見張りをしているうちに、いつのまにか女が鬼に食われてしまっていたという物語を殊更愛好して、何度も私に語って聞かせた事がある。

こういう安吾の淋しい、気質的な人柄は、殆ど詩的と云っていい位の多くの作品を生んでいる。その気質に最も忠実な詩的作品が、「桜の森の満開の下」と、「夜長姫と耳男」等の系列ではなかったか。

「白痴」は彼が抱く人間への信頼と不信の間に大きくブレながら、その人間の哀れさ、空しさを、透明に、殆ど神のように描き得た稀有《けう》な作品であった。安吾が到達した極限の世界であるというよりも、日本の特定の時期、並びに、人類の特定の時期が到達し得た極限の自由さで語りつくされて、殆ど神の表現に近い斬新さと、とめど無さと、美しさに満ちている。おそらく現代が記録し得る最大の古典の一つであるだろう。

それにくらべると、「いずこへ」、「二十七歳」、「風と光と二十の私と」などという作品はその自分の気質の来由をなるべく正しく、又、なるべく事実に即して語りたいというもどかしい願いがあって、そのもどかしい願いのたどたどしさから生まれ出したような作品であり、しかしその真摯《しんし》な求道者としての面を至る所に露呈して、安吾という巨大な人柄の形成される秘密を物語っているものと考えられる。

安吾は頻《しき》りに「ナポレオン程の鉄石心を持った男でも、その自分の家に帰る時には些《いささ》かのためらいの心を持った。自分は自分の家に女房も居らず、家具も無く、何物も無い……蒲団《ふとん》一枚とどてら一枚だけの家であるにも拘《かかわ》らず、その四畳半に帰って行く時には何ともやりきれぬ些かのためらいの心がおこる。悲しい気持が湧く」と語っていたが、安吾の空漠な人柄の中に湧いている悲しみというものが、実に底深く、又、簡明に語られていて切なかった。

繰り返し語るように、安吾の仮構人生が祈願する所の女というものは、一寸のゴミの中にいても、ハタキをかけてはならず、じっと坐っている方がいい……女のハタキをかけている姿を見る位なら、いっそロクロ首の女を見ている方が面白いと云っているにも拘らず、安吾自身が行った恋愛というものはひどく純潔な、プラトニックな、少女的な恋愛であって、「二十七歳」の中に、矢田津世子《やだつせこ》に対する恋の気持がながながと表現されているのを見ても分るだろう。つまり安吾その人は、甚《はなは》だプラトニックな、純潔な、素朴な愛情の持主であり、その自分のあまりの純潔さの故に、自分からなるべく早く離脱して、自在な女の擁護並びに自在な自分の擁護、並びに自在な人間の擁護を、その仮構人生として組み立てていったものではないか。

例えば矢田津世子との恋の状況を、

「その日、帰宅した私は、喜びのために、もはや、まったく、一睡もできなかった。私はその苦痛に驚いた。ねむらぬ夜が白々と明けてくる。その夜明けが、私の目には、狂気のように映り、私の頭は割れ裂けそうで、そして夜明けが割れ裂けそうであった」

これ程美しく語られた安吾の気質的な文章もないだろう。従って、安吾の根本における純潔さというものは、立ち所に安吾を追放して、安吾の例の仮構人生の方に旅立たせる。殆ど求道者の壮烈さを以て……だ。

また、「暗い青春」の中に、

「これもそのころの話だ。私は長島と九段の祭で、サーカスを見た。裸馬の曲乗りで、四五人の少女がくるくる乗り廻るうちに、一人の少女が落馬した。馬の片脚が顔にふれた。ただ、それだけのことであった。少女の顔は鮮血に彩られていた。驚くべき多量の鮮血。一人の男衆が駈けよりざま、介抱という態度でなし、手をつかんで、ひっぱり起した。馬の曲乗りは尚くるくる廻っているから、その手荒さが自然のものでもあった。少女は引き起されて立ち上がり、少しよろめいただけで、幕の裏へ駈けこんだが、その顔いっぱいの鮮血は観衆に呻きのどよめきを起したものだ。然し一座の人々の顔は、いたわりでなしに、未熟に対する怒りであった。少女の顔にも、未熟に対する自責の苦痛が、傷の苦痛に耐えている険しさだった。

無情も、このときは、清潔だった。落馬する。馬の片脚が顔にふれる。実に、なんでもない一瞬だった。怪我などは考えられもしないような、すぎ去る影のようなたわいもない一瞬にすぎないのだから、顔一面にふきだしている鮮血は、まるでそれもなんでもない赤い色にすぎないような気がしたものだ」

と云っている。この直後に安吾は突然自分から曲馬団の中に入れてくれと哀願するのであるけれども、この気持の咄嗟《とっさ》な移行は、安吾が最もナイーヴな、素朴な純潔さに居ながら、突然求道の心に追いたてられて、ヨガの行者のように自己を苦しめ、戦いに向かって行くその経過を物語っているのではないか。

繰り返すが「女は娼婦の様に振舞わなくてはならない。女は娼婦の様に自在でなくてはならない。女はしかしその娼婦の時にすら、自己を犠牲にする」。

安吾はこのような娼婦というものの美しさを自分の心の中に仮設してこれらの娼婦にあこがれた。従って、その言葉が繰り返し語っている、「秀《すぐ》れた娼婦は芸術家の宿命と同じ事で、常に自ら満たされてはいけない。又、満たし得る由《よし》もない。己は常に犠牲者に過ぎないのだ」という安吾の言葉は、安吾の生涯の根本を貫く求道者としての魂の叫びであった。

「芸術家は、（私はそこで思う）人の為に生きること、奉仕の為に捧げること、私は毎日そのことを考えた」

坂口安吾の生涯は己の作った自由人としての仮構の人生のために、滅私奉公の様相を呈しながら、その滅亡に至ったものである。

第五巻

この巻に収められた作品は、あらまし、坂口安吾が謂《い》うところの流行作家になってからの作品ばかりである。「青鬼の褌《ふんどし》を洗う女」が昭和二十二年。「ジロリの女」「金銭無情」が二十三年。「にっぽん物語（火）」が二十四年から二十五年。作者の年齢からいうと四十二歳から四十五歳に至る迄の作品が主である。安吾はよく、「人間ウケに入ってからでなくっちゃ、ほんとの仕事なんか出来ませんや」と笑いながら云っていた。読者は安吾のこの言葉の愉快な含蓄を味わいながら、ここに収録された作品と、読みくらべてみるがいいだろう。

もっとも、安吾の「人間ウケに入ってからでなくっちゃ……」の言葉の意味合いは、別のところにあって、私の思い違いでなかったら多分、こうだ。

達人というものは、どんなに惨烈な状況にあっても、鼻唄まじり、その状況を、己を成就しつくすところの申し分のない環境だと自覚する。このような自覚に達すれば、人間、もういつでもウケに入っているようなもので、身のまわりの一切が、己を成就させるための贅沢《ぜいたく》きわまりない環境であると云ってみてもさしつかえないだろう。安吾が「信長」を熱愛したのは、この自己鼓舞の偉大な先達を「信長」の中に見たからであった。

昭和二十二年という年は、安吾が鬼神のように奮起した年である。それこそ、ウケに入っているという快活な自覚を堅持して、思いわずらうことなく存分に己を発揮した年である。その前年「堕落論」と「白痴」を発表してからは、まるでもう鼻唄まじり、ドカドカと矢継早に、おびただしい作品感想の類を放り出していった。

作品の出来る前後には時に苦渋の色を見せ、大酒をあおることなどもあったけれど、一たん原稿紙に向かってしまうと、安吾はサラサラサラサラと一晩に四十枚ぐらいの原稿を書き上げてしまうこととぐらい何でもなかった。

わかりやすい文字を、原稿紙の枠の中に鉛筆で綺麗《きれい》に書き流して、殆ど推敲《すいこう》のあとを見せぬ。喋《しゃべ》るように書いたというよりもその思考の流露するたしかさが、余計な修飾を少しも必要としなかったと云えるかもわからない。

いや、どんなにブザマに投げだしても、息づいているだけの安吾の重量は必ずその文体の中にのりうつる筈だという、安吾らしい確信に満ちていた。誠に文は人也《なり》をその極限に於いて諒知し、実行し、何の渋滞するところもないのである。

昭和二十二年。坂口安吾は矢口ノ渡《やぐちのわた》しの近傍、大田区安方町《おおたやすかた》九十四番地の家に住んでいた。もともとお母さんの家で、お母さんの死後は、安吾のモノになっていたか、兄さんのモノになっていたか知らないが、戦争で罹災《りさい》した従姉《いとこ》の家族を、何分留守番代りのようにして同居させ、本人は例によって風のように、コッチにふらふらアッチにふらふら、浮浪者同然の生活を続けながら、例の巨弾のような夥しい作品を産み続けた。

戦争と敗戦。

このはげしい価値の変動は、あらゆる階層の人々を動顚《どうてん》させていたが、安吾はその中で、自分だけは何物をも失わないことを確実に知っていた。もし失ったとすれば、とっくの昔に失いつくしていたからだ。

「君らが失ったと思うものははじめっから無かったものなんです。そういうまやかしの妄想を棄てて、早く人間の平常心に帰りなさい」

おそらく「堕落論」がくりかえし語っていたものは、たったこれだけの、たしかで優しい慰安と激励の言葉であったろう。

安吾が彼の長年に亘る放浪生活の中で体得した平常心から語り出す言葉が、動顚している世の人に与えた目覚しいほどの効果は当然のことであった。

彼は生きてひしめいているこの人間のあわれな実体を知っていて、その上っ面のあたりにまぎらわしくはびこっているさまざまの偶像や道徳や風俗、人情の脆弱《ぜいじゃく》さをハッキリと知っていた。何故なら、安吾の長時間の放浪は、彼に何十年かの間、絶えることのない戦災を与えつづけていたようなものだから……。

焼け出されたと云うならば、彼はとっくの昔に焼け出されて、自分の体と心だけを空の中に放り出していたのである。

彼はその放浪の果てで偉大な脱落者だと思いこんでいた。偉大なと云うのは無用だということとはほとんど同じ意味であったろう。無用な脱落者だと思いこんでいたその脱落者の思考が、最も正確に人間のありようを知っていたことに日本中が気がつくには、巨大な戦火を必要としたわけだ。安吾が戦火を必要としたのではない。戦火は安吾の思考をいささか強力にした作用はあったかもわからないが、安吾その人は十年昔から、全く同一の生き方にのみ生きていた。戦火を必要としたのは日本である。

こうして安吾の思考は、日本の最も健全な常識を代表し得る日が来たのである。

一朝目覚めてみると、彼は流行作家の頂点に立っていた。

私が戦後安方町の坂口安吾を訪ねていったのは、丁度「青鬼の褌を洗う女」が書かれた前後の時期である。彼はランニングシャツに、トレーニングパンツをはいて、二階の階段をかけ降りてくると、私が坐っている応接間の開け放された扉の前を、後ろ向きに駆け足の姿勢で駆け過ぎ、今度はもう一度前向きに駆け過ぎて、その振子のような奇っ怪な往復

の動作の後に、

「やあ！」

と昔ながらの人なつっこい声をあげた。

「どこにとまっているの？」

「石神井《しゃくじい》の連れ込み宿」

「バッカだな。オレのところに泊りなさい、オレのところに……。原稿紙ならいくらでもあるぜ。ドンドンと書きなさい。ドンドンと……。どこへでも持ちこむ」

やがて半パンツ姿の婦人が次々と運び込んでくれる御馳走《ごちそう》を並べ終った時に、

「この人は拾ってきたパンパンだ」

その婦人を振りかえりながら事もなげに笑い、ウイスキーとビールをちゃんぽんにゴボゴボと私のコップに注いだ。勿論《もちろん》のことこれが三千代《みちよ》夫人なのである。

私は安吾の厚遇に甘え、安方町の大饗宴《きょうえん》に馴染《なじ》んだが、私は今日迄、安吾が実行しようとしていた実験人生ほど風変りで、真摯で、愉快な生活を見たことがない。

安吾は半生の放浪と辛酸によって樹立した安吾人生の信条を、ことごとく、その実生活にまで、徹底させる意気込みに思われた。

例えば、彼は大工の前掛けのドンブリが人間の考案したポケットの類では一番理想的なものであるという断定のもとに、胸にデカイ袋をつけた洋服をつくってこれを着用に及ぶ。

さながら、安吾その人が、巨大なカンガルーに化けたあんばいで、私は見上げながら哄笑がとまらなかった。また安吾ガウンと称し、ドテラともガウンともつかぬ奇っ怪な部屋着を仕立てさせて着用に及び、大得意の有様であった。マッチがばかばかしいものだと承知をすれば、一切合切のタキッケをライターに変える。

これらはまあ、生活の便益の問題だから、かりに出来事に伴う自然の報復があっても、安吾独得の愉快な哄笑を以て終れば事は済む。

安吾が実行しようとした安吾人生の実践は、こんな生易しい生活の便益だけでは終らない。「青鬼の褌を洗う女」という作品を精読するならば、読者は安吾が彼自身の愛情の問題の中にまで安吾人生を徹底させる覚悟でいたことを感得するだろう。いや、事実徹底させていた。

「女房という鬼になるな」とは、彼が愛する人に、絶えず語り聞かせていた言葉に相違ない。

「男がするものなら、女もまた、仇心《あだごころ》、遊びと浮気はやってみてもいいだろう」と同じ公正な純理論から、安吾はその愛する人にも絶えずつぶやいていたに相違ない。

彼の半生の辛酸によって培われた安吾人生は、その純粋さの故に、退歩することを知らぬのである。グウタラな自己頓挫《とんざ》を許さない。

彼が愛情の中にまで安吾人生を徹底させようとする時に、その報復はもとより覚悟の前であった筈だ。

彼は彼の創出した安吾人生を徹底的に実践することによって、もろもろの長い人間の生活から申し分のない報復を受けることを期待した。その報復の上に、彼の孤独を、警抜《けいばつ》なファルスとして、きわ立たせてみたかったのではなかったか……。

私は時にそう思えることさえある。

ここに被告と検事が全く同一の人格であって、その論告が、人類史上の最も苛酷《かこく》な裁判より苛酷であるというようなバカなことがあり得ようか？　ところでそのバカなことが安吾という人格の中では常住起り得たのである。起り得たばかりか、酸鼻とでも呼びたい程の純粋さで、絶えず実行されていた。

安吾は、安吾人生という壮大な信条に則《のっと》って、卑小で女々《めめ》しい安吾自身を間断なしに論告させていた。その論告によってかもし出される警抜な悲喜劇を、思い切り愉快な哄笑に変えていた。

その哄笑ははじめのうちこそ、愉快な響きをあげていたが、次第に沈痛な、やりきれぬほど孤独な、空漠の響きに変っていった。

例えば安吾は、女の眼を通して、ある孤独の男の表情をこんなふうに語らせているのを見るだろう。

「私は知っている。彼は恋に盲《めし》いる先に孤独に盲いている。だから恋に盲いることなど、できやしない。彼は年老い、涙腺までネジがゆるんで、よく涙をこぼす。笑っても涙をこぼす。然し彼がある感動によって涙をこぼすとき、彼は私のためでなしに、人間の定めのために涙をこぼす。彼のような魂の孤独な人は、人生を観念の上で見ており、自分の今いる現実すらも、観念的にしか把握できず、私を愛しながらも、私をでなく、何か最愛の女、そういう観念を立てて、それから私を、また現実をとらえているようなものであった」

またその女が浮気をした直後、孤独の男の所に帰るとき、その状態をこんなふうに語らせる。

「私が熱のあいまにふと目ざめると、いつも久須美（その孤独な男）が枕元で、私の氷嚢《ひようのう》をとりかえてくれたり、汗をふいてくれたり、私は深い安堵《あんど》、それは言訳（浮気の）を逃れた安堵ではなくて心の奥の孤独の鬼と闘い私をまもってくれる力を見出すことの安堵、私が無言で私の二つの腕を差しのばすと、彼はコックリうなずいて、苦しくないか？　彼の目には特別の光も感情も何一つきわだつものの翳《かげ》もないのに、どうして私の心にふかく溶けるように沁みてくるのだろうか。私が彼の手を握って、ごめんね、と云うと、彼の目はやっぱり特別の翳《かげ》の動きは見られないのに、私はただ大きな安堵、生きているというそのこと自体の自覚のようなひろびろとした落着きに酔い痴《し》れることが出来た」

ないだろう。

この男の孤独が、安吾の平静な日の孤独によく似ていると信じても大したあやまりでは

しかし、安吾自身の生活は二十三、四年の頃から、急速に破局の様相を呈していった。私はその原因が何であったかを詳《つまび》らかにしない。ジャーナリズムの酷使……。それもあったろう。ヒロポン、アドルムの連用……。それもあったにちがいない。

が、根本は安吾の苛烈《かれつ》な安吾人生の徹底が、否応《いやおう》のない報復を安吾自身にもたらしたものと私は固く信じている。鬱病《うつびょう》の沈痛な発作の間から、ふと目覚めるようにして書いた「生れなかった子供」の哀調が、この間の事情をそっとつぶやいているように思われるからだ。

「にっぽん物語」その続篇「火」は、この鬱病の発作の間に、断続しながら、病院まで持ち込んで、書きついでいたものだ。

なお第五巻収載作品の発表年代は左の如くである。

「金銭無情」昭和二十二年二月。文芸春秋新社

「ジロリの女」昭和二十三年。文芸春秋四月号

「青鬼の褌を洗う女」昭和二十二年。週刊朝日二十五周年記念号

「火」群像　昭和二十四年十一月号より二十五年一月号まで連載

第六巻

年譜によると坂口安吾が歴史というものにハッキリとした興味をもち、史書を耽読《たんどく》しはじめたのは、昭和十五年、つまり三十五歳の時に小田原《おだわら》に移り住んで、三好達治《みよしたつじ》氏から、切支丹文献をすすめられて以来ということになっている。一たん事をはじめるとなると徹底しなければ承知しない性癖だから、おそらく、飲酒の時間のほかは、眠るのもやめるほどにして読み耽《ふけ》っていただろう。

その以前二十七歳（昭和七年）の時にもちょっと京都に旅行をしているし、三十二歳（昭和十二年）の時には一年近く京都に住んで、その周辺を絶えずほっつき廻っていたようだから、気分的、断片的には、この頃既に歴史への興味を抱くようになっていたかもわからない。

安吾の歴史小説らしい作品がはじめて発表されたのは、同人雑誌「現代文学」昭和十九年一月号の「黒田如水《くろだじょすい》」であって、書かれた時期はおそらくその前年の暮に近い頃だろう。「黒田如水」は「二流の人」として昭和二十年にその続篇が書き継がれた。

見らるる通り、先の戦争の模様が次第に悪化し敗戦に至った惨胆たる時期に、この雄篇が誕生を見たわけである。「二流の人」が出版されたのは昭和二十二年一月であり、版元は火野葦平《ひのあしへい》氏が主宰する九州書房であった。選集の第六巻を通読する人はすぐに気がつくことであろうが、この「二流の人」は安吾の歴史小説の根幹をなしているものであって、その後に書かれた「織田《おだ》信長」「信長」「家康」「梟雄《きょうゆう》」「狂人遺書」等はことごとくこの「二流の人」の中にそれぞれの萌芽《ほうが》を見るだろう。

安吾の歴史小説は大雑把に云って三群に区別することが出来そうだ。

その歴史に関する読書の緒口が切支丹文献であったから、切支丹モノを書きたいという熱望は早くからあった。「天草四郎《あまくさしろう》」を中心とする一大雄篇を描きたいとは常に口にしていたところであり、たしか原城址などを実地踏査に行ったこともある筈だ。それにもかかわらず、どういう原因からか、この切支丹モノは、オール読物に書いた片々たる「天草四郎」だけをもって終っている。

この片々たる「天草四郎」の中にも、史眼というような安吾流の斬新な活眼は開いておって、是非共収録してみたい一篇であったが、思い切って棄てたのは、安吾の切支丹モノに対する並々ならぬ意気込みを私はよく知っているからだ。

その晩年に至る迄、松平伊豆守《まつだいらいずのかみ》の息子であったか、天草の乱の陣中日記を税務署に没収されたとか云って、ひどくこぼしていたことがあったから、最後まで、求められれば書く意志があったろう。

つまり安吾の歴史小説の抱負の中には、「切支丹群」とでも呼ぶべき一群があって、これは安吾の死とともに、とうとう埋没してしまったわけである。

切支丹文献からたどってゆけば、いやでも、信長、秀吉、家康にはつき当る。つき当れば、それらの天才が、イノチを賭《か》けて行った自己認識と自己拡大の爽快さが、魔物のように安吾をとらえて離さなかった理由はのみこめるだろう。

いや、反対だ。安吾の自己認識と自己拡大の異常な自恃《じじ》は、これらの天才達の史譚をひっとらえてきて、遂に自家薬籠《やくろう》中のものにするのである。

ここのところは重大だから詳説しておくが、安吾は歴史を叙述しようなどと思っていやしない。単刀直入、信長、秀吉、家康の内フトコロに飛び入って、己をたしかめ、己にうなずくだけのことである。

だから、安吾の歴史小説は、例外なしに、精神の形成と、その突破と、拡大の物語だ。田楽狭間《でんがくはざま》に突貫してゆく信長の姿。三方《みかた》ガ原《はら》で大敗北を喫する家康の姿。信雄、家康が謀反の噂高い小田原陣中で、単身当の家康、信長のところへ遊びにゆく秀吉の姿等。

例えば「家康」の中に安吾のこんな言葉がある。

「本当に自由を許されてみると、自由ほどもてあつかいにヤッカイなものはなくなる。芸術は自由の花園であるが、本当にこの自由を享受し存分に腕をふるい得る者は稀な天才ばかり、秀才だの半分天才などというものは、もう無限の自由の怖しさに堪えかねて、一定の標準のようなもので束縛される安逸を欲するようになるのである」

坂口安吾は、この無限の自由、無限の空虚を知って、その中にイノチを賭けて遊んでみることの出来る稀有な天才の一人であった。その無限の自由の淋しさを時折、信長にたしかめて、静かに肯《うなず》き、秀吉にたしかめて、また静かに肯き、家康にたしかめて、また静かに肯くというのが、例外なしに彼の歴史小説なのである。

その根幹にある無限の自由の悲しみは、「桜の森の満開の下」(選集第四巻)という作品の中で美しく存分に語られているから、読者は照応して読むがよい。

安吾の歴史小説は、この信長―秀吉―家康――いってみれば「戦国群」とでも呼ぶべき一群の系列だけ、ほとんど完璧《かんぺき》と云ってよいくらいに作品化された。

もう一つの歴史小説群は「道鏡」にその頂点を見せた奈良朝の物語だ。三代の女帝にうけつがれてゆく精神の、無垢《むく》で華麗で雄大で奇々怪々な物語は、安吾の独壇場の観がある。ここでは性急に自己の覚悟をたしかめたり肯いたりすることなしに、安吾は悠々と、広大な無限の境涯に遊ぶのである。その豊麗な自在さの根源を知るためには、今しがた引用した安吾の文章を繰り返し読んでみるがいいだろう。

安吾は歴史に明るいというよりは人間に明るい。史眼を持っているというよりは、無限の自由を知って活眼を持っている。

この活眼をかりると、いかがわしい講談、秘史の類をかりてきても直ちに堂々たる人間像に転化する。けだし安吾は、歴史を描きたいというよりも、自分が諒解した天才の巨像を刻み上げて見たいのであろう。いや、無限の自由に対処するさまざまの天才達の自己認識自己拡大の様相をたしかめてみたかったのでもあろう。

安吾は大正期の作家のように、巨人を卑小にして足許《あしもと》にころがすようなことをしない。巨人を巨人のままに、その無限奈落の中に遊ばせて、彼等の堂々たる生きザマを活写する。その果てに「死のうは一定」のあわれな人間共の過ぎてゆくマボロシを弔《とむら》うわけだ。そうして安吾自身、この無限の自由のなかで存分に遊び、その無限の自由に身を削られて、佐《さ》藤春夫《とうはるお》氏の言葉をかりるなら「自然死の形で悶絶《もんぜつ》した」わけである。

作品成立の年代は、

二流の人　昭和十八―二十年
家　康　昭和二十一年
道　鏡　昭和二十二年
信　長　昭和二十七年
梟　雄　昭和二十八年
狂人遺書　昭和三十年

第七巻

自伝によると、坂口安吾が「吹雪物語」を書きはじめたのは、昭和十一年の暮で、昭和十二年の五月には、既に七百枚は書き上げられていたという。

坂口は昭和十二年の二月二日に、この小説の主題をなしているある恋愛問題（いや、なにもかくす必要がないとすれば、矢田津世子との恋愛の現実）を打切るつもりで、京都に旅立った。

彼自身の言葉によるならば、

「私は孤独を欲したのだ。切に、孤独を欲した。知り人の一人もおらぬ百万の都市へ屑《くず》の如くに置きすてられ、あらゆるものの無情、無関心、つながりなきただ一個、その孤独の中で、私は半生を埋没させ墓をつくる仕度をし、そして、そこから生れ変って来ようという切なる念願をいだいていた」

見らるる通り、「吹雪物語」は坂口安吾が彼の青春を一擲《いってき》する墓のつもりで書きはじめた作品のわけである。

しかしこの七百枚の小説は、もう一度彼の言葉を借りるならば、

「だが、かかる念願をもって、書き出した私も、架空な女を相手にして（架空でもない、

多少の手がかりはある女だが）いるうちはまだ良かった。やがて、あの人らしきものが現れてはもうだめ、私の観念は混乱分裂、四苦八苦、即ちロマンと称し、物語的展開とか、発展とか称する手法の自在性を悪用して徒《いたず》らに、自我を裏切り、裏切りながらシッポをだし、私の夢と私の現実というものは、あそこでは、ただ、各々嘘をつき、自分をだまそうとし、心にもなく見栄をはり、空虚醜怪な術策、手レン手クダのあげくにシッポをだす、というのが、つまりは、この気取り、思いあがった小説の性格をなすに至ってしまった。私は絶望し、泣いた」

という理由から、机の上にほうり出されたまま、一年の間、ホコリのつもるまま、投げすてられていたらしい。安吾は当時不流行作家であったから、月々三十円の生活費にも窮し、この小説の完成を催促する出版屋の督促をうけながらも、上梓《じょうし》する決心がつかなかったものらしい。

「あの頃、私は、何度死のうと思ったかも知れないのだ。私の才能に絶望した。こんなものしか、こんな嘘しか、心にもないことしか、書けないのかと思ったから。私は私の小説を破るよりも、私の身体を殺したかった」

安吾のこの言葉に多少の誇張はあっても、嘘はないと私達は信じておこう。こうして「吹雪物語」は約一年の間、机上にほうり捨てられた後に、昭和十三年の夏、安吾の上京によってはじめて出版屋に渡され、上梓されたわけである。

安吾はこの小説の悪夢に九年の間うなされたと云っている。いや、いつまでたってもこの小説を正視する勇気がないとも云っている。

安吾のこれらの懊悩《おうのう》と逡巡《しゅんじゅん》が何に起因するか私は深くは知らない。しかしながら、この小説の開始と同時に安吾の暗鬱な放浪が二、三年の間つづき、京都、取手《とりで》、小田原と転々しているようだ。

どういうわけか安吾の作品で、長篇は、例外なくひどい破綻をみせている。ひょっとすると安吾その人は、長篇を構成する造型の能力に欠けていたのではなかったかと疑われる時さえあるほどだ。

人によって意見の相違はあるだろうが、もし整斉《せいせい》と完備した作品をさがすならば、僅かに、「信長」という外はないかもわからない。

もっとも安吾その人が、首尾のととのった長篇を産んでなどというサモシイ魂胆をことさらにかなぐり捨てようと絶えず心掛けていたのかもわからない。

しかしながら、何の束縛や期限もなく、思うままに整斉と完備した筈のこの「吹雪物語」も至るところ破綻にみち、構成を欠いていて、読者はおそらく読了するのに多大の困難を感じるかもわからない。

ただ、この作品をささえている安吾その人の、観念的な、暗鬱な、荒涼の心象風景が、僅かに読者をつなぎとめてゆくのである。「吹雪物語」の吹雪は、安吾の心象のなかに、荒涼と吹き荒れていて、この吹雪が読者の心に降りつむかもわからない。

もとより、この小説は安吾の観念がおびきよせた架空のロマンであるけれども、安吾が繰り返し語っていることが事実とするならば、古川澄江という女のなかに、矢田津世子の幻影を様々に繰り展《ひろ》げていったものらしい。

何時《いつ》であったか、私が自分の恋愛を語ったときに、

「君、いいかげんに止《よ》せよ。君はひどい少女趣味だね」

とそんなことを云っていた。ところで、安吾当人が、実質的な、現実的な、女性観を絶えず文章のうえに展開しておきながら、その実、踏切《ふんぎ》りのつかない架空のプラトニックな愛に、半生の長い懊悩をみせている。

私は安吾と矢田津世子の恋愛がどのようなものであったか、何も知らぬ。大岡昇平《おおおかしようへい》氏の文章によると、加藤英倫が矢田津世子をはじめて安吾に紹介し、その時、矢田津世子は「坂口がWという頭文字で指示しているように、当時某二流紙の学芸部長」であった某氏と同席していたのである。

矢田津世子は当時からW氏とは情交があり、これを知らなかったのは、安吾だけ位のものであったらしい。

もっともこんなことがこの小説と関係があるものでもない。ただ安吾というひとが、はなはだ現実的、実質的に全生活をねじ伏せようと繰り返し宣言しながら、その実、のめり

こむような観念的、気分的、夢幻的な理想を終生手放すことができなかったということを申し述べれば足りる。

安吾の矢田津世子との恋愛がどうであれ、この「吹雪物語」のなかに語られている澄江という女性と卓一との恋愛が、安吾の本質的な恋愛の様相を語っているに相違ない。

安吾がいう通り、不決断な四年間の恋愛の果てに、女の実質を、安吾は安吾流に、奇っ怪きわまる純粋の女人像をきざみあげていったわけである。その女人像のまえに現実の女性が四年目に突然出現するわけである。

安吾は、たった一度の接吻《せっぷん》をかわし、懊悩動顚《どうてん》したあげく、その現実の女に絶交状をたたきつける。

これは安吾が繰り返し書いていることだから、私たちは素直にその事実を信ずることにしよう。

しかしながら、如何に瞬間の恋愛であれ、恋愛そのもののすべての表情と実質が、安吾が四年の間で離剰させた矢田津世子との恋愛と一般のものであるということを安吾は深刻に知っていた筈だ。

とすれば、安吾は、自分の矢田津世子との恋愛を四年の長さに拡大して、雄渾《ゆうこん》な、男女のファルスをしたてあげてみたかったのであろう。文芸として……。小説として……。私はし一切の男女の出来事を巨大な茶番として、肉化してみたかったのであったろう。

ばしばこの「吹雪物語」を読みながらこのように妄想するのである。

この妄想はあながち間違っていると思わない。若《も》し、そうでなかったなら、何故、安吾は矢田津世子事件に限り、誇大な繰り言を述べるのだろう。

つまりその根本に文芸的な野望があって、この事件の事実を暗黙のうちに、歪曲したに相違ない。もっとも、安吾の芸術的な稟質《ひんしつ》が、これを実行したのであって、安吾その人は事実この事件に懊悩動顚していたかもわからない。

ありようはこうだ。

安吾（安吾に限らない。総《すべ》ての芸術家）において、事実が先行する前に、無意識の文芸的な仮構人生が先行するのである。

これは重大なことであるから繰り返すけれども、安吾の根本の芸術的稟質は、矢田津世子事件に限り、特殊な不可解な女性を認容するだろうか？　認容しやしない。ただ、この出来事を暗黙のうちに巨大な人間の恋愛の茶番にまで高めてみただけのものだ。その茶番を如何ようにもして文芸として肉化してみたかったのだ。

四年間のプラトニックな思慕。そして現実的な再会……。

これほど恰好な題材があるだろうか。

が、安吾はこれを、今日まで流布されている文芸風には表現したくなかった。彼の野望がさせなかったのである。

そうして、その野望が描き得たものはこの貧しい「吹雪物語」であったわけである。当然のことに彼の野望は、この作品の貧しさに懊悩動顚しただろう。私は安吾の百万遍の弁明をよそに、この作品をこのように理解する以外にない。

このような暗澹《あんたん》たる苦闘をよそにして、「イノチガケ」は佳品である。少なくともその前篇は安吾の野望と、識見と、芸術的稟質と、調和的な整斉をみせている。ただ、あらゆる芸術を鑑賞するときに、読者は、その成功の部をみてはならぬ。不成功の苦闘を知るべきだ。いや、この故に芸術という奇っ怪な操作が人間になんらかの価値をもたらすだろう。

ちなみに、「吹雪物語」の初版本は戦時中であったために、いたるところ伏字を用いることになった。戦後これが復刻されるにあたり、元原稿が見当らなかったために、安吾自身、勝手な伏字復原を行ったわけである。しかし私は作品成立の当初に帰すべきだと信じたから、葛巻義敏《くずまきよしとし》氏の手持ち原稿によって、いっさいを補塡《ほてん》した。従って「吹雪物語」の戦後の流布本とは伏字の個所に限り、かなり相違しているかもわからない。

なお、満洲《まんしゅう》国内の地名のとなえ方は、安吾が自分で編集した戦後版に従った。

なお第七巻収載作品の発表年月は左の如くである。
「雨宮紅庵」昭和十一年。早稲田文学五月号
「吹雪物語」昭和十三年。竹村書房刊
「イノチガケ」昭和十五年。文学界七月号・九月号
「風人録」昭和十五年。現代文学十二月号

第八巻

坂口安吾が生まれたのは、明治三十九年（一九〇六年）十月二十日。新潟市西大畑《にしおおはた》町である。父の名は仁一郎、母の名は朝子（吉田氏）であった。十三人兄妹《きょうだい》の十二番目で、その本名の「炳五《へいご》」は、ヒノエウマ年生まれの第五番目の男の子という程の意味合いであったろう。

父の仁一郎は、憲政会の総務をやっていた代議士で、加藤高明《かとうたかあき》、若槻礼次郎《わかつきれいじろう》、町田忠治《まちだちゅうじ》らの政友であり、もう一、二年存命していたならば、加藤内閣か若槻内閣に、入閣していたろうと惜しまれた人である。

また五峯《ごほう》と号し、詩をよくした。森春濤《もりしゅんとう》の高弟であり、その子槐南《かいなん》や市島春城《いちじましゅんじょう》らとも親

交があった。

五峯の人となりを語った或人《あるひと》の言葉に「先生（坂口五峯）の最も嫌ったことは誇大と矯《きょう》飾《しょく》と虚偽とであった。随《したが》って寧《むし》ろ粗豪とも云うべき程真率の気質で、体裁ばかりよいようなこと、御座なりのこと、間に合せのことなどは先生の何処からも発見する訳には行かなかった」と書かれてあって、この父の詩人的な気質が安吾の人格の形成に、勿論のこと、大きい影響を与えたに相違ない。

五峯には「北越《ほくえつ》詩話」の著作がある。

坂口家の祖先は、もと肥前《ひぜん》の唐津《からつ》から、加賀《かが》の大聖寺《だいしょうじ》に移っていった九谷《くたに》焼の陶工であったとも云われている。間もなく越後《えちご》長岡《ながおか》へ移り、更に越後金屋《かなや》に移り、越後金屋から大《だい》安寺《あんじ》村に移住して、明治時代に至ったようである。

安吾の祖父の代には、米、大豆、麦の入付があらまし二千俵程もある大地主であった。従って、その一門には相当の豪傑も輩出したらしく、例えば何代前かのジイさんは、或時、良寛《りょうかん》を国上山《くがみやま》に訪ねて行って、互に唱和しながら半日の歓を尽したが、自分の家に帰りつくと「ありゃ、ナマグサ坊主だぜ」と云っていたそうである。

またその本家の誰であったか、毎日毎日、花火を打上げるのが大好きなオヤジがいて、寒中ですら花火をあげる。年がら年中、自分の家に食客をおいて、その食客をひき連れながら、馬に乗って新潟の遊里に遊ぶ。剣をとっても相当な腕であったらしく、自分で一派を開いて、「神道無念流坂口派」を称《とな》えたり、また詩文をよくし、碁も二段であったと云うような話が残っている。

私は坂口家にまつわるこれらの伝説をとりたてて、その血脈を云々《うんぬん》したい意向は毛頭ない。ただ幼年の日の安吾の耳に、自分の遠祖らの伝説が、なにほどかの愉快な反応を示したに相違ないことを申し述べてみたかったまでである。

父の仁一郎ははなはだ早婚の人で、十五歳で結婚したが、十六歳で東京に出奔し、一度連れ戻されてまた出奔、中村敬宇《なかむらけいう》の同人社に学んでいたと云われている。

十八歳で故郷に帰り、それからは自分の不平不満を詩文に託し、やがて、政治に興味を抱くようになったようである。

安吾はその父を評して「中どころの政治家だ」と語っていたが、多分に安吾の含羞《がんしゅう》の気持が混っていて、その父をどのように考え、またどのような影響を蒙《こうむ》っていたかは想像するよりほかはない。

安吾はその父仁一郎が四十七歳の時の子供である。

六歳で幼稚園に入園したが、しかし殆ど登園せず、安吾自身の回想によれば「悲しみに憑《つ》かれたようにひとり知らない街々をさまよい歩くことが多かった」と……。

八歳で新潟尋常高等小学校に入学。その校舎は当時のまま今もなお現存しているが、芸者屋の真中にあって「芸者学校、芸者学校」と呼ばれていたそうである。

安吾は手のつけられないあばれん坊で、毎日学校から帰ってくると書物包みは家の玄関に抛《ほう》り込み、近所の子供達をよび集めては、ガキ大将になっていた。

子供のことは万事放任主義のその父の仁一郎も、安吾の乱暴は手古摺《てこず》っていたらしい。

少年時代から、特に文章がうまいとか、文学書を耽読するとかいうことはほとんどなく、屋根裏にかくれて立川文庫を愛読し、猿飛佐助《さるとびさすけ》の真似をして、いきなり壁にかけ上がっては、逆様にひっくり返り、また壁にかけ上がっては逆様にひっくり返るという有様であった。

遊びが過ぎて、夕食に間に合わず、まっ暗になって帰宅して、その両親を困らせていたわけである。

十四歳、新潟県立新潟中学校に入学する。

「この頃より家に対して憎しみと怖れを感じ、海と空と風の中にふるさとと愛を感じた」と安吾自身が語っている。安吾の家からはすぐに防風林の松になり、砂丘になり、日本海になっていて、その砂丘の上の午砲台のあたり、少年の安吾を育成した波のウネウネと、風の音と、充満する無限の空と光が現前するだろう。

安吾の文学の根本の郷土は、つまりはこの無辺際の悲しみに存していたと、私は思う。

「家に対して憎しみと怖れを感じた」と云うよりは、家や人々のとめどなさをつき抜けたそのうしろに遍満する巨大な空があり、波があり、風の音があって、少年の安吾は砂丘の上に腹這《はらば》いになりながら、自分のほんとうの「ふるさとと愛」を探り当てたと云えるだろう。

十六歳。ほとんど学校に行かず落第した。しかし、ようやく谷崎潤一郎《たにざきじゅんいちろう》やバルザックを耽読しはじめたと自分で語っている。

十七歳、中学三年。家では心配して家庭教師をつけてくれたけれども、相変らず学校をサボって、晴れた日には砂丘の松林に通い、海と空を眺めて過ごし、雨の日には学校の隣りのパン屋の二階に寝ころがって、自分のはげしい心熱のやり場に弱り切っている有様であった。

従って学校の方はまた落第の気配であり、二度落第すれば放校と云うことになるわけだから、その父は仕方なく安吾を東京の戸塚諏訪《とつかすわ》町の家に呼んで、豊山《ぶざん》中学の三年に編入させたようである。

新潟中学を去る時にあたり、「余は偉大なる落伍者《らくごしゃ》となって、何時の日にか歴史の中によみがえるであろう」と安吾は学校の机の蓋《ふた》の裏に、小刀で文字を刻みつけたと云っているる。ポーやボードレールや啄木《たくぼく》などを人生の落伍者として愛し、自分をその列に加えるつもりでもあったろう。

豊山中学に転校してからも、相変らず学校をサボることはやまなかったが、しかし野球、水泳、陸上競技等の運動に熱中し、野球はピッチャーをやり、ハイジャンプではインター・ミドルで優勝した。

その父の仁一郎は早くからガンの診断を下されていたが、誤診ででもあったのか、衰弱しながらも二、三年の間持ちこたえた。

実は後脳膜より発生せる巨大なる紡錘《ぼうすい》状の細胞肉腫《にくしゅ》であって、安吾十八歳の時の十一月、戸塚の家で他界した。享年六十五歳である。

この頃、宗教に対して漠然とした郷愁のようなものを感じ、求道のきびしさにあこがれを持ったと云っているが、安吾の瞑想的《めいそうてき》、独断的、求道者の気質は終生様々の形で現われた。激越な求道者の面と、破戒僧の面と、この二つが絶えず安吾の鬱気《うっき》の底に揉《も》み合って、超人的な行をしたい願望を後々まで、持ちつづけているように感じられた。

二十歳。ようやく豊山中学を卒業する。「学校の嫌いな奴は大学へ入っても仕方がなかろう」という周囲の説をとり入れて、世田谷《せたがや》の下北沢《しもきたざわ》で小学校の代用教員をやったと安吾は後日語っているが、この頃安吾が山口修三という友人に与えた手紙を少しばかり引用してみると、

「去年の暮ごろから、私の家の財産整理があって、五万、十万くらいは残っているだろうと思われたのが、案外にも十万ばかりの借金になっていたことが分りました。兄は私に黙っていました。金のことについては兄は一口も私には言いませんでしたが、其の頃極端に神経過敏であった私には兄の心が手にとるように見えていました。もとより十万

の借金のことは聞かずとも私にはよく分っていたのでした。それから一月になって母が上京した時、母が一口も私にいやみを言わなかったのも、兄の腹から出たことを知っています。兄はその頃私が恐らく驚異的な速力でやむごとない心境にたどり付こうと苦しんでいたのを知っていたのでしょう。今まで家門や何かにこだわっていた母や何やかやも私の教員になることをすぐ賛成したようです。尤も大概の人達は私が教員になってしまってから初めて気がついたのでした。其の頃の私としては教員になるより外に仕方がありませんでした。実を云えば山へでも入って暮したかったのです。瞑想と自然がどれだけ私をそそのかしたか知れません」

これが下北沢分教場で、代用教員をやるに至ったいつわりのない安吾の状況であったろうと思われる。住居も荏原《えばら》郡松沢《まつざわ》村松原一七八三番地の石野則虎という人のところへ下宿しているようだ。

この頃の手紙は安吾の状況を語っていて面白いから、もう少し引用してみると、

「先日のこと生徒も外《ほか》の先生もみなひけたガランドウの学校でドッとくずれていると、何もかも分らなくなって、ただ『ああ、ああ』とためいきだけが出てくるのです。そのうちに思わずももくりと持ち上った奇っ怪な底力がまるで凱歌のようにウワッーとわき起って笑いに笑いぬくと、はては高々と叫んだのです。『やあ、めずらしや、安吾』非常に愉快であったようです。本当に愉快だったのかと聞かれると分りません。ただモダ

モダと身も心も愉快であるのではあるまいか、と思えば思われるのです。めずらしや安吾、と吾と吾を意識したのはひところといっても近頃しばらく自分自身のことが、自分自身のことがというよりは自分の存在が、吾と吾が意識に上らなかったからでありましょう」

二十歳の、小学校代用教員時代の、孤独なしかし精気に満ちた安吾の姿が、そのまま眼前に彷彿《ほうふつ》としてくるような感じである。

手紙を一見してみればすぐわかることだが、あとあととうずまき起ってくる想念を、ほんとうにぶっつけるようにして書いている。五枚、十枚、二十枚ぐらいの手紙はザラである。何の気取りもなく、まことに爽快で平明な文章だ。

見らるる通り安吾というペンネームは既に二十歳の安吾が使用しているのだから、炳五を安吾にあらためたのは、十代の末頃でもあったろうか。

炳五はもともとヒノエウマの生まれ年から取って丙午に音を合わせたものに相違ない。それを安吾とあらためたイキサツについては鵜殿新《うどのしん》氏が面白いことを伝えている。

実は中学三年まで安吾が学んだ新潟中学に、通称「河馬《かば》」という勇ましい漢文教師が居ってそのカミナリ教師が、

「おい、坂口炳五。貴様の炳五と云う名前はな、アキラカという意味の文字だぞ。ところで、貴様ときたら、まるっきりその逆様だ。坂口五峯先生の息子ともあろう者が、そんな

ことでどうなるんだ。今から炳五をやめて暗吾にしろ、暗吾」

こう云って、黒板に暗吾と大書したそうである。勿論教室の中はワッと湧きかえって、それから後は、みんな坂口炳五を「アンゴ、アンゴ」と呼び慣《なら》わすようになった。安吾はその「アンゴ」の音をかりて、やすやすと自分のペンネームに転化したわけである。ペンネームと云うよりは、早くから自分の呼び名に変えてしまっていたものかもわからない。

さて、安吾の初期の書簡の中にはいたるところに散見するが、この頃安吾を見舞ってい た瞑想的、求道的な衝動は段々はげしくなる一方で、とうとう二十一歳の春に、下北沢の小学校代用教員をやめて、東洋大学の印度《インド》哲学科に入学した。その下宿も池袋《いけぶくろ》に移したらしい。

この東洋大学印度哲学科入学後の安吾の勉強ぶりはすさまじかったようだ。悟りをひらく修業の為に、一日睡眠四時間の生活を一年半も続けたと云っている。これは誇張でも何でもなく、当時の書簡の中に、

「哲学者は概念を知るのである。僕は一日十五時間程ずつ、概念をこくめいにつめ込んだ。従って乃公は与太が三年かかるところを一年で仕上げた積りである」

また、

「僕が僕に如何に忠実であり、如何に愛しているかということは、僕の不断の勉強によって察して貰えるだろう。僕が如何に僕自身に忠実に動くかということは、君が忍術に

よって僕の部屋に一日姿を隠していれば、よく分るのだが……」

とも云っている。安吾が本気になって文学をはじめようと志したのはいつのことかわからないが、その下北沢代用教員時代の書簡によると、当時は主として和歌に精進していたらしい。親鸞《しんらん》の「和讃《わさん》」や白秋《はくしゅう》の「白金之独楽《はっきんのこま》」などを愛読していた気配がある。

日付はないが、東洋大学に入学した翌年の二十二歳の頃と推定出来る書簡の中にも、

「殆んど一時、このまま発狂するかと思ったこともあった。僕は、その今にも狂おうとし、今や狂いつつある心もちを、手をこまねいて、ふし倒れて、ああ、俺程の人間が、何も仕事をせずに死ぬのか、たった百ばかりの歌で死ぬのは残念だ、と考えていた。僕は、その頃、毎日ただ涙がこぼれた」

とあるから、和歌をつくっていたことはたしかのようだ。

なお、この書簡にも見られる通り、一日四時間睡眠の過労から、極度の神経衰弱にかかっていたようで、書簡の至るところに発狂の文字が見られるだろう。

この神経衰弱は梵語《ぼんご》、パーリ語、チベット語、フランス語、ラテン語等を勉強することによって、やがて克服したと自分自身で語っているが、またこの年、自動車にひかれ、大した事故ではなかったのに、とかく被害妄想が起りがちになったとも云っている。

一九二八年。二十三歳。安吾は東洋大学に在籍のままアテネ・フランセに入学した。彼の云うところに従うなら、同級生に菱山修三《ひしやましゅうぞう》がおり、モリエール、ヴォルテール、ボンマ

ルシェ等の作品を愛読した。

江口清《えぐちきよし》氏が、その頃の若い安吾の風貌《ふうぼう》を語っているから引用すると、「僕が坂口と識《し》ったのは（中略）彼が二十三歳のときで、そのころ彼は東洋大学の印度哲学科に籍をおいて、アテネ・フランセに通っていた。当時の彼は、まだ酒をたしなまず、詰襟服にそのころ流行していたオカマ帽をかぶっていた。彼はなかなかの勉強家で、クラスにはほとんど欠かさず出席し、ラテン語やギリシャ語もすこしかじった。アテネはたしか高等科二年の半ばごろで止めたと思うが、高等科一年のとき『賞《エロージュ》』を貰ったと記憶するから、彼のフランス語の基礎はしっかりしていたといえよう。若くして逝った長島萃《あつむ》と三人して、デュアメルの『深夜の告白』の読書会をしたことなど、いまでは遠い懐しい思い出である」

同じくアテネ・フランセ時代の坂口安吾を菱山修三氏が無類の美しさで語っているから、重複をいとわず引用させて貰う。

「アテネ・フランセのコット先生の教室ではじめて逢ったとき、坂口安吾はきちんと上等な学生服を着こみ、度の強い縁なしの近眼鏡をかけ、板机に肱《ひじ》をつき、いかにも無造作にアテネの教科書や辞書をわきによせ、ヴォルテールの『カンディッド』をひろげて読んでいた。坂口君は授業前の寸暇をおしんでその本を読みふけっていた。

隣りの空席に腰をおろしてわたしは学生らしく挨拶をし、それこそとりとめもない話を彼としだしたわけだが、坂口君は非常にていねいで、微笑がものやわらかで美しく、『——貴族だなあ』と僕は思ったものだ。秀才らしいとか勉強家らしいとかいうような様子はなく学生にはめずらしく精神的な高貴さを溢れるようにもっているところが彼の周囲のものを魅惑したのである。おそかれ早かれ僕らは一度自己を破壊しなければならない。この破壊がうまくいくかいかないかによって、その後の一生は大きな影響をうけるだろう。僕らはそういう破壊をこころみる以前の時期にあった。この以前の時期には異常な不安と夢想がつきまとうのが普通だ」

二十三歳の安吾の姿がそのまま彷彿と眼の中に浮んでくるような感じである。この前後の安吾の書簡は、自侍と、不安と、焦燥とこもごも入り混った甲高い文字に埋まっている。人に感情を伝える手紙ではなくて、ことごとく、自分に与える独白の文章と云っても過言ではない。安吾は自分で、

「俺は落ちつかない。チッとも落ちつきのない心で、せかせかとこの手紙を書いた。何か具体的の宣言をしなければ我慢が出来ないという心持だった。それが君への手紙だ。一つは俺のことを俺にハッキリさせる為だ。実は君には何の関係もないのだ。でも悪く思わないでくれ」

と書いているが、みんなその通りの書簡ばかりなのである。

おそらく、安吾が和歌や詩をやめて、小説らしいものをそろそろ書きはじめたのは、こ

の時期に相違なく、一九二八年九月四日夜と、日付の明瞭な書簡の中に、

「俺は、俺の作品から泣かされた例を持たない。俺の作品は、みな俺を欺いているからだ。鼻持のならぬ偽悪や偽善や、それは未だしも、実に拙劣な思想的虚偽虚飾にむせつけるばかりだ（原文のまま）」

と云っている。この作品というのは、どうも和歌や詩のようではなくて、小説か、少くとも広い意味の散文に感じられる。

またその頃どんな作家に興味を示していたかと云うことを、同一の書簡の中から引用してみると、

「今愛読している人、宇野浩二、葛西善蔵、有島武郎氏等。みな正しい人々だった。腹の立つ人、夏目、芥川、岸田、片岡などいふ人々、下らない人達だと思ってゐる」

安吾の思考はさまざまの変様を見せただろうが、二十三歳の九月四日には、この通りに感じていたに相違なく、正しいという意味はやや不明だが、同じ手紙の末尾に近く、

「俺は俺の真実を見たいと同様に、何者からも亦真実を見せてもらひたい。宇野、志賀といった人々から見せてもらへる真実を、ほかの誰からも見せて貰ひたいと願ってゐる。俺もまた、俺の真実を皆にみて貰ひたいと願ってゐる。皆がして真実でありたいと願ってゐる」

これを読めば、当時安吾が正しいと云い、真実と云っている気持が幾分わかるような感

じがする。つまり根本に於いて己に即した人生的な芸術を希望していたのである。

さて、安吾は、彼の肉感のなかに醸成されてゆく奇っ怪な、孤独な、人手にゆだねようのない、自分自身の表情を、どのようにして定着しようとするだろう。少しく後の書簡と思われるが、

「近頃、俺は、思いきってデカダンな生活に飛び込もうとする烈しい一面が鬱屈していることに気がついた。この力は、やがて俺の全身を焼きつくすかも知れない。恐らく、近いうちに奔放な放浪性を帯びた生活へころげ込むのだろう。俺は俺が制御出来ないから、どうにでもなってくれるがいい。俺はもう知らないと、あきらめをつけている」

「俺は頭痛を病み、なおかつ、勇敢なデカダンをはじめんずらん勢にある。俺は人の世の涙を知らず、涙もて涙をささそう甘美を欲しない。血もて血を求めるの蛮行も敢行は出来ないが、命もて酒をくらい、酒もて肉体をくらう力を持っている」

と夥しい安吾の二十代の書簡に、或《あるい》は求道への摸索《もさく》を語り、或る発狂の妄想に脅《おび》えたりするが、ここにようやく己の青春の病弊を病弊のままに投擲《とうてき》して、もし有るとするならば、己の独自の肉感をさぐりあててみたいという、身勝手な……同時に、己を投擲してはじめてこの客観化を得る以外にないという、安吾流の堕落の姿勢に移るのである。

彼はこの頃「でたらめがでたらめにならない文学をつくりたい」と云っていたと菱山修三氏が語っている。

「彼（坂口）は、『笑』は中庸の徳をあたえるものだといったような世の定説を拒み、文句なしにあるたけのだじゃれ軽口からさわぎを利用して、あらゆる顰《しか》め面あらゆるダンマリあらゆるシコリ、なんでもよろしい骨のあるものはなにもかも骨抜きにして笑いで吹きとばしてしまいたいというのである」（坂口君の青春、菱山修三氏）

安吾は晩年に至るまで、文芸についてはこの意気込みを持ちつづけていたように私には思える。その果てに、おのずと、安吾流の人生が巨大なネガとなって現出する、というのは「笑」に対する、いや文芸に対する安吾の終生変らぬ心構えであったろう。

さて、昭和五年（一九三〇年）、安吾二十五歳。三月に東洋大学印度哲学科を卒業する。安吾の晦渋な青春は、まだ血路をひらいて明確な表現を持つに至ってはいないが、彼の中に醞醸《うんじょう》されているモダモダはいつ投げ出してもいい寸前の混沌《こんとん》を見せていただろう。あらゆる友人の報告が、安吾のこの時代の充実された精神の威厳を語っている。

「言葉」が創刊されたのは一九三〇年の十一月だ。

安吾を中心とするアテネ・フランセの友人達、それに葛巻義敏を中心とする青年達、これらの青年が集って、「言葉」の創刊になるが、坂口安吾はその創刊号の編集責任者であり、自分ではマリイ・シェイケビッチの「プルウストについてのクロッキー」を訳出しているのである。

この頃安吾と親交があった長島萃はまもなく夭逝《ようせつ》しているが、「スタンダールに関するエスキース」であったか、私もまた異常な感動を持って魅了されたもので、安吾や長島達の交友の間に醸成されていた新しい精神の気魄《きはく》は、おそらく小林、河上《かわかみ》氏らが創出した精神の気魄と親近な、昭和文学史上の重大な一時期であったろう。

こうして安吾の「木枯の酒倉から」という作品が「言葉」第二号に発表される。全く処女作と称するにふさわしい混沌未分の、孤独と精気にみちみちた作品だ。私はこれをはじめて手にした時に人類の長い、暗い、悲哀をより合わせて、それを野ざらしにしたような奇っ怪な感銘を受けた記憶がある。元稹《げんしん》であったか、野中の一軒家の庭先の月光の中で、五徳がより集って踊る不思議な作品があって、私はこれを佐藤春夫先生の翻訳で読みながら、不思議な感動にとらえられた記憶があったが、「木枯の酒倉から」を読んだ時も、私は同じ種類のあやしい感銘を受け、爾来《じらい》、坂口安吾の名を忘れ棄てることが出来にくくなった。

「言葉」は二号で廃刊になり、葛巻義敏氏の尽力によって、その翌年後継誌「青い馬」が岩波書店から発行されることになった。

その創刊は五月であり、安吾は「ふるさとに寄する讃歌《さんか》」を寄せている。

同じく六月に第二号が発行され、安吾は、「風博士」の創作一篇と、ロジエ・ヴィトラックの「いんそむにや」の翻訳を載せる。第三号には「黒谷村」を発表した。

牧野《まきの》信一《しんいち》氏は「文芸春秋」誌上に特に「風博士」という一文を草して激賞し、「黒谷村」

は島崎藤村《しまざきとうそん》氏の賞讃《しょうさん》するところとなった。

孤独な己の想念をのみ鍛冶《かじ》することに馴《な》れていた安吾は、こうして、突然、思いがけない反響の中に引き出されたのだ。

「海の霧」を「文芸春秋」九月号に、「霓《にじ》博士の廃頽《はいたい》」を「作品」十月号に発表する。

これが、安吾が新進作家として登場するに至るまでのあらましの顚末《てんまつ》だ。己を恃《たの》むこと強く、汚れを知らぬ晦渋の青春をさげたまま、安吾は遂に文壇に登録されたわけである。

今回は解説の代りに、安吾が最初の小説を発表する頃迄の、年少の頃の伝記を書いてみた。後に補正して、生涯の伝記を纏《まと》め上げてみるつもりである。


なお引用の書簡類は全部葛巻義敏氏の保管する山口修三氏宛のものである。時期は一九二六年のもの一通。あとは一九二七年のものと、二八年のものと推定し得るものである。


本巻収載の作品年月は左の通りである。

「花妖」東京新聞、昭和二十二年二月十八日より五月八日まで連載。

「裏切り」新潮、昭和二十九年九月号。

「街はふるさと」読売新聞、昭和二十五年五月十九日より十月十八日まで連載。

昭和三十一年十一月〜三十二年六月・「坂口安吾選集」解説（創元社刊）

「堕落論」解説

昭和二十八年の夏であったか、私は坂口安吾《さかぐちあんご》と越後《えちご》から信州《しんしゅう》と、十四、五日間、一緒にうろつき回ったことがある。

今から思うと大変な旅であった。真夜中に思い立って、自動車をブッ飛ばして上高地《かみこうち》に出かける。かと思うと鈴蘭《すずらん》小屋に強行する。宿は転々。飲酒酩酊《めいてい》して、ブタ箱にブチ込まれる。

いやはや、散々の旅であった。丁度その留置場から出てきたところで、安吾は自分の子どもの誕生の電話を聞き知った。

「やあ、やあ。とうとう生まれちゃったよ。親父がブタ箱から出てきたところを。生まれる子はチャーンと知ってやがる」

あの時の安吾のさびしげなしかしほっと一息ついたような微笑の表情を忘れない。いやいや、素朴な、正確な覚者の表情を忘れない。

いうところの乱心のさなかであったわけだが、安吾の乱心は自己喪失ではなくて、自己創出の異常な苦闘のあらわれであった。

一々意識して、おびきよせたモノである。これらは、いつも過激なまでの生活安定したすべての気質の解体。道義、人情の解体。

万般の解体にまで及んでいた。

その果てに、安吾流の人生、安吾流の文芸を未聞の規模に創出する熱願に燃えていた。その臂力《ひりょく》の雄偉さ。その思考の規模の斬新《ざんしん》さ。まことに前人未踏のものであり、私にはいつも鬼神のワザに思われたものである。

私の生涯の出来事で、この人との邂逅《かいこう》ほど、重大なことはほかにない。

おびただしい精神の贈与を、乱雑に、また惜しげもなくドカドカとバラまき与える人であった。

その果ての、あの激烈な孤独の表情を忘れられるものではない。

私は『堕落論』や『青春論』等を折にふれて幾回か読んだ。安吾のあの強烈な孤独の表情を軸とし、或《あ》る時は、我が身に絶望の鞭《むち》を加え、又、切ない気持で言い知れない勇気を与えられてきた。

読者はこの集で、安吾の生活の情熱と思考の表裏一体した真摯《しんし》な様相をあやまちなく読みとられるであろう。その全てが異常な日にも似た安吾の乱心の表現ではなかった。おおらか詩人の規模を持《じ》し、世俗におもねない苦行者の精神に燃えていた人の滅びない新しい声であった。又、我々の日常として滅びない新しい声は曲解されやすいものである。

おそらく彼のエッセイが繰り返し語る言葉は、「人生五十何ものにもまぎれるな。己の人体の本分を能率的に識別して、直截《ちょくせつ》にその本分をつけ」とこれだけの主題が絶えず語られていたように私は思う。

坂口安吾という不思議な精神が形成されていった状態について私はくわしく知らない。ただもし、私の想像が間違っていなければ、ここに飛び切り純潔な眼と、裏切られることを知らない飛び切り人なつっこい人格をその初めに考えてみたい。

その純潔に過ぎる眼と、裏切られることを知らぬ精神が……人間の弱所ばかりを集積し、按配《あんばい》し、統制した家という手垢《てあか》から手垢へ受け渡されたような息苦しい棲息《せいそく》の場に絶望した時……さながら道楽息子の面貌《めんぼう》をよそおうて、その巨大な家の因襲から脱走した。

或る時は記録更新にとりつかれているスポーツマニヤであり、或る時はパーリ語、サンスクリット語、フランス語にとりつかれている言語マニヤであり、或る時は囲碁マニヤであり、或る時は文芸の極限を彷徨《ほうこう》する文学青年であった。等々。しかしながら、それらを生活として楽しむことを知らぬ。あく迄《まで》も徹底的な求道者の激越さを以《もっ》てやる。

布団一重ね、ドテラ一枚、タオル一本、さて飄々《ひょうひょう》と彷徨する場末の町で、徐々に安吾流の人生というものが観念的な形成を見ただろう。

家という魔性の支配力にとりつかれるな。女房という鬼を形成するな。物品という便益の器具は、その純粋な用途だけを享受して、かりにもその属性のあやしい支配力に屈服するな…。

このようにして巨大な家からの脱走の果てに、ようやく安吾は、純粋蕪雑《ぶざつ》な人体の効用、簡明能率的な精神の保持、……つまりは安吾流の人生を設定するに至ったろう。

これらの人生観が肉体と精神の両面からいかに安吾流に能率的に按配されているにせよ、結局はフィクションだ。安吾流の壮大な仮構人生にほかならない。

が、安吾という純潔な、求道的な人柄は一旦《いったん》樹立した安吾流の人生を、……それが理論上の破綻《はたん》を示さない限り……激烈徹底的にやる処までやる。かりにもグウタラな自己弁護を以て終らない。施すに俗な道を知らぬのである。

だから安吾の死を、私は今でも壮烈な戦死であったと思っている。まことに、血煙り立っていた。

『日本文化私観』は戦時中、「現代文学」と言う同人雑誌に掲載されたものである。ブルノー・タウトの同名の評論に題をかり、平明簡潔に、安吾自身のあらゆる思考の手引きか解説をでもしているように見える。このエッセイが戦時中に書かれたことを知るならば、安吾の精神がいつも正しく保持されて、かりにもふらつかなかったことがわかるだろう。

『堕落論』はその同じ安吾の思考が、爆弾の洗礼を浴びて異様な光を放っている。私はただ人間を愛す。

「私は風景の中で安息したいとは思わない。又、安息し得ない人間である。私はただ人間を愛す。徹頭徹尾、愛す」

これは『デカダン文学論』のなかの言葉であるが、切迫して、しかも、暢達《ちょうたつ》した文面の底には沈痛な祈りに似たものが秘められている。跳梁《ちょうりょう》する暗闇の悪魔も微塵《みじん》も抱擁する表情である。そして、人には問わない。厳しい男性の表情である。

『教祖の文学』と『不良少年とキリスト』『大阪の反逆』は奇抜な作家論である。『教祖の文学』は小林秀雄《こばやしひでお》氏。『不良少年とキリスト』は太宰治《だざいおさむ》。『大阪の反逆』は織田作之助《おださくのすけ》氏。これらの作家を語りながら、自分の抱懐する人生観、文芸観を語りつくして、絶妙の文章をなしているだろう。

又、小林秀雄氏の左の一文も安吾その人を生かして目覚しいばかりである。

「……清水トンネルを出るまで呑みつづけたが、彼は、国境に近い石打ちという駅に下りた。彼はヨーカン色のモーニングに、裾の切れた縞《しま》ズボン、茶色の靴をはき、それに何をしこたま詰めこんだか、大きな茶色のトランクを下げていた。人影もない山間の小駅の、砂利の敷かれたフォームに下り立ったのは彼一人であった。晩秋であった。この『風博士』の如き異様の人物の背景は、全山の紅葉であった。紅葉という言葉もいかがなものか。雄大な雑木の山々は、坂口君のトランク色のすさまじい火災を起している様であった。木枯しが来て、これが一斉に舞い上ったら、と私は思った。頭を無造作に分けた彼の顔は、河童《かっぱ》の様であった。彼は、長い事手を振って私を見送っていた。……」

昭和三十二年五月・角川文庫「堕落論」解説

坂口安吾

坂口安吾《さかぐちあんご》が生まれたのは明治三十九年（一九〇六年）十月二十日。新潟市西大畑《にしおおはた》である。十三人兄妹《きょうだい》の十二番目で、長兄坂口献吉《けんきち》氏は、現在ラジオ新潟の社長であり、新潟日報の会長でもある筈《はず》だ。

安吾の本名は「炳五《へいご》」と云ってヘイゴは丙午に音が通じるから、ヒノエウマ生まれの五番目の男の子と云うぐらいの意味合いであったろう。

お父さんの仁一郎は憲政会の総務をやっていた代議士で、もう一、二年永生きしていたら、加藤《かとう》内閣か、若槻《わかつき》内閣に入閣していたろうと惜しまれた人である。また詩をよくして、五峯《ごほう》と号し森槐南《もりかいなん》の高弟であった。著書に「北越《ほくえつ》詩話」がある。

安吾自身は、「なーに、オヤジは中どころの政治家さ」とうそぶいていたが、相当の豪傑であったらしく、大安寺《だいあんじ》にあるその墓地に行ってみると、高さ五尺ばかりの墓石には、戒名も本名も記されていない。遺言によって、ノッペラ棒の細長い墓石だけが立てられているだけである。

安吾のジイ様の代には、米、大豆、麦の入付があらまし二千俵程もある大地主であった。だから、その一門には相当の豪傑も輩出したらしく、例えば何代前かのジイさんは、或《ある》時国上山《くがみやま》に良寛《りょうかん》を訪ねていって、歌を唱和したり、半日の歓をつくして帰ってきたと思ったら、

「ありゃ、ナマグサ坊主だぜ」

そんなことを云っていたそうである。

また、どのジイ様かは、花火を打上げることがバカバカしく好きで、寒中、雪の中でもボンボンと花火をうちあげる。

年がら年中、自分の家に食客を置いて、その食客をひき連れながら、馬に乗って新潟の遊里に遊ぶ。剣を取っても相当な腕前であったらしく、自分で一派を開いて「神道無念流坂口派」を称《とな》えていたそうだ。また詩文をよくし、碁も二段であったと云うような話が残っている。

私は何も、安吾が、とりたててこれらの血筋を曳《ひ》いていると云ってみたいわけではない。ただ、幼年の安吾の耳が、自分の祖先達のさまざまな伝説を聞いて、なにほどかの愉快な反応を呈したろうとほほえましく想像するだけである。

安吾だって冬の花火は大好きな筈だ。食客は年がら年中たえることがなく、その食客を

ひきつれて、大盤振舞い、あっちこっち飲んでまわるのは、安吾の終生やめられなかった生活の気質である。

金の使い道を税務署から問いつめられれば、

「右から左、右から左……。それっきりですよ」

とだけ答えてあとは黙る。いくら税務署だって「右から左」だけじゃ困ったろうが、安吾にしてみれば、事実、右から左、右から左で、ほかに答えようはなかったろう。

安吾と云う人は、まったくの話、金銭にふれるのをおそれおののくあんばいに、ドカドカと右から左、右から左……、通過させていた。いや、ひょっとしたら人生そのものを、ドカドカと大模様に右から左、右から左と、通過させていたようなものかもわからない。

ケチが美徳か、「右から左、右から左」が美徳か、私は知らない。おそらく生活を持続し、再生産する為には、ケチでなくてはならないぐらいのことなら誰だって知っていよう。しかし安吾と云う人は、人間のまぎれのない姿だけを知り過ぎていたから、人間から派生する、もろもろの従属物……、金銭であれ、いかがわしいその時々の義理人情、こんなものは木ッ端《ぱ》ミジンに粉砕して、右から左、右から左に、押し流していたのである。

さて安吾も人なみに八歳で新潟尋常高等小学校の一年に入学する。

手のつけられないあばれん坊で、毎日学校から帰ってくると鞄《かばん》は玄関に抛《ほう》り出し、そのまま、まっ暗くなるまで帰ってこない、ガキ大将であった。

少年時代から特に文章がうまいというようなことはなく、屋根裏にかくれて立川文庫を愛読し、猿飛佐助《さるとびさすけ》のマネをして、いきなり壁にかけ上がってはひっくりかえりかけ上がってはひっくりかえる有様であったと云う。

十四歳。新潟中学校に入学。この頃からそろそろ安吾自身で云うところの「偉大なる落伍者《らくごしゃ》」の生活がはじまるのである。

学校には殆《ほとん》ど顔を見せない。お天気の日は、学校をサボって、自分の家から防風林の松を抜け、砂丘の上の午砲台の辺りで、ボンヤリと海を見ている。

「海と空と風の中に、ふるさとと愛を感じた」と安吾自身が語っている。

雨の日には、学校の隣りのパン屋の二階に寝ころがって、終日天井を眺めくらしていたらしい。いや、自分のやり場のない心熱の行方を見つめてでもいたようだ。

十六歳。学校を落第する。家では心配して家庭教師をつけてくれたけれども、相変らず学校に精を出す気配はなくて、海辺のあたりをうろついているだけだ。砂丘の下にひろがる日本海の波と、空と、風を眺めくらしているらしい。

学校の方は又候《またぞろ》、落第の気配であり、二度落第すれば、放校と云うことになるから、父の仁一郎は、安吾を東京に移し、豊山《ぶざん》中学の三年に編入させた。

この時、新潟中学校の机の蓋《ふた》の裏に、「余は偉大なる落伍者となって、何時《いつ》の日にか歴史の中によみがえるであろう」と小刀で文字を刻みつけ、そのまま新潟を去ったと云われている。

豊山中学に転校してからも、相変らず学校をサボることはやまなかった。しかし、野球、水泳、陸上競技等の運動に熱中し、野球はピッチャーをやり、ハイジャンプではインター・ミドルで優勝した。

ここまではまあ、月並な不良少年のコースと大して違いのあるものではないだろう。

しかし、後に安吾の精神生活の基盤をつくったところの、広く深いネガの部分は、大きな映像となって、安吾の全身全霊に大きく焼きついたに違いない。

その一つは家だ。

安吾の郷里の辺りを廻《まわ》ってみると、その親戚《しんせき》の大ていの家が、バカデカい雪国特有の家である。

そこに並べられている家財道具は、何百年か何十年か知らないが、家の亡霊のように重苦しくのさばりかえっている。

安吾が後にくりかえし、

「家なんて、実にいらないもんですよ。三畳か四畳半の部屋一つあれば沢山だね。厭《いや》になったら、いつでも、ハイ、さよなら、ハイチャーと何処へでも引越して行けるぐらいの家でなくちゃ」

と語りつづけていたし、実行してもいたのは、安吾の生い立ちの背後にそびえていた巨大な家に対する復讐《ふくしゅう》でなくて何だろう。

「自分の身辺には実用以外の何も置かない」

とは安吾のはげしい悲願であった。

ここらでちょっと、安吾のくらしざまの大あらましを書いておくが、終生、家などと云う馬鹿げたものをつくらなかった。いや、一度私がすすめて、石神井《しゃくじい》に三百坪ばかりの土地を買おうとしたことはある。テニスをやりたがっていたからだ。その三百坪の土地いっぱいにテニスコートを作り、そのテニスコートの守小屋のあんばいに、十畳一間だったか、十二畳一間だったか、造ろうと計画していたことはある。

「檀君。板の間の十畳に、グルリと造りつけの腰掛を取りつけておくだろう。それだけで実に充分なもんだよ。そうだ、便所だけは水洗でなくちゃいけないね。汽車便式に、男女共用一つだけあれば結構だけど……」

実現はしなかったが、まあ、これが安吾の家に対する究極の理想であったと考えても差支えないだろう。

貧乏作家の時なら別だ。

月収五十万あったか、百万あったか、流行作家の絶頂の時である。

服装だってそうだ。随分と永い期間、安吾はどこへ出かけるのにも、ドテラと浴衣だけで通していたことがある。

夏は浴衣一枚、冬はその浴衣の上にドテラを重ねるだけである。フラリと風のように私の家などにやって来て、急に暑くなってくる時なぞ、懐にしまい込んだ手拭《てぬぐい》を取り出して、盛んに汗を拭《ふ》きながら、

「ドテラと浴衣の生活が一番いいけどね、暑さ寒さの変り目の時だけがちょっと困りますよ。まあ、朝晩冷え込めばドテラをつっかけるし、暑くなってくれば、脱ぎますがね。こんなあんばいさ」

愉快そうに笑いながら、そのドテラをおもむろに脱ぎ捨てるのである。

その安吾を、私の死んだ女房がびっくりして見守った揚句、

「偉い人ね。でもこわーい」

と云っていたことを覚えている。

これもまた安吾の悲願のあらわれだ。紋付だの、羽織だの、やれ袴《はかま》だの、モーニングだの、ヒトが着用している分には、やさしく見過ごしてやるが、自分はもう、蛇蝎《だかつ》をでもうちかけるようなおそれかただ。

そのドテラと浴衣が、流行作家の絶頂の頃には、「安吾服」と云う奇っ怪な制服に変っていた。その云い分はこうだ。「檀君。君、そんなポケットの五つも六つもついているようなへんてこりんな背広なんてよしなさいよ。君、人類の進歩を知らないね。僕が一つ安吾服を寄附するよ。着なさいよ。いいもんだよ」

そう云って仕立て上がったばかりの安吾服を着用に及んでみせた。

いやはや、服地は格別の上等かも知らないが、アメリカの作業服と、日本の大工のドンブリと二ツつなぎ合わせて仕立て上げた奇妙なキテレツな服である。

「君、知らないね。背広のように無駄なポケットを五ツも六ツも着けとくから、金をどこに入れたんだか、名刺をどこにしまったんだか、煙草がどこなんだか、まるきりわからなくなって、ヤミクモに、あっちのポケットを探してみたり、こっちのポケットをかきまわしてみたり大騒ぎさ。つまらん話ですよ。これを見給え、これを……」

そう云って、安吾は胸から腹にかけて、大きくふくらみをつけたドンブリ風の大ポケットを私に自慢する。

何のことはない。カンガルーが突っ立ったあんばいだ。その大ポケットの中に、煙草を三ツ四ツ、ライターを入れ、金を入れ、御叮嚀《ていねい》にウイスキーの角瓶迄《まで》もねじ込んで、

「いいもんでしょう。何の心配もいらないね。ここさえ探しゃいいのさ。あとは原稿用紙と鉛筆をこんなふうにつっこむだろう。これで世界中どこを歩いたって何の不自由もしませんや、檀君にも献納するから、すぐに寸法をはからせよう。服屋を呼びなさいよ。服屋を……」

と奥さんに命じるから、私は大あわてで辞退した。

「君、バッカだね。これを着たら、颯爽《さっそう》たるもんですよ。頭がよくなる。智慧《ちえ》がこんこん

と湧きますよ。作りなさいよ」

「いや、またにしますよ。またに……」

と私が答えると、

「人類の進歩を知らないね、進歩と云うもんを……」

安吾はその安吾服のポケットからウイスキーを抜きとって、大酒をくらいながら、又候、安吾服の自画自賛になった。

しかし、当の安吾がこの制服を着ているところは一、二回見たきりで、そのあと、またただの背広にノータイ姿だったから、

「安吾服はどうしたの？」

と聞いてみたら、

「アハハ、ポケット一つって云うのは、あんまり具合のよいもんじゃありませんや」

「どうして？　恰好《かっこう》が……？」

「いやー、そうじゃないですよ。原稿料があっちこっちから入るでしょう。それをみんなドンブリの中につっ込んどくとね、残らず女房からさらわれる。やっぱり、ポケットが五つ六つあるとね、その一つから、どこかの原稿料を抜きとると、もうそれで女房は安心するらしいんだね。別のポケットにちゃーんと残ってますよ。第一、自分でも、自分の有金がみんなわかってしまうって云うのは淋《さび》しいもんですよ。五つ六つポケットがあると、ま

だどこかに残ってるような心の余裕がありますね。アハハ、その為に考え出したんじゃないか、背広のポケットと云うヤツを……。どうも数が多すぎると思ったが、昔の偉いヤツは、ちゃーんとやっぱり見通してるね」

そう云って、安吾は巨体をゆすぶりながら笑い出すのである。

後にまた、安吾ガウンと云うのを制定して、着用しているのを見かけたが、これは、昔のドテラを、丸洗い出来るように、ちょっと簡便に改良しただけのことだろう。

安吾服はとうとうその後使用せず、夏はアロハ、冬はノータイ、背広の着流しであった。

つまり安吾は、家とか、家財道具とか、さまざまの衣類とか、まして書画骨董《こっとう》だとかが、自由人の足腰をさらって、その心情を曇らせる仇敵《きゅうてき》だと云うきびしい戒律を持ちつづけた。

いつだったか、その安吾の部屋に、大きな日本画がかけられていたから、

「ほう、珍らしいものがありますね」

と云うと安吾は照れ臭そうにその画《え》を見上げて、

「O君の妹さんのとこから来たんだよ。おろすわけにもいかないし、誰か、大切に貰《もら》ってくれる人、ないもんかね？　オレは持つがらじゃないからさ、気の毒ですよ、この画に……」

悪いことを云ってしまったと、私は安吾の思いやりに感服したことがある。

衣食足りて礼節を知るの反対で、安吾は屋敷や、家財や、衣類なんかが集ってくると、

人間の心情は忽《たちま》ちにして曇る。これを生涯の戒律にしていただろう。簡便と実用を眼目にして、全生活を能率主義にあんばいしたかったにちがいない。

これは、「阿賀野川《あがのがわ》の水は涸《か》れても坂口家の金は涸れない」とその昔云われた大きな家の古さから、脱出して、安吾流の人生をしっかりと手にとりたい悲願に他ならない。

このお父さんの坂口五峯は、森槐南とも親交のあった程の漢詩人だが、安吾は自分の親父さんが著名な漢詩人であったなどと云うことを、オクビにも出さず、無学な風来坊のふうに、自分を装って、ちょっと舌を嚙《か》むような文字は全部カタ仮名。文章も安吾流の能率主義に按配《あんばい》して、気取った虚飾をことごとく剝《は》ぎとってしまったわけである。

では安吾は無学な落第坊主であったのか。とんでもない。落第坊主は豊山中学を卒業する二十歳までのことだ。

お父さんの仁一郎が安吾の十八歳の時に死ぬ。その財産を整理してみたところ、五万か十万ぐらい残るかと思ったら、反対に十万ばかりの借金が残っていた。

「学問が嫌いな奴は大学に行っても仕方があるまい」とハタも思い、自分も思って、二年ばかり小学校の代用教員をやった。

その頃から、安吾の、瞑想的《めいそうてき》な、独断的な、はげしい求道心が頭をもたげてくる。はじめはそれが、宗教に対する漠然たるあこがれのような形で現れるが、次第に、それがヨガの行者のような超人的な行や求道をやってみたいと云う願望に変わる。

とうとう二十一歳の春に、小学校の代用教員をやめて、東洋大学の印度《インド》哲学科に入学した。

さて、それからの安吾の勉強ぶりはすさまじかったらしい。一日、睡眠四時間の生活を一年半もつづけ、メシを喰《く》う時と、風呂《ふろ》に入る時以外は、ことごとく読書にあてている。過労から極度の神経衰弱にかかったようだが、その神経衰弱を、梵語《ぼんご》、パーリ語、チベット語、フランス語、ラテン語等を勉強することによって、克服したと語っている。

これは誇張でもなんでもなく、当時の書簡類が残っていて、

「僕の不断に勉強していることは、君が忍術で僕の部屋にひと月姿をかくしていればよくわかるのだが……」

と或る友人に書き送っている。

同時に東洋大学に在籍のまま、アテネ・フランセに通学して、モリエール、ヴォルテール、ボンマルシェ等の作品を熟読した。

当時を知っている友人はことごとく、精神的な高貴さと威厳が溢《あふ》れるような、その頃の安吾の風貌《ふうぼう》を語っている。

しかし、この頃また、

「オレは思い切ってデカダンな生活に飛び込もうとする烈しい一面が鬱屈《うつくつ》していることに気がついた。この力はやがて全身を焼きつくすかも知れない。恐らく近いうちに奔放な放

浪性を帯びた生活に転げ込むのだろう」

と、或る友人に手紙を書き送っている通り、安吾の生涯の放浪に向かって、文字通りダイビングの姿勢に移る。

丁度その頃のことだ。安吾は九段《くだん》の祭りに出掛けて行って、サーカスを見たらしい。一人の少女が落馬して、馬の片足が顔にふれた。鮮血がほとばしる。一人の男衆が馳《か》けよりざま、荒々しく少女の手を引摑《ひっつか》んで、引っ張り起こす。少女は引き起こされて立ち上がり、幕の裏へ馳け込んだが、その少女の顔に、自分の未熟に対する自責の苦痛があった。

「無情も、この時は、清潔だった。落馬する。馬の片脚が顔にふれる。実に、なんでもない一瞬だった。怪我などは考えられもしないような、すぎ去る影のようなたわいもない一瞬にすぎないのなら、顔一面にふき出している鮮血は、まるでそれもなんでもない赤い色にすぎないような気がしたものだ」

これは安吾が、その時を回想した文章だが、その直後に、安吾は突然曲馬団の中に自分を入れてくれと嘆願しにいくのである。本気になって、曲馬団の一員になろうと決心するわけだ。

少女に対する感傷ではないだろう。実に、このなんでもない、過ぎ去る影のようにたわいのない曲馬団の見世物に、自分の全身全霊をかけて、習練してみたいと思い立ったに違いない。

人は笑って、その過ぎやすい影を見守っている。しかし、演ずる当人は、足の爪先《つまさき》迄、練磨し習練して、その曲芸をやってのけねばならない。

これが後々まで、安吾が繰り返して宣言する、奉仕の精神なのである。

そうして安吾はその曲馬に一生をかける気で、本気で入団を申し込んだわけである。

話が少しわかりにくくなってきたから、女の話に変える。

安吾がしょっ中語っている言葉だが、

「私は女がタスキをかけるのは好きではない。ハタキをかける姿などは、そんなもの見るぐらいなら、ロクロ首の見世物を見に行く方がまだましだと思っている。部屋のゴミが一寸の厚さにつもっても、女がそれを掃くよりは、ゴミの中に坐《すわ》っていて欲しいと私は思う」

そのすぐあとに、

「女は娼婦《しょうふ》の様に振舞わなくてはならない。女は娼婦の様に自在でなくてはならない。女はしかし、その娼婦の時にすら、自己を犠牲にする」

これほど斬新《ざんしん》に語られた人生論はないだろう。

そうして、

「真実の娼婦は自分の陶酔を犠牲にしているに相違ない。（中略）それは我々の仕事にも似ている。真実の価値あるものを生むためには、必ず自己犠牲が必要なのだ。人のために捧《ささ》げられた奉仕の魂が必要だ」

こう云う女を安吾は自分の安吾人生の中に設定して、女とともに、自分の自由人としての覚悟を鼓舞したわけである。女と云うものはタスキなどかけて、女房と云う鬼になってはいけない……一寸のゴミの中に坐っている女の方がいい……女は娼婦のように自由でなければならない。……そうして、そう云う真実の娼婦は、陶酔の瞬間迄、自己犠牲が必要なのだ。

安吾はこう語って、自由な男女の極限の理想を語って聞かせるわけである。

ここでちょっとつけ加えておくが、安吾と云うペンネームの由来について、鵜殿新《うどのしん》氏が面白いことを伝えている。この前も書いた通り、安吾の本名は炳五である。炳五はヒノエウマの丙午に音を合わせて、かたがた五番目の男の子と云う意味あいでもあったろう。勿《もち》論《ろん》、炳は炳乎《へいこ》としての炳である。

実は三年まで安吾が学んだ新潟中学に、通称「河馬《かば》」と呼ぶ勇ましい漢文教師がいて、そのカミナリ教師が、

「おい、坂口炳五。貴様の炳五の炳は、アキラカと云う意味の文字だぞ。ところで、貴様ときたら、まるっきりその逆だ。坂口五峯先生の息子ともあろう者が、そんなことでどうするんだ。今からは炳五をやめて、暗吾にしろ、暗吾」

こう云って黒板に「暗吾」と大書したそうである。もちろんのこと、教室の中はワッと湧きかえって、それから後は、みんな坂口炳五を「アンゴ、アンゴ」と呼びならわすようになったらしい。

安吾はその「アンゴ」の音をかりて、易々と自分のペンネームに転化したわけだろう。ペンネームと云うよりは、早くから自分の呼び名に変えてしまっていたらしい。

二十歳頃の書簡の中に、既に安吾の署名がハッキリと見られるのである。

この逸話も安吾の人柄を語っていて、非常に面白い。どうでもいいのだ。人の呼び慣《な》らわすところを易々と自分の名前に転化する。本来、名前なんかと云う奴は、ただの符牒《ふちょう》だと云うことを、安吾ほど正確に知っているものはなかったろう。

坂口安吾の背丈は、はっきりと記憶しないが、五尺六寸余りはあったろう。体重は二十貫前後か。その堂々たる巨体が、蓬髪《ほうはつ》をふり乱しながら歩き過ぎる姿は、さながらタンクが驀進《ばくしん》するようであった。

その昔、三好達治《みよしたつじ》氏が安吾を評して、

「坂口は堂々たる建築だけれども、中へ這入《はい》ってみると畳が敷かれてない感じである」

と語ったそうだ。その意味するところが、何であるかハッキリとはわからないが、安吾と会っていると、その人柄のなつかしさとは別に、空漠荒涼の感じに吹きさらされる心地がする。

「まったく、お寺の本堂のような大きなガランドウに一枚のウスベリも見当らない。(中略)土足のままスッと這入り込まれて、そのままズッと出て行かれても文句の云いようもない。どこにも区切りがないのだ。ここに下駄をぬぐべしと云うような制札がまったくどこにもないのだ」

と安吾自身が、その三好達治氏の語ったと云う噂話に答えて書いているが、そんなものかもわからない。

安吾の本来の性情は、どはずれて人なつこく、また、友誼《ゆうぎ》に厚かった。人間なにものかと云う安吾のつきつめた思考と模索の果てに、安吾が形成した人格は、この言葉の通り、吹き抜けるガランドウの様に巨大で荒涼たる大堂宇の趣があった。

何ものも受け入れる。何ものも通過するがままだ。

ここに堕落論が生まれ出る寛容で厳粛な人間是認のひびきがこもるのである。

「ももとせの命ねがわじいつの日か御楯《みたて》とゆかん君とちぎりて。けなげな心情で男を送った女達も半年の月日のうちに夫君の位牌《いはい》にぬかずくことも事務的になるばかりだろうし、やがて新たな面影を胸に宿すのも遠い日のことではない。人間が変わったのではない。人間は元来そういうものであり、変わったのは世相の上皮だけのことだ」

と安吾自身が語っている。

堕落論が繰り返し語っている言葉の本旨は、

「あなた達が失ったと思っているものは、はじめっから無かったものなんです。そういうまやかしの妄想を捨てて、早く人間の平常心に帰りなさい」

と云うだけの、たしかでやさしい慰安と激励の言葉であったろう。処女と云うものが何であるか……。貞節と云うものが何であるか……。そのまぎらわしい妄想を捨てて、人間本来の姿に立脚しようじゃないか。何事もそれからのことだ。と安吾はやさしく語っているだけのことである。

「特攻隊の勇士はすでに闇屋となり、未亡人はすでに新たな面影によって胸をふくらませているではないか。人間は変わりはしない。ただ人間へ戻ってきたのだ。人間は堕落する。義士も聖女も堕落する。それを防ぐことは出来ないし、防ぐことによって人間を救うことはできない。人間は生き、人間は堕ちる。そのこと以外の中に人間を救う便利な近道はない」

これ程おだやかに諄々《じゅんじゅん》と語られた人間是認の凪《なぎ》模様の文章を私はほかに知らない。

安吾が生涯を賭《か》けてかちとろうとしていたものは、おそらく人間の自由と云うことだと私は思う。云い換えてみるならば、この人体と云うもろい、朽ちやすいものを、明々白々に諒解《りょうかい》して、その上に、まぎれのない自由人の人生を樹立してみたかったのであろう。

だから家は、フラリとやってきて、フラリと住みつき、また厭《いや》になれば、

「ハイ、さよなら、ハイチャー」

といつでも移動出来るだけの間借りで結構。着るものはドテラと浴衣。

これは生涯、安吾が貫ぬいた、安吾人生の根幹である。

安吾と云う人は、その純潔の故に、思い立ったとなると決して事をぐうたらに終らせない。徹底苛烈《かれつ》に実行に移して、まるでヨガの行者そこのけの荒行になるのである。

自由人の生活は簡便と実用を旨としなければならない。という安吾人生の戒律が生まれるとするだろう。すると、ことごとくの生活を簡便な能率主義によってあんばいする。この場合、間違っても簡素倹約を立てまえとしているのではないのだから、金銭は相変らずドサドサと右から左、右から左。金銭が人の足をとり、心情を曇らせる、大きな魔ものであると云う考えも安吾の同じ人生観につながっているのだから、まるで悪魔をでも手にとるように、金銭もまた木ッ端微塵《こっぱみじん》に粉砕して、天地に四散させなければならないわけである。

濫費癖《らんぴへき》と云うよりも、金銭に足を取られるな、人間の心情を曇らせられるな、と云う意味合いの方が強いから、無いときは無いでまた実にさっぱりとしたものである。人に無心することを、極端に嫌う性分で、おそらく、黙って水ばかり啜《すす》っていたことが再々であったろう。

いつだったか、私に、

「檀君、半生の借金の苦しみが、とうとう胃の腑《ふ》にきちゃったよ」

大きな腹のあたりを撫《な》でさすりながら、しみじみとそんなことを語っていたのを覚えている。

生活のことごとくは、簡便、実用を立て前としていたくせに、安吾その人はおそろしく苛烈な精神主義者であったことを見逃してはならない。

まことに東洋の哲人の面影があった。

そのはげしい精神主義が、社会の万般にまぎらわしくのさばっている、あらゆるデクノボウ、虚飾に向かって突撃して行くから、或る時は破戒僧の面持を呈し、或る時は、類《たぐ》い稀《まれ》な聖僧の面持を呈するわけである。

ところでだ。安吾が決意したさまざまな安吾人生の掟《おきて》があるだろう。

バカデカイ無駄な家と云うものを持つな、だとか、着るものは浴衣とドテラで充分だとか、或《あるい》はまた、安吾服一ツあれば世界中何の不自由することも無いだろうとか……。これらはまあ、かりに不自由を感じることがあったとしても、事は生活の便益の問題だから、出来事にともなう自然の報復があったとしても、安吾独特の愉快な大哄笑《こうしょう》に終ればすむ。

ところで、安吾が実行しようとした、安吾人生の実践は、こんななまやさしい出来事に終らない。

男女の愛情の問題にまで徹底させる覚悟でいたことは明白だ。

いや、おそらく徹底されていた。

い。

「女房という鬼になるな」とは、彼が愛する人に、絶えず語り聞かせていた言葉に相違ない。

「男がするものなら、女もまた、仇心《あだごころ》、遊びと浮気はやってみてもいいだろう」と同じ公正な純理論から、安吾はその愛する人にも絶えずつぶやいていたに相違ない。

いや、事実、或る年のクリスマスに、その愛する女性を二日三日、町の中に遊ばせてやっている。安吾が愛情の中にまで、自分の純理論で打ち立てた人生観を徹底させようとする時に、その報復はもとより覚悟の前であった筈だ。彼は、彼の創立した安吾人生を徹底的に実践することによって、もろもろの永い人間の生活から、申し分のない報復を受けることを期待した。

その報復の上に、自分の孤独を、永い人間生活の中に浮んでは消える茶番のように、際立たせてみたかったのであろう。

「生れなかった子供の話」と云う安吾の哀切な一文を読んで見給え。安吾の次第に苦しげな戦闘の表情はわかるだろう。

安吾の愛する人は、繰り返し、それが安吾の子供であることを私達に打ち明けてもいたし、事実、そうであったに違いない。

しかも、安吾の純理論は、それが安吾の子供でなくとも、何も問うところではない、と言う人生観を強行しなければならない立場にあったと、私は思う。

この文章の末尾にある、安吾の凪模様の声を聞くがいい。

「女房よ。恋人の名を叫ぶことを怖れるな」

私はあえて凪模様の言葉と言った。安吾自身、その愛する人が、安吾でないほかの男の名を呼んでいた時に、

「しかし、親しい人のウワゴトを聞くのは、切ないものである。うなされるとき、人の子の無限の悲哀がこもっているのだから。断腸の苦悶もこもっている。そして、あらゆる迷いが」

と書いているのである。

自由の堅持！　安吾の純理論がいかなる報復を受けても、その罪を他に転嫁することは出来ない筈だ。

ここに被告と検事が全く同一の人格であって、その論告が、人類史上の最も苛酷な裁判より苛酷であるというようなバカなことがあり得ようか？

ところでそのバカなことが安吾という人格の中では常住起こり得たのである。

安吾は安吾人生という壮大な信条に則《のっと》って、卑小で女々《めめ》しい安吾自身を間断なしに論告させていた。その論告によってかもし出される警抜な悲喜劇を、思い切り愉快な哄笑に変えていた。

その哄笑ははじめのうちこそ、愉快な響きをあげていたが、次第に沈痛な、やりきれぬ

ほど孤独な、空漠の響きに変わっていった。

私はここで安吾の愛情問題が、安吾を破局に追いつめたなどと言っているのではない。ただ安吾流の壮大な仮構人生が、人間の永いもろもろの生活の集積から、申し分のない報復を受けたと言ってみたいのである。

いつだったか、私の家が差し押え処分の通告を受けた時に、安吾に相談をしてみると、

「ああ、そいつは檀君。しめたもんだよ。家が差押えになるだろう。つまり国家が買いとるわけだ。いくら政府だって、そこに住んでる者は追い出せませんや。そうなると君、家賃の公定価格と言うことになるぜ。一畳百円か二百円の家賃を払えば、一生住めるわけだろう。こんないいことはありませんや。家を自分のモンだなんてケチな根性さえ棄ててしまえば、何の不都合もないよ」

慰めたのか激励したのか知れないが、そんなことを言っていた。

私は、大安堵《あんど》で、なるがままにうちまかせてみたところ、やがて家の買受人と言うのがやってきた。

お陰で税金の三割増の金額で買い取る破目になり、大あわてにあわてたことがある。

まだ、安吾の『負けられませんで勝つまでは』の税金闘争がはじまっていない前のことであったに違いない。

人生万般、安吾の意気込みはざっとこんなあんばいの無手勝流であったから、例の税金

闘争が珍無類の様相を呈したことに不思議はない。

金銭の用途に関して訊《き》かれた時に、

「右から左、右から左。ただそれだけですよ」

と言う言葉は安吾にとっては、どう変えようもない真実の表現であったに相違ないが、税務署にしてみたら、困ったろう。

税務署を相手どって、安吾人生のあり方を堂々、百五十枚にわたって解説した、『負けられません勝つまでは』も、結局安吾の多くもない身辺の道具と、重大な書籍類を、ことごとく公売に附されてしまう結果になったばかりである。

私は、税金闘争があらましどのように進展したか知らないが、或る日、安吾を安方町《やすかた》に訪ねていって、その異様な変貌《へんぼう》にゾッとしたことがある。

目は空漠を見据えている。ひっきりなしに洟水《はなみず》を垂らしてちり紙で拭《ぬぐ》っては捨てる。ジンとアドルムを交互に飲んで、その陰鬱《いんうつ》な声はブルブルと周りにふるえるのである。

足の裏に巨大な灸《きゅう》をすえていて、その灸が半分化膿《かのう》しかかっていたことも覚えている。

「こいつは効くね。檀君、天元の灸だよ」

安吾はそんなことを言って笑っていたが、その空漠な笑い声は、まるで陰惨な天地の悪霊を呼び寄せるように感じられたものである。

そう言えば、太宰治《だざいおさむ》にも、同じような、沈鬱《ちんうつ》にのめり込むような時間があった。しかし、太宰の場合は、女々しく泣く。それに体力が雄健でないから、あばれると言ってもたいしたことではない。

安吾の場合、並はずれた膂力《ひりょく》だから、ハタで押えようがないのである。

これが安吾の戦後第一回の鬱病《うつびょう》の発作であったろう。

そのまま安吾は、尾崎士郎《おざきしろう》氏のすすめに従って、伊東《いとう》に引越していった。光と、海と、空は、安吾のふるさとだから、鬱病の発作は、幾分鎮まったようにも感じられた。

その昔、自分の鬱気《うつき》をサンスクリットや、パーリ語や、フランス語の勉強によって克服した自信もあってか、安吾は自分の仕事をへらして、身心の健康をはかるなどと云う心得がまったくない。

頼まれれば、相変らず徹夜で、一晩に七十枚、八十枚を書き飛ばしてみたり、揚句の果ては、大酒をくらって、アドルムやセドリンを掌《てのひら》一ぱいあおると云う有様だ。

昭和二十六年の九月。謂《い》うところの競輪事件がはじまった。私はその是非も知らないし、どのようないきさつで、安吾が事をはじめたかもわからない。

安吾が競輪を愛好するに至ったのは、おそらく、読売のA氏や、福田蘭童《ふくだらんどう》氏のすすめにでもよったのだろう。あとで福田氏の話を聞いてみると、

「あの事件は、僕がおだてたんだね」

そんなことを云っていた。いずれにせよ、安吾は単身伊東をのがれて、五反田《ごたんだ》、小石川《こいしかわ》辺りを転々した揚句、私の家に難をさけたわけである。

静かな同居人であった。朝から晩まで机の前に端座して、私が一晩徹夜して二、三十枚書き飛ばす時には、安吾は四、五十枚、綺麗《きれい》な鉛筆の文字で、サラサラと原稿を書き終っているのである。

偶々《たまたま》、静岡の地方裁判所から呼び出しがあって、是非とも安吾が出頭しなければならないから、私は護衛代りに、私の弟も同行させて、出掛けていった。

車は、タクシーなど、敵に買収される危険があり、どうしてもどこかの自家用車を借りてくれと安吾が云うから、私は、文芸春秋の佐佐木茂索《ささきもさく》氏に懇願して東京八八八八と云う自動車を廻してもらった。

さて、静岡からの帰りがけが大変であった。安吾の云い分によると、

「君、八八八八などと、人目につきやすい。どこかからバスを借りてくれ給え。バスだ、バス」

「そんな危険、ぜんぜん無いと思うんだけど」

と私は何度も云ったが、安吾は頑として聞き入れない。しかたがないから、私は熱海《あたみ》のバス会社に電話して、一台のバスを借り切った。安吾と私と弟の三人で乗り込むのである。

十国峠《じっこくとうげ》を越えてゆく、はじめの間は、バスの座席に正座していたが、そのうち、バスの

床に身を投げ出す。車が後から追い越すたびに、まるで敵襲をでも受けた兵士のように、その床の上にはいつくばった。

私は安吾が感じている身辺の恐怖がただごとでないことに気がつくのである。

洋服は泥まみれだ。運転手はけげんな顔で振り返る。それでもようやく熱海のうなぎ屋「重箱《じゅうばこ》」にたどりついて、バスを返した。

文芸春秋から廻してもらった「八八八八」の方は、直後、坂口夫人と犬の脱出に使ってもらうことに頼んでおいた。

「重箱」にたどりついても、安吾のおびえはおさまらない。人の足音を聞くと、押入れの中に身を隠したり、金剛杖《こんごうづえ》を振り廻してみたり、日頃、豪気で闊達《かったつ》な安吾を、何物が喰ってしまったのであろうと、安吾の異常な風貌を眺めやりながら、私はいぶかしい気持が押え切れなかった。

さいわい、暮れてくるのと一緒に、尾崎士郎氏が、かけつけて来てくれた。

私は繰り返し、

「ここに尾崎さんもおりますよ。坂口さんもおりますよ。私もおります。仮りに、どんな馬鹿馬鹿しい暴力団があらわれたって、この三人を襲撃するとなったら、日本的な事件じゃありませんか。そんなことはあり得ないし、もし、あったら、それこそ僕らも奮起しがいがありますよ」

繰り返しそう云ってみたが、安吾の妄想は払いにくいようであった。

むろんのこと、何事も事件は起こらない。安吾と夫人と犬は、私の家に安着するのである。

しかし、安吾の鬱気は去らなかった。私の家にやって来ても、絶えず、襲撃者の幻影におびえてか、五尺何寸の杖《つえ》か金剛杖かを振り廻している。

しかし、いったん機嫌が上向いてくると、驚くほどの饒舌《じょうぜつ》であり、快活であり、私の子供の当時五歳の次郎《じろう》が、安吾の巨大なライターをつけるのを喜んで、

「ヤー、次郎君はうまいや、ライターをつけるのが」

そう云って、吸いたくない煙草を無理に点火させていたことも覚えている。

しかし鬱気がこうじてくると、素っ裸になり、私の家の芝生の傾斜面をゴロゴロと血まみれになって転げながら、

「まだ檀君。トンボ返しぐらい打てるんだよ」

そう云いながら、芝生の上を、身ぐるみもんどりを打って見せるのである。

その揚句の果てに、

「おい、三千代《みちよ》、ライスカレーを百人前……」

「百人前とるんですか?」

「百人前といったら、百人前」

云い出したら金輪際後にひかぬから、そのライスカレーの皿が、芝生の上に次ぎ次ぎと十人前、二十人前と並べられていって、

「あーあ、あーあ」

仰天した次郎が、安吾とライスカレーを指さしながら、あやしい嘆声をあげていたことを、今見るようにはっきりと覚えている。

これらの安吾の乱心が、何に起因したものであるか、くわしくは知らない。原稿もあったろう。それらの苛酷な仕事に伴なう、アドルム、セドリン、ヒロポンなどの乱用もあったろう。

税務署問題あり、競輪問題もあったろう。しかし、その大根は、安吾その人が突貫していった人間のバカバカしい見せかけだけの人情、道義、虚飾……、これらとの壮烈な差し違えに起因しているに相違ない。安吾はこれらの見せかけだけの気質、道義、人情をことごとく解体して、その果てに、安吾流の人生を、未開の規模に創出する熱願に燃えていた。

死の前年の夏であったと思う。私は安吾と信州《しんしゅう》から越後《えちご》にかけて、十四、五日の間、一緒にうろつき廻ったことがある。大変な旅だった。自動車をぶっ飛ばして、上高地《かみこうち》に抜ける。かと思うと、深夜鈴蘭《すずらん》小屋に強行する。

宿は転々。飲酒酩酊《めいてい》して、揚句の果ては、筑摩《ちくま》警察のブタ箱にぶち込まれた。ちょうど、その留置場から出て来たところで、安吾は、綱男《つなお》君の誕生の電話を聞いた。

「やーやー。とうとう生まれちゃったよ。オヤジはブタ箱から出て来たところを、生まれる子はちゃーんと知ってやがる」

あの時の安吾の一息ついたような微笑の表情を忘れない。乱心の果ての、素朴で正確な覚者の表情を忘れない。

昭和三十七年三月四日・十一日号・「週刊現代」

二月空漠

今年のウメはバカに早く花開いた。例年だと、私の誕生日の二月三日ごろまでに間に合ってウメが咲いたことなどついぞなく、私の家の庭先だったら、わずかに臘梅《ろうばい》とマンサクがそのさびしい開花を見せるぐらいのものであったのに、今年は一月の陽気に浮かれたせいか、私の誕生日には、書斎の脇のウメが、ほぼ、八分咲きぐらいの白い花を見せた。

昨年は二月の半ばごろ、太《だ》宰府《ざいふ》のウメを見に出かけたが、折りから九州の大雪で、飛梅《とびうめ》はもちろんのこと、お石《いし》茶屋に抜ける社殿の裏の数多いウメも、どれもまだ花開かず、ただ一本、社殿の前の古木だけが雪をかむった甍《いらか》を背景に、寒そうに五分咲きの花を見せていた。

そういえば、坂口安吾《さかぐちあんご》さんが亡くなった九年昔の二月十七日の早朝、電話でその突然の訃《ふ》を聞いた時に、私の家のウメはどれもまだ花をつけていなかった。

巨き漢倒るる朝の梅いまだ

とその朝のうそ寒い感慨を今でもはっきりと覚えている。

早いもので、あれからもう九年たってしまったわけだ。この十七日、浅草《あさくさ》の「染太郎《そめたろう》」でやった安吾忌の席上で、一体何回忌になるだろうと、指折り数えてみるほどの歳月がたってしまった。その席上でだれかが安吾の絶筆「砂を噛《か》む」の朗読をやってくれたが、その絶筆の中に描かれている当の綱男《つなお》君が九つになるのだから間違いない。

綱男君の誕生に関しては思い出がある。安吾さんが亡くなる前の年の夏に、私と二人して松本《まつもと》に近い浅間《あさま》温泉に遊び、その日はちょうど松本市長の招待宴会があることになっていた。しかし、安吾さんは、朝からアドルムとウイスキーを飲みつづけて、もうまるで正体がなかった。仕方がないから、その安吾さんを芸者たちの手に残し、私一人、宴会に出かけていったが、まだ一、二時間もたっていなかったろう。宿屋から「坂口さんが大変だからすぐ帰ってくれ」という電話である。あわてて、車でひき帰してみると、宿屋の玄関で、安吾さんが、二人の私服の警官を相手に灰皿をふり上げながら殴りかかるところであった。

私はすぐ安吾さんの手を押えて、安吾さんはそのまま鎮まったが、警察の方は、安吾さんのふり上げた灰皿が鉄製であったところから、

「これは凶器ですよ。立派な凶器です」

私がいくら嘆願しても、そのまま、ジープで筑摩《ちくま》警察署に連行していった。安吾さんが

宿屋の鏡台を二階からほうり投げたからともいっていた。

「そのくらいのことはすぐに弁償する」

といってみたが、警察の方は承知せず、その夜はとうとう留置された。あくる朝早く、私は別の宿屋を手配して、安吾さんを出迎えに行ったが、ひどい霧の朝であった。ようやく、その新しい宿にくつろぎ、一杯飲みはじめたところに、先の宿屋から電話連絡があり、桐生《きりゅう》からの「男子誕生」の報《しら》せであった。

「へーえ、赤ん坊の奴、よく生まれる時を知ってやがら……」

この時の安吾さんの、さびしげな、またうれしげな正覚の表情を忘れない。男なら「熊《くま》襲《そ》」にしようなどといっていたから、三千代《みちよ》さんの千と安吾のヒノエウマを取って久で結び、「千久馬」としたらどうだろう、筑摩警察から出たばかりのところだから、と私も冗談半分にいっておいたが、「綱男」がやっぱり一番よかったろう。

さて、今年の安吾忌の席上に例年必ず顔を出される南雲博士が遅れ気味にあたふたとかけつけるようにやって来られて、

「今まで尾崎士郎《おざきしろう》さんのところにおりましたから……」

私があわててそれとなく容態を聞いてみると、

「悪いのです。きょうあすがあぶないのです」

あぶないとは聞いていたが、きょうあすのこととは知らず、私はハッと声を嚥《の》んだ。

尾崎士郎さんは去年の安吾忌には見えなかったが、たしか一昨年の時には、顔出しされたように覚えている。去年の春ごろのことだったろうか、ある座談会に、ちょうど来合わせていたおふくろをいっしょに連れていってみると、たまたま尾崎士郎さんも見えていて、私の母との再会を非常に喜んでもらったことがある。二十四、五年の昔だが、士郎さんと、福岡《ふくおか》の「新三浦《しんみうら》」で、私の母もいっしょに「水タキ」をつつきながら、飲んだことがあったからだ。まだ私が兵隊のころで、士郎さんは講演であったか、中国従軍の途次《とじ》かであったろう。

再会を喜ぶままに、尾崎さんは何度も私の母の手を握りしめ、その座談会の帰路は、わざわざ新宿《しんじゅく》まで私たちを送ってくれたりした。その折り、私の近作を激励してもらったのも、時にとって、心暖まるような思いがしたものだ。

もう十何年昔になるか、伊東《いとう》の尾崎士郎さんの仮寓《かぐう》には「盗人瓜」がたわわになっていて士郎さん、安吾さん、私と、夏の日盛りに、その盗人瓜の葉陰の座敷で、痛飲したことがある。その時に、士郎さんも、安吾さんも、私も、同じような胃の苦痛を訴え合いながら飲んだものだが、やっぱりあれが、尾崎さんの病状の前駆をなしていたものか。

私は南雲博士から、きょうあすの士郎さんの生命のありようを聞いて安吾忌の翌日は布団にもぐり込んだまま終日起き上がらなかった。胸さわぎがするというよりも、異様な無常観から押しつぶされたような自分自身をどうすることもできなかった。深夜起き上がって一人ウイスキーを飲み、朝のしらじら明けに、雪が降りはじめたのをたしかめながら、また眠ったが、朝方東映の坪井《つぼい》から尾崎士郎さんの訃を聞いたものの、もう起き上がる気力もない。

あとで聞いてみると、尾崎さんは令息俵士《ひょうじ》君の試験が終るまで生きるとがんばりぬいていたらしく、その試験が二月十八日であり、十九日の午前一時何分かに他界されている。

それにしても、向後《こうご》、もう己の志に生きるような文士はいなくなるだろう。二月空漠、人生空漠、と私は力なく自分の口につぶやくだけだ。

昭和三十九年二月二十六日・「読売新聞」

安吾を想う

早いもので、もう坂口安吾《さかぐちあんご》さんがなくなってから、この十七日で、ちょうど十年になる。太宰治《だざいおさむ》の自殺を聞き知った時には、とうとう来る日が来たと、その人の永年にわたる妄執のはげしさを思い、ただかけがえのない哀惜の情を深くしただけであったが、安吾の急逝の報を聞いた時には、思いがけない驚愕《きょうがく》で、しばらくは足腰のふるえが、やまなかった。

すぐに、桐生《きりゅう》の書上邸《かきあげやしき》へかけつけていったが、もう白布の下に、特徴のある太い眉宇《びう》が見られるだけで、よく笑い、よく語った、その人の口は動かなかった。

安吾の人となりのスガスガしさと、精神の規模の雄偉さは、その人を失ってみて、まことに痛いほどに思い知らされる。

けだし、日本の文壇の風儀の中に、無垢《むく》で闊達《かったつ》な、求道的人格のありようを、存分に示してくれたものであった。

あの異様な能率主義者が、また同時に乃木《のぎ》将級の精神主義者であったということを、ほんとうに知っている人は少ないかも知れぬ。

つまるところ、安吾は「阿賀野川《あがのがわ》の水は涸《か》れても坂口家の金は涸れぬ」といわれたほどの旧家の末弟として生まれ、家の因襲に対する空おそろしさというか……、絶望というか……、を身を以《もっ》て体得しており、家という無用のガランドウが人間を呪縛《じゅばく》するみじめさを知っており、そこからの脱走が、おそらく安吾のことごとくの人生観の根本を貫いていたに相違ない。

「家は三畳の貸間でよく、フトンと、ナベと、おサラ一枚。いやになれば、ハイチャー」と安吾が繰り返し語っていた生存の場の簡易主義というか、能率主義というかは、一見求道僧の潔癖と似ているが、違っているところは、間違っても彼らの隠遁《いんとん》趣味や、退化趣味に近づかなかったということである。

安吾が繰り返し語っていたことは「無用のものに足を取られるな」ということだろう。家だとか、骨董《こっとう》だとか、無用の装飾に足を取られて、人間の活眼を曇らせられるなということだったろう。

安吾の父親は著名な漢詩人であり、政治家であった坂口五峯《ごほう》である。さて、安吾の異常なまでの文章の簡便主義と片仮名趣味を想ってみるがよい。おそらく、その父のエスプリは承《う》け継いだに相違ないが、父の場から遁走《とんそう》して、漢学趣味のあらゆる形骸《けいがい》をかなぐり棄てながら、安吾の爽快《そうかい》な人生論が発足していったわけだ。

「着る物は浴衣とドテラがあれば、実に充分なもんですよ」

こういいはじめると、その通り、浴衣にドテラを重ねて、どこでもノシ歩き、

「まあ、季節の変り目にちょっと困るがね。二つ重ねといて、暑けりゃドテラを脱ぐし、寒けりゃドテラを重ねるさ」

笑ってそんなこともいっていた。しかし、流行作家のころには、「安吾服」を制定すると宣言して、自分の人生論にのっとった斬新《ざんしん》な着衣を創造したつもりでもあったろう。

「君にも一着つくってやるよ」などと大はしゃぎで、その安吾服を着てみせたことがある。何のことはない。カンガルーそっくりの大きな袋を、大工のドンブリの風に、服の胸もとにくっつけているだけであった。その超大型ポケットの中にウイスキーを入れ、ライターを入れ、煙草を入れ万年筆、原稿用紙を入れて、

「ポケットが五つ六つもあるなんて、実に愚劣ですよ。どこに何が入っているか自分でも忘れるじゃないか」

などといってはなはだ得意の様子であった。

ただし半年ぐらい後に会ってみると、もうその安吾服は着ていない。

「どうしました？　安吾服……」

と聞いてみたところ、

「やっぱり人間の知恵というやつは大したもんですよ。ポケットが五つ六つあるなんてね。

一つだけじゃ、君、原稿料を入れとくと、女房にみんな取られてしまう。五つ六つもあると、自分でも忘れるけど、女房にも取りもらしがあってね……」

愉快そうにお腹をたたいて笑っていた。まことに人間のみじめさというか、あわれさというかを、彼ほど巨大な時間の奔流の中で正覚し、それをひるがえして見せようと志していた人はなかったろう。この一点だけでも、安吾の、先覚者としての、卓抜と雄偉は明瞭《めいりよう》である。その中道にして倒れたのは無念であった。

私は一度、世界の物語で、何が一番好きかと安吾その人にきいてみたことがある。越後川口の姉さんの家でのことだったが、広い旧家の縁先に雨足がしぶいていた。安吾は杯《さかずき》の手をやめて、即座に、

「パクパクとオオカミに食われてしまう赤ずきん……」

安吾の眼中の空漠を見るようなすさまじさで、私は黙ってただうなずいただけだ。

昭和四十年三月十五日「朝日新聞」夕刊

破戒と求道

坂口安吾《さかぐちあんご》の文章は、明確で、ザックバランで、それでいて驚天動地の飛躍を見せる男らしい自在さにあふれており、まことに自由な魂が…、魂そのものが…、のりうつってゆく新しい伝達の様式であり、これをことごとしく、文章などと呼んでみたくないような気持さえする。

安吾は、机の前に坐《すわ》ると、一日のうちに三、四十枚の原稿を流れるように書いた。文章をひねくってみたり、推敲《すいこう》してみたりするようなことは、まったくなくて、彼の魂そのものの屈曲と流れが、原稿紙の枠の中に、そのままドサドサとのりうつってゆくあんばいであった。

たとえば、「ラムネ氏のこと」などを読んでみるがいい。その思考の爽快《そうかい》なテンポと自由さは、まったく胸がすくように感じられるものだ。

「ラムネ氏のこと」はラムネの玉の話から始まって、それを発明したのが、ラムネ氏というフランスの絢爛《けんらん》にして強壮な思索の持ち主であった一人の哲学者であったかも知れないという話になり、一躍して、フグを喰《く》いはじめた人々の話、キノコを選別して食べられるように奮闘してきた人々の話、更に戯作者《げさくしゃ》にまで話は転移して、フグに徹し、ラムネに徹し、人間に徹し、物のあり方、人間のあり方を変えてゆく人間談義を抱腹絶倒の形で展開して見せるのである。

形容も、修飾も、誇張もないが、その話柄《わへい》は、安吾の簡明にして自由な魂のゆれ動くままに、奔放自在であって、まったく端倪《たんげい》を許さない。

私は安吾の、あの能率的な自在の思考と文体は、その父の五峯《ごほう》の強い魂をひきつぎ、同時にまた、その父が漢詩人であったための反面、教育が産んだものだと、信じている。

安吾の家は、その先々代の時代まで、阿賀野川《あがのがわ》の水は涸《か》れても坂口家の財は涸れぬといわれたほどの新潟の大素封家であったが、安吾が十八才の時にその親父が死んでみるとまったく倒産していて、資産が残っているどころか、逆に借財だけが残っているという有様であった。

だから、安吾は、ガランドウのような因襲だけの家の恐怖をよく知っており、後日、家は四畳半の借間一部屋だけあれば実に充分なものであり、着るものは、ドテラと浴衣だけあれば実に充分なものだと肝に銘じて了知して、それを事実、実行にまで移していた。

その思考も文章も、親父の漢詩調の繫鎖《けいさ》や形式主義から、能率的にハッキリと抜け出す工夫ばかりを心懸けていたと、私は信じたい。

安吾は、はじめ印度《インド》哲学を志して、パーリ語や、サンスクリット語などに打込んでいたが、やがてフランス語に転じ、フランスの強壮な思索家達の群から、簡明な文体と思考を学び取ったのでもあろう。安吾の能率主義、合理主義は徹底しており、やれコットウは要らぬ、やれ女房という鬼になるな、やれ女は娼婦《しょうふ》のように自由でなくてはならぬなどといいもし、また実行もしたが、その反面きわめて濃厚な精神主義者であって、彼の生涯は、破戒僧と求道僧をないまぜにしたような悲痛なところが多分にあった。

昭和四十二年十一月・「国語通信」

安吾と赤頭巾

世の中で、不思議な人にめぐり合うことは滅多にないものだが、坂口安吾《さかぐちあんご》と云う人は、その滅多にない不思議な偉人の一人であった。私とはじめて会った頃は、いつも浴衣にドテラを重ねて、どこともなく、風のように、うろつきまわっていた。このいかにも貧寒の服装ですら、安吾の体を藉《か》りると、自由豪華の幻惑を抱かせるから、不思議である。当時、彼は服装と云うものについてまったく浴衣とドテラ以外のものは、不要であると云う信念を持っていた。

いや、信念と云うよりは、祈願と申すべきものかもわからない。つまり安吾人生と云うものを構築して、万般のことは、その人生論によって判定し、生活するのである。例えば、自由の男と云うものを想定するだろう。その自由の男は三畳一ト間あれば充分なのである。それも間借り、気に入れば住み、飽きればハイチャーと風のように立去ればよい。

その自由の男に対比出来るような、自由の女と云うものを想定する。その自由の女は、一寸のゴミの中に端然と坐《すわ》って、万が一にも掃いたり、拭《ぬぐ》ったりするような、女房の属性に立返ってはいけない。箒《ほうき》や雑巾《ぞうきん》を握っている女房という女を見るくらいなら、いっそロクロ首を見る方がどれ程よいか知れやしないと、安吾はすさまじい結論に自分自身を誘導していく。

その自由の女は、完全な娼婦《しょうふ》でなければいけない。そうして安吾の云う完全な娼婦というものは、快楽の瞬間まで、おのれを犠牲にするものでなくてはならぬ。

この完全な娼婦の論から、安吾の孤独な芸術論がはじまる。

安吾がある時、曲馬団を見物に行っていたと云う。馬上の少女が、馬を走らせながら、その馬の背に立ったり坐ったり、曲芸を繰りかえしていたハズミに、足をふみはずして、落馬した。

砂にまみれ、額からは血をふいている。親方はコッピドク叱りつけて、少女を楽屋の中に追いかえそうとしたが、少女自身首をうなだれて、今殺して貰《もら》いたいと云うような表情であったと書いている。

芸術というものは、どうにも孤独なものだ。その孤独の身心を鍛冶《かじ》しつくして、観客の目の中に、自在華麗の幻覚を撒き散らさなければならない。

それには、無限の自由と云うものを知るものでなくてはならない。この無限の自由と云うものほど扱いのむずかしいものはなく、大抵の人間は、この無限の自由と云うものにふるえおののいて、何かしら、規矩《きく》と束縛を自分の方から、願い出すものだと云うのである。

私は、一度、越後川口の安吾の姉さんの家で熊笹にふりそそぐ雨を見ながら、安吾と二人、飲みつづけたことがあるが、「世界の物語で何が一番面白いかしら?」

「そりゃ、パクパクと喰《く》われて終る赤頭巾《あかずきん》」安吾は言下にそう答えた。

昭和四十一年三月・劇団三期会第二十九回公演「桜の森の満開の下」パンフレット

男性的思考の持主

坂口安吾《さかぐちあんご》ほどの特異な文学的巨人を、私はほかに知らない。彼は屢々巷談師《しばしばこうだんし》を自称して、さまざまの人間いかにあるべきかの、生粋《きっすい》で、徹底的な求道者であった。

平易な文体で書きつづられているのに、安吾の文学が難渋なのは、その余りにも巨視的な視野のひろがりによる。

まことに大丈夫の、男性的思考の持主であった。

ある時は破戒僧であり、ある時は苦行僧に思われる荒行の果てに積み上げられた「安吾の人生」の純粋さと潔癖は、おそらく今日の類《たぐ》い稀《まれ》な神話に数えあげてもよいほどだろう。

安吾は必ず復活する。その精神の規模の大きさから云っても、斬新《ざんしん》さから云ってもだ。彼の文芸の全貌《ぜんぼう》が、彼の血肉によってあがなわれた壮大な予言だからである。

昭和四十三年二月・「坂口安吾全集」（冬樹社）パンフレット

安吾の狂気

坂口安吾《さかぐちあんご》が伊東《いとう》に移っていったのは、いつであったか、年表を見ないとはっきりしないが、昭和二十五年の早春のことでもあったろう。その少し前、安方町《やすかた》の二階の書斎で会った時にも何となく狂気の様相を呈しており、二階から跳びおりて、棒で税務署員を追いかけていったとか云うような話も聞いた。自分でも、その乱心を鎮めようとでもするのか、足裏のまん中に巨大な灸《きゅう》をすえながら、「天元の灸だよ。天元の灸」などと苦笑していたものだ。その灸の痕《あと》が化膿《かのう》して、しばらくの間歩けなくなったりもした。

坂口安吾に、被害妄想や狂気の徴候が見られたのは、随分むかしからのことらしく、自分でも、たしか二十三歳の頃、小さな交通事故に逢《あ》い、爾来《じらい》被害妄想に襲われるようになったと書いている。

日頃良識のきわめてよく発達した安吾ほどの人間の大通が、一度荒れはじめると、手のつけられないような凶暴ぶりを発揮するのを、私は屢々《しばしば》奇異な感慨で見守ったものだ。

何も、アドルムとかヒロポンのせいばかりではない。安吾の本質の中に、激越な、求道的或《あるい》は破壊的な狂気が宿っていて、時折、その発作をくりかえしたように、私には感じられる。

凪《な》ぎ模様と、荒れ模様が、何の接穂《つぎほ》もなく、交替していって、地獄極楽を目のあたりにする思いであった。

伊東では、安吾ははじめ白井《しらい》喬二《きょうじ》さんが借りていたと云う二階に住んでいたが、春頃から、今度は秦秀雄《はたひでお》さんの家の二階に移り住み、まもなくその秦さんとも喧嘩《けんか》をしたらしく、夏の頃、ようやく河畔の独立の借家に引移った。その新居に訪ねていってみると、折から荒れ模様であり、パンツ一枚で、血だらけになりながら、ラモー（愛犬）を床の下に追いつめて格闘の最中であった。

いや、考え直してみると、ラモーを川端康成《かわばたやすなり》氏の世話で引取ったのは、そのあとだから、ラモーの前に飼っていた日本犬だ。その日本犬を相手に激怒して、血まみれの乱闘を繰り返していたわけである。何が原因であったか、私は知らないが、安吾の鬱《うっ》気《き》が爆発しただけのことだろう。しかし、犬の方は、自己防衛の為とは云いながら、その主人の握りコブシに嚙《か》みついて流れ出る血を見、ハッハッと呼気をはずませながらも、ひどく不安げな、脅《おび》えた表情を見せていた。大悪王にひきすえられた、あわれな宿なしの犬のように見えた。

競輪事件がおこったのは、その年の秋の頃でもあったろうか。あとから聞いてみると、どうやら福田蘭童《ふくだらんどう》さんが安吾を使嗾《しそう》したような気味がある。

何《いず》れにせよ、安吾は、競輪の当事者側からつけねらわれ、消されるとでも云うようなはげしい被害妄想におびえるらしく、一刻も早く伊東を脱出したい願望のようであった。

私に、文芸春秋の車を借りてきてくれと云っていた。伊東のタクシーやハイヤーは、全部敵側の息がかかっているからだと云うのがその理由であった。

その文芸春秋の車も、池島信平《いけじましんぺい》さん達が使っている888は番号がハッキリしすぎてねらわれやすいから、どうしても、佐々木《ささき》社長の車を借りてきてくれ、と云っていた。

仕方がないから、私は文芸春秋社に出向き、佐々木茂索《もさく》氏に事情をのべ、社長専用の車を借り受けて、そのまま伊東に急行し、折かえし、安吾は石神井《しゃくじい》の私の家に脱出してきたわけだ。

さて、競輪の記録写真を複製して、それを静岡の地検に提出することになったのだが、この時が大変であった。尾崎士郎《おざきしろう》さんと、熱海《あたみ》の重箱《じゅうばこ》で落ち合い、しばらく話し合っている最中にも、相手が襲撃してきた、と安吾は咄嗟《とっさ》に押入の中にかくれたりする。

「そんな筈《はず》ないよ。もし、三人が襲撃されるようなことがあれば、こう見えても、日本の文士三人だよ。天下の大事件じゃないか」となだめたが、安吾の狂気は鎮まらないようであった。

タクシーは一切駄目だから、バスを借りてきてくれと、安吾は云い、その貸切バスに乗って、十国峠《じっこくとうげ》を越えていった異様な時間のことを、今でもハッキリと思い出す。時たま、すれちがう自動車でもあると、安吾はそのバスの床の上に、ペッタリと腹ばいになって、やりすごす。

あんな不思議な時間がある。

安吾の作品は、この異様な鬱気と正気の不思議なあわいで書き綴《つづ》られたようなものであった。

昭和四十二年一月・「日本現代文学全集」（講談社）月報七十六号

異常な魂との出会い

坂口三千代著「クラクラ日記」について

坂口安吾《さかぐちあんご》という異常な魂をつつむ、その周辺の生活ほど、厄介な、扱いにくい、不可解な、日常はあり得なかったろう。

だれでも知っている通り、彼はまず、家から派生する一切の虚偽と安定をほとんど目の仇《かたき》のようにはげしく憎んだ。のろった。

家というものは、三畳の借間があれば、実に充分なものであって、ねむたければそこにころがり、嫌になれば、ハイチャーと出て行けばそれでよいといっている。だから、家というものに付随するナベ、カマ、サラ、茶わんはもとよりのこと、書画、骨董《こっとう》のたぐいに至っては、さながら妖怪《ようかい》のように、忌みきらった。

当然のことながら、女房という鬼をつくるな……。

これが、また安吾の、ほとんど悲願に近い戒律にまでなっていて、箒《ほうき》やハタキを握っている女房を見るくらいなら、いっそ、一寸のゴミの中に端然とすわっている娼婦《しょうふ》とくらす方がましだという意味の言葉を至るところで書いている。

三千代《みちよ》さんは、一人の女性として、これらのおそるべき戒律をいだいた異様な男性に遭遇するのである。その接触の模様は「クラクラ日記」の冒頭にくわしいが、わるびれぬ、おそれげもない生粋《きっすい》さをもって、このあやしい精神主義者の内フトコロにおどり込んでゆく。

従ってその生活は空前の風変わりな実験でなくて何だろう。安吾が、その三千代さんを「この人は私の愛人です」といったり「この人はパンパンです」といい換えたり、ある時は「僕の女房です」と笑いすてたと、三千代さんは書いているが、安吾の言葉を素直に受け入れながら、安吾人生の、異様な実験にまき込まれてゆく、そのケナゲさと生粋さを見るべきであろう。

昭和四十二年四月六日・「読売新聞」夕刊

文芸退廃に抗して

昨年であったか、一昨年であったか世耕政隆《せこうまさたか》氏と大阪で飲んでいた時の話のはずみに、「ひとつ思い切りのいい同人雑誌をはじめてみようじゃありませんか？」と言ったことがある。これは、この四、五年来、私の宿願であって、佐藤春夫《さとうはるお》先生の生前、先生を中心に「春の日」という、文芸雑誌をつくったが、その折りは、出版元の不意倒産にあったりして、一号だけでブザマにつぶれた。

私は、当時、自分の生活費をさいても、かりに折り込み八ページのパンフレットでもよいから、「春の日」を継続刊行してみたいと思ったまま、自分の懶惰《らんだ》のせいもあってとうとう実現しないなりに終った。

しかし、私の雑誌に対する妄執はつのる一方で、今日のジャーナリズムに汚染されていない清新な文芸の橋頭堡《きょうとうほ》を、どのような形にかして、つくってみたいと願う気持ちが強くなるばかりであった。

自分が当のジャーナリズムの中に棲息《せいそく》しておりながら、しかもなおかつ、そのジャーナリズムを嫌忌するというのは、自分ながら不思議な話だが、かりにこの十年を区切って振りかえってみても、文芸の傾斜と頽廃《たいはい》の様相は著しい。

マスコミは未曾有《みぞう》の繁栄をほこりながら、その当事者らが、好むと好まないとにかかわらず、おびただしい手書きの群れ、おびただしい話術提供者、おびただしい物語タレントを育成した。

それは、それで決して悪いことではない。

たとえば坂口安吾《さかぐちあんご》氏がひょっこりと生きかえってきて「君、人間ウケに入ったら、鼻唄《はなうた》まじり、ドカドカと書くに限るよ。先様の要望なぞ、何を聞いてやったって、自分だけのモノはちゃんと出せるはずだぜ。出せなくちゃ、ドダイ作家じゃ、ありませんや」などとドナリつけられるかもわからない。

しかし、その坂口安吾氏の文芸そのものも、孤独で、アテなしの、深い沈潜の時間があり、彼の放談も人生論も、作品も、ことごとく、その沈潜の時間の思い出と苦渋の転化であり、表現であったことを、必ず銘記しなくてはならないだろう。

さて私の提言などすっかり忘れているかと思っていた世耕氏が、ある日、ひょっこりと

思い出したように、

「こないだの雑誌のことですが、芳賀檀《はがまゆみ》氏と一緒ではいけませんか？　芳賀氏からも同じような話がありましてね……」

芳賀檀氏？　芳賀氏なら一緒で悪かろうはずがない。三十年の昔私たちは日本浪曼派《にほんろうまんは》を一緒にやったのだし、月に一度ずつくらい、当の芳賀邸に、佐藤春夫氏や、萩原朔太郎《はぎわらさくたろう》氏をはじめ中谷孝雄《なかたにたかお》、亀井勝一郎《かめいかついちろう》、保田与重郎《やすだよじゅうろう》、外村繁《とのむらしげる》、太宰治《だざいおさむ》等々の諸兄らと寄り合ってさまざまの談笑にふけったが、そのとりとめもない放談のひと時が、今日のどの文芸の風潮よりも、重く、また自由に感じられるのは、どういうわけのものだろう。そのかけがえのない時間への謝恩のためにだけでも、私たちは一つの雑誌をおこして、文芸につながる、細くて、高く、けなげで、いさぎよい魂を、つちかい、よせ集めてみたい。

ジャーナリズムの機構そのものが自動的に流布している煽情的《せんじょうてき》な堕俗の風潮の中に、犯しがたい文芸の風儀をつくりたい。

つきつめて、文芸は一体何をなしうるか。この問いに向かって、私たちの魂を匡《ただ》してみたいのである。

もう、明日を考えない。目前刻下、文芸の頽廃を自分自身の中に堰《せ》きとめなかったならば、その荒廃はとどまるところがないだろう。

世耕氏は、とりあえず近畿《きんき》大学の出版部に事をはかって、雑誌運営の便宜を供与してくれるといっている。

幸いに、志を同じくする友人六人が世話人となってしばらく編集を担当することになったが、この雑誌をささえ、乗り継いでゆくものは、もちろんのこと、新しい世代の、斬新《ざんしん》で無垢《むく》の魂でなくてはならないはずだ。

偶然のことだが、世話人林富士馬《はやしふじま》氏は「文学界」の同人雑誌評、おなじく真鍋呉夫《まなべくれお》氏は「文芸」の同人雑誌評を担当しているから、かなりの広範囲に、新しい文芸の同志を探ることが出来るかも知れぬ。

もし「ポリタイア」が日本の文芸に、細くとも、清冽《せいれつ》な突破口を開きうるなら、それは日本文芸そのものの、おのずからなる恢癒《かいゆ》の力によるものだろう。

昭和四十三年二月十六日・「読売新聞」夕刊

坂口安吾と尾崎士郎

坂口安吾《さかぐちあんご》さんと、尾崎士郎《おざきしろう》さんがなくなって、それぞれ、もう何年になるだろうか。くわしく数えてみたこともないが、その命日は二月十七日、二月十九日と、わずかに二日のズレがあるだけであって、梅の開花まぎわになってくると、いやでも、この二人の先輩の爽快《そうかい》な風貌《ふうぼう》を思い起しながら、今さらのように地上の寂漠《せきばく》を思い知らされるわけである。

もとより、二人の文学の根本の姿はまったく違っていたが、その人柄の雄偉さとでもいうか、けたはずれな野人魂とでもいうか、お互いの気質によく通じ合う打てば響くような豪快な純真さは似通っていた。

似通っていたというよりも、まったく異質の魂ではあるが、この二人が飲み合っていると、あたかも、戦国時代の豪傑が二人、席を同じくして酒を飲みあっているように感じられたものである。

士郎さんと安吾さんが、一体どういう因果で友だちになったかという来歴については、

安吾さん自身、「私は誰？」という感想の中に、面白おかしく書いているから、引用してみると、

「私が（作品）と云う雑誌に（枯淡の風格を排す）という一文を書いて、徳田秋声先生をコキ下したところ、先輩に対する礼を知らない奴であるとフンガイしたのが尾崎士郎で、竹村書房を介して、私に決闘を申しこんできた。場所は帝大の御殿山。景色がいいや。彼は新派だ。元より私は快諾し、指定の時間に出かけて行くと、先ず酒を飲もうと飲むほどに、上野より浅草へ、吉原は土手の馬肉屋、遂に、夜が明け、又、昼になり、かくて私は家へ帰ると、血を吐いた。惨《みじめ》又惨。私は尾崎士郎の決闘に、打ち負かされた次第である」

おそらくその通りであったに違いない。

安吾さんが、その第一回の鬱病《うつびょう》が昂《こう》じて、東大の精神科に入院し、退院後も何となく暗《あん》鬱《うつ》の模様が去らず、二階から飛び降りてみたり、足の裏に天元の灸《きゅう》などというのをすえ、それがひどく化膿《かのう》して歩行困難になってみたり、結局尾崎士郎さんから誘われるままに、伊《い》東《とう》へ越していったのは、昭和二十四年の夏のころでもあったろうか。

もともと安吾さんその人の中に、精神の明暗のはげしい交代があって、その明の時は開放的で、闊達《かったつ》で、寛大で、融通無礙《ゆうずうむげ》の、思いやり深い人間通になるが、ひとたび、その暗の時間がやってくると、閉鎖的で、横暴で、独断的で、残忍な、時化《しけ》模様に変る。

そうして、安吾さんの文学そのものが、この明暗の交代の、自分自身によるきわどい操

作にあったように思える時すらあった。だから、安吾さんには、常住、聖僧の面と破戒僧の面、ストイックの面と放埒《ほうらつ》の面、徹底した精神主義者の面と徹底した合理主義者の面が、異様な形で揉《も》みあった。それを決してグウタラな形で終わらせないで、いつも、ほとんど苦行者のように、自分の人生の中に持ち込んでいったから、少々の酒やアドルムぐらいでは、回復出来なかったろう。伊東でも、時たま大時化の模様を呈したこともあったようだが、それでも身辺に士郎さんがいて、何となく和み、随分と愉快な思い出も多い。

いつだったか、私が古屋に泊まっていると、士郎さんと安吾さんが、手ぬぐい一本ずつをぶらさげながらやってきて、

「きょうはお互いに謹慎しようや。あんまり、そう、毎日、深酒ばかりってのも、よくないよ。ひとつ、いいふろに案内しよう」

と士郎さんが先に立ち、どこだったか、暗くて深い、モヤイぶろのような、浴場に案内されていったことがあった。この時は、二人とも浮き立っていて、だれもいない森閑とした真昼の浴場の中は、私たちだけの途方もない放談になったが、

「やっぱり、一杯飲まないってのも、よくないね」

士郎さんのクスクス笑いと一緒に、安吾さんの哄笑《こうしょう》が続き、さあ、それからがどうなったのか、まったくわからない。

はじめは、どこかの料亭で飲んでいただろう。芸者が出たり、はいったり。しかし、私

たちの談笑の昂揚《こうよう》の中に、もう誰も入り込むスキがないあんばいで、それからはすし屋、洋食屋、はては水野成夫《みずのしげお》氏の別荘の中にわが物顔にはいり込んでいって飲んでいるかと思うと、また料亭。

そのつど、士郎さんが自宅から酒をとりよせたり、安吾さんがジンをとりよせたり、一体何をしゃべって、大浮かれになっていたのか、皆目記憶も何もないが、ただ二人の爽快な男児に取りまかれていたという生涯の思い出だけがハッキリと残っている。

坂口安吾さんが、自分の家をつくるなどということは到底考えられないことだし、また事実、四十九歳でブッ倒れるまで、自分の家など持っていなかったのだが、それでも、私が知っている限りで、二度ほど、安吾流の家をつくろうかと、思いたちかけたことがある。

その一度は、青木湖畔《あおきこ》に、広い土地を提供しようという話があり、その土地を下見に行こうとして、私と二人松本《まつもと》までたどりついたのだが、松本の宿で、例の鬱病の発作がおこり、宿の鏡台は二階の窓からほうりすててバラバラにする、警察には留置される、といったさんざんのテイタラクになり、当日はたまたま、土地の世話をしてくれる人たちを中心に、松本市の招待宴会があることになっていたから、この話はオジャンになったばかりか、私たちはほうほうのていで、信州《しんしゅう》から逃げ帰るようなありさまであった。

もう一度は、石神井《しゃくじい》の私の旧宅の前に、四百坪ばかりの売り地があり、ここに安吾流の掘っ立て小屋をつくってみようと、安吾さんも、かなり気持ちが動いたように見受けられた。

安方町《やすかた》からわざわざ自動車を乗りつけて、その四百坪の土地を、手持ちの巻尺でたんねんにはかってみたり、あげくの果ては、あやしげな設計書を、なぐり書きにしたりした。

その安吾小屋に、私の記憶があやまりでなかったら、まずテニスコートを庭いっぱいにつくり、土地のすみッコの方に木造バラック建て一戸を建てる。さあ、建て坪は忘れたが、たしか十坪ぐらいの一間だけ。三方にぐるりとつくりつけの板いすをブチつけて、ここが、応接間、書斎、兼食堂だったろう。あとは炊事場と、ふろと、便所だが、便所だけは水洗式でなければならないと、安吾さんが繰り返し言っていたことを覚えている。

この安吾小屋は、作品社のYが倒産しなかったら、ひょっとしたら実現していたかもわからない。つまり、その四百坪の土地を、Yが立て替え購入しておいてくれる手はずになっていたのに、肝心な時になって、Yの進駐軍向けの工場が、米軍側から閉鎖されてしまったのである。原因はワイロを怠ったからだとかいううわさも聞いた。もし、このテニスコート付き安吾小屋が完成していたら、随分と面白い記念の建造物が残っていただろう。

安吾小屋の見通しが立たなくなったから、安吾さんはそのまま、伊東に転住していったわけだ。やがて、伊東の競輪事件というのが起るのだが、一体、その競輪事件がどんなイキサツではじまったのか、私は、まったく知らない。

いつだったか、福田蘭童《ふくだらんどう》さんと安吾さんのことを話し合っていたら「あの競輪事件は、ボクがたきつけたんでね」などと、びっくりするようなことを言っていた。とにかく、その競輪事件から、安吾さんの脅迫観念は異常に昂じていって、ほとんど乱心に近い状態になったろう。

三島《みしま》の地方裁判所に、証拠写真を提出に行く時だったか、私は弟を連れて同行したが、熱海《あたみ》の重箱《じゅうばこ》で一泊することになり、その重箱に伊東から尾崎士郎さんがかけつけてきてくれたりした。

私たちはウナギをサカナに酒を飲んでいたところ、やにわに安吾さんが、棒切れをつかんで、押し入れの中にかくれ込んでいくのである。

階下に来客の声をでも聞きつけたのであったろうが、あとで安吾さんに、

「坂口安吾、尾崎士郎、檀一雄とこの三人を襲撃したとなったら、これは、日本の一大事件ですよ。かりに相手がだれであれ、そんなバカなマネはしないでしょう」

と私たちはこもごも、安吾さんをなだめたが、安吾さんは納得しなかった。

十国峠《じっこくとうげ》を越えるのにも、タクシーではかぎつけられるというのでわざわざバスを借り切ったり、そのバスの上で、突然下の床にうつ伏せたり、あの異様な乱心を鎮めることは出来なかった。

あの闊達で、人間通で、ワケ知りで、思いやりの深い魂が、たちまち暗黒の奈落《ならく》をにらみ据えるような鬼相を呈するのを、私は戦慄《せんりつ》の感慨で見守ったことを覚えている。

最後に安吾さんに会ったのは桐生《きりゅう》であったろうか。この時は、安吾さんは、安岡章太郎《やすおかしょうたろう》君と、五味康祐《ごみこうすけ》君のことをしきりに私に推賞して、

「五味は君、たちまちブームだよ。ブームだよ」と言っていた。

亡くなる前年の夏であったろう。士郎さんと最後に会ったのは、ガンの手術後小康を得られた時だったと思う。母を語るだかの座談会で、私は母を連れており、その私と、私の母を自分の車でワザワザ飲み屋の店先まで送り、堅く握手して、

「飲みたいけどね、またにしよう」

それっきりであった。やがて、士郎さんは、俵士《ひょうじ》君の早稲田《わせだ》高等学院合格の報を知って、静かにうなずき、他界されたと聞いている。


昭和四十三年二月十六日〜十七日・「東京新聞」

安吾と漫画

安吾《あんご》さんが亡くなった翌日であったか、翌々日であったか、朝日新聞の紙上で、たしか、横山泰三《よこやまたいぞう》さんが、安吾供養の漫画を描いていた。

それは、死後の安吾が、雷神になって雲に乗り、「負ケラレマセン勝ツマデハ」の税金闘争をやっている痛快な漫画であって、おそらく安吾追悼の、どの文章よりも、安吾さんが喜んだろうと、私はそう思った。

安吾さん自身、「戦後新人論」と云う感想の中で、

「私は然し、終戦後に劃期《かっき》的な新風をもたらした天才児は、横山泰三だろうと思う。これはたしかに、過去に存在しなかったものだ。良かれ悪しかれ一つの時代をつくったことは否めない」

と泰三さんを激賞しており、その安吾さんに泰三さんが、袂別《べいべつ》の花束をささげてくれたものに相違ない。

安吾さんは格別に漫画が好きであった。漫画が好きと云うよりも、文学のネジレユガンダ時代感覚の喪失をもどかしがって、戦後漫画家諸君の、人間の生活に密着した、健康な良識を喜んでいた。

だから漫画家集団の奮闘にひそかな喝采《かっさい》を送り、自分でも、その院外団ぐらいの意気込みであったろう。

ただに日本の漫画家諸君のことばかりではない。

「ブロンディはいいや。小説なんかより、よっぽど、進んでますよ」

と終戦間もなく、私が安方《やすかた》町に行った時など、安吾さんがノッケにそんなことを云い出したりしたことを覚えている。

まったく、漫画の話はよく聞いた。安吾さんは漫画家集団の二、三の人々を、戦後目ざましい奮闘をした日本の代表選手に数えていて、日本文士の封鎖性と云うか、遊離性と云うか、人間生活と密着した良識やユーモアの乏しさを、いたく慨嘆《がいたん》していた。

安吾さんの書いた「戦後新人論」をもう少し引用してみるなら、

「将棋界が全員とみに活気を呈した如く、漫画界も全員活気を呈した点で戦後の華々しいものの一つであると云えよう。どの雑誌も漫画に一部の購買力を依存していないものはない。読者や観客というものは正直で、つまり、現代に生きている人間というものが素直なのだ。老人や現代に生活しない人々がどんな悪評をあびせたところで、漫画や歌笑の人気は微動もしない。老人のグチとは別に、生活する人間は、生活する芸術と直結しているものである。漫画の隆盛は、漫画集団の組織の良さにも一部の理由はあろうが、要は個々の漫画家が、それぞれアイデヤをもとめて熱演し、それぞれ良い作品を書いていることが第一の理由であろう。彼らは、純文学のアプレゲールのように、理屈倒れして、現代と遊離するようなことがない。素直に現代と密着して、作品の中に嬉々と生存を託しているせいだろうと思う」

安吾と云う人は、活眼をもった大常識人であった。或《あ》いは活眼をもった大常識人であろうと、絶えず、奮励している人であった。

安吾さんその人の本質は、きわめて鋭敏で、孤独で、高踏の詩魂に貫ぬかれた人であったが、いや、それ故にこそ、身のまわりの文芸の、封鎖性や、遊離性から脱却して、素直に現代と密着しながら、作品の中に嬉々と生存を託するような常々たる文芸の気風をつくりたいと熱願していたわけである。

その意味で、安吾さんは、獅子《しし》文六《ぶんろく》氏の仕事ぶりを非常に大切に考えていた人だ。と同時に、若い漫画家諸君の奮闘を、わがことのように喜んで、絶えず喝采を惜しまなかった。

つまるところ、安吾さんは時流を抜いた真正のジャーナリストであった。いつわりのない人間性の根本に立脚し、流れるままの現代に密着し、さて、鼻唄《はなうた》まじり、作品の中に嬉々として生存を託する、と云うことを、芸能万般の眼目に据えて、変らなかった。

だから、或時《ある》は情痴作家に間違えられ、或時は肉体作家に数えられ、或時は頽廃《たいはい》作家の張本人に思われたこともあったが、その生涯の事業は、人間なにものであり、人間なにほどのことがやれるか、と云う悲しく優しい問いを、繰り返して、人々の心に、人間の真実を語りつづけていただけである。

昭和四十三年四月

あとがき

太宰治《だざいおさむ》と坂口安吾《さかぐちあんご》に関し、今日まで、求められるままに書き散らした私の文章が、優に一冊の書物を越えるとは、私自身、少しも気がつかなかった。おそらく、自分でもうんざりするような、重複と、乱脈の、感想に堕《だ》しているに相違ない。

ただ、私はこの二人の異様な魂に親昵《しんじつ》する奇縁を持ち、この二人の事蹟《じせき》に関しては、いかなる問に関しても、私なりの証言を呈すべきだと心に誓ったことがあり、それを絶えず実行に移していたまでだ。

幸いにして、私の妄言をよそに、二つの魂が樹立した文芸は明確であり、不動であり、柔軟であって、私のいかなる愚言をも笑って寛容するだろう。

昭和四十三年七月　　檀一雄

解説

吉本隆明

太宰治《だざいおさむ》と坂口安吾《さかぐちあんご》は、私のような戦中派にとって同時代の、親和感の強い作家である。とりわけ太宰治は、私自身、戦中熱心な読者であったし図抜けた才能だと思っていた。ただ、そのことを差っ引いても、敗戦前後の文学を俯瞰《ふかん》したとき、彼らは特別な位置を獲得しているように思う。

まず二人に共通しているのは、戦中戦後を通し作家としての立ち姿にごまかしや澱《よど》みがなく、作品の本質がぶれていないということだ。戦時下における表現行為にとっての環境を考えると、これは稀有《けう》なことだった。つまらない時局便乗作品ばかりの中で、彼らは戦中をぎりぎりのところでうまくやり過ごし、優れた作品を残している。

昭和二十年の敗戦は、外的な意味でも内的な意味でもすべての日本人に混乱を強いたが、おおかたの知識人も様々な悲喜劇を演じてくれた。まるで戦中がなかったかのごとく、「文化国家」だの「民主主義」だのといった、いわば括弧付きの概念を喧伝《けんでん》する連中の言動に、当時二十歳そこそこであった私は、強い違和感を持った。自分が精神を動員された戦争と正面から向き合うことなしに、戦後を捉《とら》えることは不可能にも思えた。戦後のそうした私の「気分」に太宰や坂口の作品は重なっていた。

太宰と坂口の作品に通底するのは、戦後の状況に対する「否定」の雰囲気である。戦争の中に平和を、平和の中に戦争を透視することができない他の知識人と比較して、政治も社会も文学も、戦争も平和もすべて嘘っぱちじゃないかという二人の拠《よ》って立つところは、際立っていた。つまるところ、太宰と坂口は「解って」いたのではないかと思う。

ところで、武田泰淳《たけだたいじゅん》、野間宏《のまひろし》、石川淳《いしかわじゅん》といった第一次戦後派と呼ばれた作家たちがいる。彼らは敗戦直後の混沌《こんとん》の中で、一瞬の煌《かがや》きにも似た佳作を生み出しているが、太宰や坂口が彼らとも異なるのは、私なりの言い方でいえば、大それたことを考えていたということになる。大それたこと、つまり政治なり社会なり、あるいは人間存在について深いところで認識しながら、ある種の大きな普遍性を意図的に作品に繰り込もうと考えていたふしがある。こうした姿勢を持った作家は太宰と坂口だけであり、その後出ることはなかった。

太宰治、坂口安吾の他、織田作之助《おださくのすけ》、石川淳、檀一雄といった、いわゆる無頼派と呼ばれた作家たちは、それぞれ良質な作品を残しているが、彼らは女、薬、酒といった表層的なデカダンスと裏腹に極めて強い大きな倫理観を持っていたように思う。これが一見無頼派的にみえる彼らの作品の奥底に流れていた、生涯をかけた大それたエレヴァスであった。

平成十五年三月

本書は二〇〇三年にバジリコ株式会社から刊行された単行本を文庫化したものです。なお、本文中にはきちがい、日傭人足、日支事変、土民など、今日の人権意識と照らし合わせて不適切と思われる表現もありますが、執筆された時代背景および著者が故人であることに鑑み、そのままとしました。

太宰《だざい》と安吾《あんご》

檀《だん》 一雄《かずお》

平成28年 1月25日 初版発行
令和7年 6月5日 12版発行

発行者●山下直久

発行●株式会社KADOKAWA
〒102-8177 東京都千代田区富士見2-13-3
電話 0570-002-301(ナビダイヤル)

角川文庫 19579

印刷所●株式会社KADOKAWA
製本所●株式会社KADOKAWA

表紙画●和田三造

ISBN978-4-04-400086-8 C0195

◆◇◇

角川文庫発刊に際して

角川源義

第二次世界大戦の敗北は、軍事力の敗北であった以上に、私たちの若い文化力の敗退であった。私たちの文化が戦争に対して如何に無力であり、単なるあだ花に過ぎなかったかを、私たちは身を以て体験し痛感した。西洋近代文化の摂取にとって、明治以後八十年の歳月は決して短かすぎたとは言えない。にもかかわらず、近代文化の伝統を確立し、自由な批判と柔軟な良識に富む文化層として自らを形成することに私たちは失敗して来た。そしてこれは、各層への文化の普及滲透を任務とする出版人の責任でもあった。

一九四五年以来、私たちは再び振出しに戻り、第一歩から踏み出すことを余儀なくされた。これは大きな不幸ではあるが、反面、これまでの混沌・未熟・歪曲の中にあった我が国の文化に秩序と確たる基礎を齎らすためには絶好の機会でもある。角川書店は、このような祖国の文化的危機にあたり、微力をも顧みず再建の礎石たるべき抱負と決意とをもって出発したが、ここに創立以来の念願を果すべく角川文庫を発刊する。これまで刊行されたあらゆる全集叢書文庫類の長所と短所とを検討し、古今東西の不朽の典籍を、良心的編集のもとに、廉価に、そして書架にふさわしい美本として、多くのひとびとに提供しようとする。しかし私たちは徒らに百科全書的な知識のジレッタントを作ることを目的とせず、あくまで祖国の文化に秩序と再建への道を示し、この文庫を角川書店の栄ある事業として、今後永久に継続発展せしめ、学芸と教養との殿堂として大成せんことを期したい。多くの読書子の愛情ある忠言と支持とによって、この希望と抱負とを完遂せしめられんことを願う。

一九四九年五月三日